講談社文庫

望みの薬種

大江戸監察医

鈴木英治

講談社

望みの薬種　大江戸監察医　目次

望みの薬種

大江戸監察医

第一章

一

仁平は大きく息をつき、唇を嚙んだ。隣に端座しているお芳が、手ぬぐいで仁平の額をそっと拭く。

「かたじけない」

礼を述べるや姿勢を正し、仁平は目の前で横になっている和兵衛を凝視した。

相変わらず顔色は灰色で、頰を中心に白い斑点がいくつかある。息もせわしない。

和兵衛にはこれまで数種の薬湯を飲ませてみたが、どれも効き目を表さなかった。

和兵衛を苦しめているのは、これまで仁平が経験したことのない病である。

――これはいったいなんだ。

顔には出さないが、仁平は当惑するしかなかった。これ以上どうすればよいかわからず、正直、途方に暮れている。

だからといって、手をこまねいているわけにはいかない。なんとかしなければ、和兵衛が死んでしまう。

――この慈悲深い御仁を、死なせるわけにはいかぬ。

和兵衛は、日本橋にある薬種問屋の大店、和泉屋のあるじである。跡継ぎの和助が高名な医者たちでも治せない難病にかかった際、仁平は無宿人として人足寄場に収容されていたのだが、以前は寄場同心で今は町奉行所同心の見矢木牧兵衛の仲介により、治療のために和泉屋に呼ばれたのだ。

鮮やかに和助の病を快方に向かわせたことで、和兵衛からせがれのかかりつけ医として近所に住んでくれるよう依頼された。和兵衛は仁平の請人ともなり、家作を提供した。

新たな人別を得た仁平はその家で医療所を開くことになり、大勢の患者を診るようになった。あまりの忙しさを見かねて牧兵衛が、小石川養生所で医師をしていた貫慮という若者を紹介した。

貫慮が素晴らしい腕を持つ医者だと知った仁平は、諸手を挙げて迎え入れた。

和兵衛が倒れたこの日もいつもと同じく、仁平たちは朝早くから患者の治療に当たろうとしていたが、急を聞いてすぐさま和泉屋に駆けつけた。そのとき和兵衛はまだ意識があり、話すこともできたのだが、今は昏睡(こんすい)しており、揺さぶっても目を覚ましそうにない。

焦燥の炎が背中を炙(あぶ)る。顔から汗が次々と出てくる。それをお芳が丁寧に拭いていく。

——落ち着くのだ、落ち着け。

深く呼吸をして仁平は自らに命じた。

——和兵衛どのを死の淵から呼び戻す手立ては、必ずある。あるに決まっている。

とにかく気持ちを平静に保たなければ、どうすればよいか、わかるはずもない。

今なにをすればよいのか。最善を尽くすための手はなんなのか。仁平は頭を冷やし、必死に考えた。

得た結論は一つである。病に倒れる前に和兵衛がどのような状態だったか、しっかり把握しておくことだろう。

「高江(たかえ)どの」

顔を上げ、仁平は向かいに座している和兵衛の女房に語りかけた。

「改めてきくが、ここ最近、和兵衛どのになにか変わったことはなかったか」

その問いかけに高江が戸惑いの顔になる。

「変わったことでございますか……」

「なんでもよい。体の具合が悪かったとか、なにか珍しい物を食したとか」

「先生にはすでに申し上げましたが、和兵衛は風邪気味でございました」

そのことは和泉屋に来たとき、仁平は最初に聞いた。和兵衛が風邪をこじらせたわけでないのは明らかだ。

「薬を飲んだとのことであったな」

「はい、飲みました。それはいつものことでございますが……」

「和兵衛どのは風邪を引くと、自ら薬を調合し、煎じて飲んでいるのだったな。今回も、いつもと同じものを飲んだのか」

「さようにございます。葛根湯でございます」

葛根湯は、風邪の引きはじめには抜群の効き目を発揮する。仁平は和兵衛に目を向けた。葛根湯を飲んだからといって、このような症状を呈することはない。

──もしあるとしたら、なにか別の薬草を飲んだゆえ、としか考えられぬ。

「和兵衛どのが、なにか他の薬草を煎じて飲んだということはないか」

「さあ、どうでしょう……」

　困ったように高江が首を振った。

「番頭の合之助なら、なにか知っているかもしれませんが……」

　合之助は和泉屋に数人いる番頭の中でいちばん若いが、和兵衛の信頼が最も厚いらしい。仁平も何度か話をしたことがあるが、物腰がどこか上品で、はきはきとした物言いが好ましい男である。

「高江どの、合之助どのを呼んでくれるか」

「承知いたしました」

　張りのある声を発して立ち上がったのは、仁平の後ろに座っていた和兵衛のせがれ和助である。病み上がりとは思えない素早い足取りで部屋を出ていった。

　和助はすぐに合之助を連れて戻ってきた。和助が高江の隣に座し、合之助がその斜め後ろに端座した。和兵衛に痛ましげな目を向けてから、仁平に丁重に挨拶してくる。仁平も返した。

　居住まいを正して合之助が口を開く。

「旦那さまが葛根湯のほかになにか薬草を飲まれたか、先生がお知りになりたいと、和助さまからうかがいましたが」

その通りだ、といって仁平は顎を引いた。

「それでしたら――」

合之助が膝を少し進める。

「旦那さまが調合された薬草をすべてお伝えするほうが、よろしいかと存じます」

「うむ、そうしてくれ」

はい、と合之助がうなずいた。

「まず葛根、麻黄、大棗、桂皮、芍薬、甘草、生姜でございます」

いま合之助が口にした七つの薬草は、紛れもなく葛根湯の材料となるものである。

「まず、ということは、和兵衛どのは葛根湯のほかになにか飲んだのだな」

「おっしゃる通りでございます」

合之助がすんなりと肯定した。

「球陽、刺全香、甲芯という三種の薬草を煎じておられました」

いま合之助が口にした三つの薬草はあまり知られてはいないが、いずれも風邪に効くものだ。

球陽は体を温め、悪寒を取り去る。刺全香は血の巡りをよくし、発汗を促す。甲芯は咳を鎮め、体の痛みを取る。

いずれの働きも葛根湯の七つの生薬にすでに含まれているものではあるが、和兵衛はより強い効き目を望み、球陽、刺全香、甲芯も併せて煎じたのであろう。

──和兵衛どのが、三つの薬草の量をまちがえて飲んだということはないか。

しかしその三つとも、さして強い薬ではない。量をまちがえたからといって、意識がなくなり、顔に斑点が出るような類のものではない。そんな症例は聞いたことがなかった。

しかし、と仁平は心中で首をひねった。

──もし和兵衛どのが、ほかの薬草とまちがえて煎じたとするなら……。

薬となるはずの物が、逆に毒となって和兵衛の体を蝕んでいるということは、あり得ないだろうか。

──十分に考えられる。

その毒を取り除けばよいのか、と仁平は思案した。

──そうかもしれぬ。和兵衛どのを苦しめている毒がなにかわかれば、助けられるのではないだろうか。

きっとそうだ、と仁平は光明を見た思いだ。だが、とすぐさま胸中で首を傾げる。

経験豊かな薬種問屋のあるじが、果たして薬を取りちがえるものなのか。

——考えにくいが、あり得ぬことではなかろう。弘法にも筆の誤り、というではないか。実際に、和兵衛どのにそういうことが起きたのかもしれぬ。

でなければ、この症状の説明がつかない。

——つまり、これは病ではないのだ。きっとなんらかの毒が体に入り、巡っているにちがいない。

掌中にするように仁平は確信を抱いた。

——ならば、進むべき道は一つだ。

仁平の中で、和兵衛の体内の毒を取り除くという方針がようやく定まった。

ふむ、とうなって仁平は腕組みをした。どのような毒が原因で和兵衛にこのような症状があらわれているのか、それをまずつかまなければならない。

——今はまだその毒がなにかはわからぬ。毒さえ明らかになれば、取り除く手立てを知ることができよう。だが、それはここにいては無理だ。

和兵衛から目を離し、仁平は顔を上げた。

「高江どの。済まぬが、俺はいったん家に戻ることにする」

「えっ、なにゆえでございますか」

高江が心細そうな顔できいてきた。お芳が驚いたように仁平を見つめる。

「ここにいては和兵衛どのを治せぬからだ」

「ええっ」

高江が目をみはる。横でお芳も声を失っている。和助も合之助も呆然としていた。

あえぐように高江が息を継ぐ。

「先生、それはまことでございますか」

「まことのことだ」

高江を見つめて仁平は首肯した。

「実をいえば、俺は和兵衛どのの症状をこれまで目にしたことがないのだ。だが、和兵衛どのを治す手立ては必ずあると信じている。その思いは決して揺らがぬが、残念ながらその手立てが今のところわからぬ」

「さ、さようにございますか」

「その手立てを調べるために家に戻り、和泉屋の先代が収集したという膨大な書物に当たるつもりでいる。さすれば、きっと手立てが見つかるはずだ」

「隠居した義父の家におびただしい医術に関係した書物があるのは存じておりますが、あれらに和兵衛の病を治す手段が載っているのでございますね」

「まちがいなく載っている」

迷うことなく仁平は断じた。和兵衛から提供された家には、そこいらの大名家では及ばぬような数の書物が揃っているのだ。すべて医術や薬関係のものばかりで、ほとんど仁平が読んだことがないものだ。

おそらく数千冊では利かない。あれだけの数があれば、和兵衛を治す手立てが載っている書物がないはずがない。

それに、と仁平は思った。

——天が和兵衛どののような素晴らしい人物を、ここで召すはずがない。天は決して和兵衛どのを見捨てぬ。だから、手立ては必ず見つかる。

先生、と高江に呼びかけられ、仁平は顔を上げた。

「失礼を承知で申し上げますが、今から書物に当たっていて間に合うのでございますか」

必死の目をした高江に問われ、仁平はまた和兵衛に眼差しを注いだ。息はかすかに荒くなっているようだが、少なくとも病状が急にあらたまるようには見えない。まだしばらくは猶予があるはずだ。

「必ず間に合わせる」

仁平は高江の目を見て約した。

「今は書物に当たることこそが和兵衛どのを救う唯一の手立てなのだ」

「わかりました」

覚悟を決めたような顔で高江がうなずいた。

「正直におっしゃっていただき、心より感謝いたします」

仁平は、和兵衛が調合した薬草が入っている薬棚に球陽や刺全香、甲芯が本当に入っているかを確かめたかったが、今は書物を当たるほうが先であろう。薬棚を調べるのは後回しにするしかない。

「では、行ってくる」

高江たちに告げるや仁平は腰を上げた。

「私も行きます」

叫ぶようにいってお芳も立ち上がる。

「いや、お芳はここにいて、和兵衛どのの様子を見ていてくれ」

いえ、とお芳が首を横に振る。

「私がここにいても、できることはなにもございません。それなら、先生と一緒に書物を当たるほうが力になれると存じます」

お芳の全身に、決死の勇を奮うような気迫がみなぎっているのを仁平は感じた。和兵衛を救うためなら、なんでもするという気持ちがはっきりと見えている。

「わかった。ならば、一緒にまいろう」

仁平は高江に顔を向けた。

「もし和兵衛どのの症状が急に変わるようなことがあれば、すぐに知らせてくれ」

「承知いたしました」

一礼して仁平はお芳とともに部屋をあとにした。和泉屋を出、道を歩き出そうとしたが、すぐにとどまった。

中間（ちゅうげん）を引き連れて牧兵衛がやってきたからだ。ふだん江戸の町を歩き回って鍛えているはずなのにひどく息を切らしているのは、和兵衛のことを聞いて、よほど急いだからであろう。

「仁平、お芳」

立ち止まり、牧兵衛が声をかけてきた。

「見矢木さま」

お芳が辞儀をする。仁平も会釈（えしゃく）した。

「和泉屋の様子はどうだ」

仁平をにらみつけるようにして牧兵衛がきいてきた。

「よいとはいえぬ」

仁平は正直に答えた。

「危篤だというのか」

「そうだ。なんらかの手を打たねば、和兵衛どのは……」

儚くなってしまう、といいかけたが、お芳の気持ちを慮って口にしなかった。

「仁平をもってしても治せぬというのか」

両肩をつかまんばかりの勢いで牧兵衛が質してくる。

「治す。治してみせる」

牧兵衛をじっと見て仁平は断言した。

「そうか、治せるのだな」

ほっとしたように牧兵衛が体から力を抜く。仁平自身、先ほどまでどうしてよいかわからず、自分の無力さを思い知らされたような気分だったが、今はもうちがう。

――命を賭して毒と戦ってやる。

仁平の中で、闘志の炎が勢いよく立ち上がっていた。

――和兵衛どのを侵している毒などに負けておれぬ。

「見矢木どの、もうよいか。ちと急いでおるのだ」

「仁平、どこへ行く気だ」

「家だ。和兵衛どのを治す手がかりを得るために、書物に当たらねばならぬ」

「なんと、そうなのか。今から書物に当たるというのか……」

牧兵衛は信じられないという顔だ。

「そんな暇があるのか」

「和兵衛どのは、俺のまるで知らぬ症状を呈しておる。書物に当たらなければ、正直なにもできぬ」

「仁平がなにもできぬとは……」

愕然(がくぜん)とした顔で牧兵衛がつぶやく。

「見矢木どの、一つ頼みがあるのだが」

「なにかな」

「貫慮に急ぎ家に来てくれるよう伝えてほしいのだ」

いま貫慮は外に住んでいるが、仁平はいずれ医療所に一室を与えようと考えている。

「わかった。この善三に行ってもらう」

牧兵衛が手のひらで中間を指し示した。

「かたじけない。では見矢木どの、急ぐのでこれで失礼する」

仁平は牧兵衛に別れを告げ、足早に歩き出した。牧兵衛に頭を下げて、お芳がうしろにつく。

二

仁平の住まいは、和泉屋とは一町も離れていない。

歩きながら仁平は太陽の位置を見た。だいぶ高く昇っているが、まだ昼の九つにはなっていないようだ。

四つを過ぎたくらいか、と仁平は感じた。お芳の心尽くしの朝餉を食べたから、腹は空いていない。

――いや、そうではない。普段なら小腹が空いている頃だ。和兵衛どののことで頭が一杯で、空腹を感じぬのだ。

人の体は気と一体になっている。両者は切っても切り離せないものだ。

病は気から、とはよくいったもので、真実を突いている。この諺は、もともと正徳三年に刊行された貝原益軒が著した『養生訓』で使われた言葉だ。

家に着いた仁平は戸口に立ち、懐（ふところ）から鍵を取り出した。錠を開けて中に入り、土間で雪駄（せった）を脱いだ。廊下を進んで、奥の間の腰高障子（こしだかしょうじ）を開ける。

仁平は、かび臭（くさ）さが漂（ただよ）う部屋に入った。日がろくに射し込んでこず、この部屋はいつも暗い。

お芳が、かたわらにある行灯（あんどん）にいち早く火を入れた。部屋の中がほんのりと明るくなる。

見上げるような書棚がいくつも立ち並んでいるが、仁平はためらうことなく隅に立つ書棚の前に進んだ。顔を上げ、ずらりと揃う書物を見つめる。

「先生、どの本を読めばよろしいのでございますか」

後ろに控えるお芳が小声できいてくる。書棚に並ぶ膨大な書物に、圧倒されたような顔をしていた。

「薬草について書かれている書物を、片端から読んでいくしかない。お芳は、俺が選んだ書物に目を通してくれればよい」

わかりました、とお芳が答えた。

「お芳、行灯を掲げてくれるか」

はい、といってお芳が行灯を持ち上げた。そのおかげで、書物の題名がよく見えるようになった。

仁平の前の書棚には、薬草に関して書かれているはずの書物がまとめて置かれている。仁平自身、これまでにこの部屋の書物をだいぶ読んできたが、あまりに数が多すぎて、この書棚まで到達していなかった。

――こんなことになるなら、この書棚から読んでおけばよかったが……。

だが、今それをいったところで詮ないことだ。

――さて、どれがよいか。

気持ちを取り直して、仁平は書物の群れをざっと眺めた。特に薬草について詳しく記されていそうな五冊の書物を手に取った。

――この五冊に解毒の手立てが書いてなかったら、和兵衛どのの治療が間に合わなくなるかもしれぬ……。

どうしても不安にならざるを得ないが、仁平は心中でかぶりを振った。

――つまらぬことを考えるな。弱気になってどうする。解毒の手立ては、この五冊に必ず記してある。

「とりあえずこれでよい」

仁平はお芳に告げ、五冊の書物を手に隣の部屋に入った。

——もしこの五冊に答えがなかったら、ほかの書物に当たるまでだ。それでも、必ず間に合うはずだ。天は決して和兵衛どのを見捨てぬ。

文机の上に五冊の書物を載せて、仁平は端座した。行灯を文机のそばに置いて、お芳が端座した。

仁平はお芳に目を当てた。

「お芳、よいか。和兵衛どのの症状が書いてあるところがきっとあるはずだ。それを、目を皿にして探すのだ」

「承知いたしました」

そのとき、外から人の声がした。貫慮が来たようだ。ずいぶん早いな、と仁平は思った。

「入ってくれ」

仁平は大声を上げた。戸が開く音がし、ほどなく貫慮が姿を見せた。仁平は、なにが起きたか説明し、なにをしてほしいか併せて語った。

「わかりました」

貫慮がお芳の隣に座した。

「では、はじめよう」

仁平は一番上の書物を手に取った。『薬毒療治大全』という題名だ。

――いかにも治療法が書いてありそうではないか。

期待を込めて仁平は『薬毒療治大全』を読みはじめた。お芳も一冊の書物を手元に引き寄せ、そっと開いた。貫慮も書物を広げ、目を落とす。

気は急くが、仁平は『薬毒療治大全』をじっくりと読んでいった。下手に早く読み進めて、治療法が出ているところをうっかり見落とすというようなことがあってはならない。

四半刻後、仁平は『薬毒療治大全』をぱたりと閉じた。

「ない」

『薬毒療治大全』には、残念ながら和兵衛の症状についての記述は見当たらなかった。

もう読み終えたのか、とお芳が驚きの顔で仁平を見る。貫慮もびっくりしている様子だ。

「お芳、貫慮、焦ることなどない。ゆっくり読めばよいのだ。和兵衛どのの症状が記してある箇所を、見過ごすほうがずっと怖いゆえ」

仁平は、二冊目の『和漢薬毒草図』を開いた。この書物には薬草の色付きの絵が多く使われており、実にわかりやすかった。それぞれの毒草による症状も、絵で明瞭に描かれている。

――これをお芳に渡してやればよかったな。

そんなことを思った瞬間、和兵衛の症状とほとんど同じ絵が目に飛び込んできた。

仁平は、おっ、と声を上げた。

「ございましたか」

気持ちがはやったらしくお芳がきいてきた。顔を上げ、貫慮も期待に満ちた目を向けてきている。

「うむ、あった」

「本当でございますか」

目を輝かせてお芳が立ち上がり、仁平の横にやってくる。貫慮は膝立ちになり、『和漢薬毒草図』をのぞき込んできた。

――よもやこんなに早く見つかるとは、和兵衛どのは運がよい。よすぎるくらいだ。やはり天が生かすように命じておるのだな。

「これだ」

仁平は、お芳と貫慮によく見えるよう『和漢薬毒草図』を文机の上で少しずらした。

そこには、灰色の顔に白い斑点が浮かんでいる絵がある。

「本当でございますね。まさしくおとっつぁんの症状でございます」

愁眉を開いたお芳が明るい声を上げた。うむ、と仁平は首を縦に動かした。

「紛れもなくこれだ」

「そこには、なんと書いてあるのでございますか」

貫慮がきいてきた。手を伸ばして、絵の下に書かれている説明文を指す。

お芳も困ったような顔をしていた。

「そこだけ字が小さすぎて私にも読めません」

「よし、ならば俺が読もう」

仁平は目を凝らして説明文を見つめた。

「これによると、車伽等草という草を煎じて飲んだことによる症状だと出ている」

「車伽等草……」

戸惑ったような声を貫慮が発した。

「初めて聞く薬草です」

「俺もだ」

「おとつぁんを苦しめているのは、車伽等草というのでございますか……。それは毒草でございますか」

「そうだな。毒草のようだ」

――なにゆえ和兵衛どのは、このような毒を飲む羽目になったのか。そもそも車伽等草をどうやって手に入れたのか。

「なぜおとつぁんがそのような毒を……」

誰かに盛られたのかもしれぬ、と仁平は考えたが、すぐにその思いを打ち消した。

「それは、いま考えることではない。あとにしよう」

仁平にとって車伽等草は、貫慮同様、初めて知る毒草である。このような毒草があったのか、と驚きを隠せない。

「この絵を見る限り、車伽等草は刺全香に似ているな」

「おっしゃる通りでございます」

すぐさま貫慮が同意してみせる。

「車伽等草のほうが少しだけ黒っぽく見えるが、これはこの本が年を経たことで、色が変わっただけかもしれぬ」

「では、おとつぁんは刺全香とまちがえて服用したのでございますか」

「そうかもしれぬ」

だが、とすぐさま仁平は思った。

――和兵衛どののほど薬に精通している者が、いくら似通っているとはいえ誤って服用するものなのか。やはり考えにくい気がするが……。

仁平はさらに説明文を読み進めた。それによると、車伽等草はいきなり死を招く毒ではないようだ。何度か服用するうちにじわじわと効いていき、やがて死に至る毒草らしい。

――和兵衛どのは風邪のたびに車伽等草を飲んでおり、ついに症状があらわれたということか……。

和兵衛は薬棚をまちがえて車伽等草を取り出し、調合したのか。それとも、端から刺全香の棚に車伽等草が入っていたのか。

『和漢薬毒草図』によると、車伽等草は毒だけでなく、量さえまちがえなければ、薬にもなるようだ。特に肝の臓が弱っているときなどに少しずつ飲み続ければ、体のだるさを取り除く効き目があるとのことだ。

――なるほど。毒草とはいえ、薬草の働きも併せ持っているのか。だいたいの薬草は毒を持っているが、車伽等草に限っては毒のほうが強いようだな。

とにかく、と仁平は思った。今は解毒の手立てがわかればよいのだ。

それについても記述があった。

――助かった。

天に手を合わせたいくらいだ。仁平は額に浮いた汗を手のひらで拭いてから、改めて文字を目で追った。

金迅（こんじん）と駱転涼（らくてんりょう）及び当麻蜜草（とまみそう）という三つの薬草を別々に煎じたのち、それらを冷ましてから、よく混ぜたものを飲ませればよいとのことだ。それを根気よく続ければ、必ず解毒ができるという。

むう、と仁平はうなり声を上げた。

――またしても俺が知らぬ薬草が三つも出てきおったか。だが、この作者はどうやってこのような薬草、毒草を知ったのだろう。

仁平は『和漢薬毒草図』の著者がどのような者か気になり、表紙を見た。

そこには作者として川内謙正（せんだいけんしょう）とあった。今から五十年ほど前に著された書物である。

それにしても、と仁平は思った。

――この川内という人は、まことにありがたい書物を著してくれたものだ。素晴らしい研究としかいいようがない。もしこの書がなかったら、俺は車伽等草など、知る由もなかった。

感謝してもしきれない。金迅、駱転涼、当麻蜜草。この三つの薬草が和泉屋にあればよいが、と願いながら仁平は立ち上がった。

『和漢薬毒草図』以外の四冊の書物を書棚に戻してからお芳、貫慮とともに家を出る。仁平は『和漢薬毒草図』を小脇に抱え、急ぎ足で和泉屋へ向かった。

――ほとんど人に知られておらぬ車伽等草を用いれば、人を死に至らしめるのは、たやすいことであろう。

和兵衛が何者かに毒を盛られたということは、やはり十分に考えられる。和兵衛は大店の主人だ。殺したいと思う者がいても、なんら不思議はない。

ただし、車伽等草を盛ったからといって、すぐには死に至らない。根気よく毒を盛り続けるということをしなければならない。それについては、どう考えるべきなのか。

――もし本当に毒を盛った者がいるとして、和兵衛どのが得体の知れぬ病で死んだと、見せかけたかったのかもしれぬ。なにしろ、俺も知らなかった毒だ。町奉行所の検死医者でも知る者はおらぬであろう。町奉行所が関わってこぬようにしたかったのかもしれぬ……。

ふむ、と仁平は鼻を鳴らした。

――もしまことに和兵衛どのが毒を盛られたのなら、このことを見矢木どのに話しておくべきだな。まだ和泉屋にいるだろうか。

下手人捜しは牧兵衛に任せておけばよい。俺がなによりすべきことは、と仁平は思った。

――和兵衛どのを、なんとしても助けることだ。

いま和兵衛は命の瀬戸際にいる。救えるのは俺しかおらぬ、と仁平ははっきりと覚っていた。

三

仁平はお芳、貫慮とともに和泉屋に戻った。

仁平たちの足音を聞きつけたか、あわてた様子で高江が廊下に出てきた。

それを見て仁平はぎくりとした。

「和兵衛どのがどうかしたのか」

高江に大股で近づいて仁平はたずねた。

「ああ、いえ、そうではございません」

すぐさま高江が否定した。

「先生たちが書物に当たられてどうなったのかが、ずっと気になっておりましたので……。先生たちが戻られたのがわかり、つい飛び出してしまいました」

「それなら、行った甲斐があった。手立ては見つかった」

「ああ、さようにございますか」

高江が安堵の息を盛大に漏らす。

「では、和兵衛は治るのでございますね」

「もちろん治る。だが申し訳ないが、それはまだ先のことだ」

高江が怪訝そうな表情になる。

「どういうことでございましょう」

「和兵衛どのを治すのに、三つの薬草が要るのがわかったのだが……」

「あの、どのような薬草でございますか。といっても、私ではなにもわかりませんが……」

「合之助どのはどこかな。店に三つの薬草の在庫があるか、知りたいのだ。珍しい薬草だと思うのだが」

「珍しい薬草……。しばしお待ちくださいますか。いま合之助を呼んでまいりますので」

廊下を飛ぶようにして高江が店のほうへ向かった。仁平は、高江と入れちがうように和兵衛の寝所に足を踏み入れた。お芳と貫慮が後ろに続く。

和兵衛の枕元に座しているのは和助だけである。物問いたげに仁平を見る。

仕事に戻ったらしく、牧兵衛はそこにいなかった。いくら懇意にしている店の主人が危篤だからといって、定町廻り同心がずっと付き添っているわけにはいかないのだろう。

仁平は和助の向かいに座り、和兵衛の様子をじっと見た。家に戻って書物を当たってから、半刻ばかりたったはずだが、症状に変わりはないようだ。

和兵衛は顔色も悪いし、息もひどく荒い。安心できる状況ではないが、仁平は少しだけ安堵した。

あの、と和助が声をかけてきた。

「今おっかさんとのやり取りが聞こえましたが、先生、手立てが見つかったのでございますね」

期待の籠もった面持ちの和助にきかれ、仁平は、うむ、と顎を引いた。

「見つかった」

「ああ、よかった」

和助が喜色を露わにする。

「だが和助どの、まだうまくいくかどうかわからぬのだ」

「えっ、それはどういうことでございますか」

和助が真顔で質してきたとき、高江と合之助が姿を見せた。

「和助どの、その答えは今から出る」

仁平は和助に告げ、会釈して向かいに座した高江と合之助を見た。合之助が一冊の帳面を手にしていることに気づく。

「合之助どの」

間髪を容れずに仁平は呼びかけた。はい、と体をかたくして合之助が答える。

「この三つの薬草はあるか」

仁平は『和漢薬毒草図』を開き、金迅、駱転涼、当麻蜜草が店にあるか問うた。

合之助が大きく目を見開き、『和漢薬毒草図』をじっと見る。

「金迅、駱転涼、当麻蜜草でございますか」

眉間にしわを寄せ、合之助が顔を歪ませた。

「まことに残念でございますが、うちには在庫がございません」

「そうか、さすがの和泉屋にもないか……」

落胆が仁平の身を包んだ。

「この三つの薬草は、いずれも取り寄せとなっております」

「取り寄せるのに、ときがかかるか」

「かかりましょう」

暗い顔つきで合之助がいい、手元の帳面を膝の上で広げた。それを食い入るように見つめてから、面(おもて)を上げる。

「その三つの薬草は長崎(ながさき)の薬種問屋にしかございません」

それを聞いて仁平は暗澹(あんたん)とした。

「ですので、いま注文いたしましても、江戸に届くのは、どんなに早くても一月ばかり先のことでございます」

「一月とは……」

それではまったく間に合わぬ、と仁平は思った。取り寄せているあいだに和兵衛は死んでしまう。

「江戸の薬種問屋にはないのか」

「ございません」

合之助が厳しい顔で首を横に振り、帳面を掲げた。

「この帳面は薬種の目録でございまして、特に珍しい薬種をどの店が在庫しているかが記されております。これによると、江戸で金迅、駱転涼、当麻蜜草を扱っている薬種問屋は一軒もございません」

「一軒もか……。では、江戸でその三つの薬種を探しても無駄なのだな」

「まことに残念でございますが。三つとも、滅多に出回ることがない薬種で、手前はこれまで一度も扱ったことがありません」

和泉屋ほどの店が扱ったことがない薬種である。よそにあるはずがないな、と仁平は思った。唇を嚙み、下を向く。

――どうすればよい。

考えるのだ、ひたすら考えろ、と仁平は自らに命じた。目を閉じ、精神を一統する。脳味噌を振り絞るように思考をはじめた。

ふと、ひらめくものがあった。

――そういえば、前にも同じようなことがあったではないか。

顎を上げ、仁平は目を開けた。

――金迅、駱転涼、当麻蜜草と同じ働きをする薬草を、江戸で見つけるしかあるまい。

十年ばかり前、仁平は主家だった沼里（ぬまざと）家の国家老（くにがろう）の治療に当たった。しかし沼里やその近辺の薬種問屋は、国家老の病に著効を持つ薬草を持っていなかった。手に入れるには江戸から取り寄せるしかなかったが、そんなことをしていたら、そのあいだに国家老は死んでしまう。そこで仁平は、同じ働きをする薬草を見つけ出すことを決意したのだ。

沼里城内の書庫で半日のあいだ書物を読みふけり、同じ働きをする薬草をついに見つけ出した。その薬草もありふれたものとはいい難かったが、沼里の薬種問屋にわずかながらも在庫があった。

すぐさま入手した仁平はその薬草を煎じ、国家老に飲ませた。仁平の見込んだ通り、その薬湯は素晴らしい効き目を表し、国家老の容体（ようだい）は快方に向かった。

――こたびも同じことをやるしかあるまい。

だが、同じ働きをする薬種を書物から見つけ出すといっても、すぐには探し出せないだろう。沼里でも半日かかっている。果たして、それだけのときが残されているのかどうか。

身を乗り出し、仁平は和兵衛の顔をじっくりと見た。

相変わらず息は荒く、顔色も灰色のままだ。顔に浮く斑点が鮮明になってきている
ように感じられる。

――猶予は、あと半日というところか。いや、そんなにないかもしれぬ……。

代替の薬種を探し出すのに、半日もかけていられない。せいぜい一刻ほどで見つけ
なければ、どうにもならないだろう。

とにかく急がねばならない。仁平は高江たちに、自分がこれからなにをするか説明
した。

「では、先生はまた家に戻られ、書物を読まれるのでございますね」

うむ、と仁平はうなずいた。

「書物に当たり、金迅、駱転涼、当麻蜜草と同じ働きをする薬草を探し出す」

「それで間に合いますか」

ごくりと息をのんで高江がきいてきた。

「必ず間に合わせる」

「わかりました」

今は仁平に任せるしかない、との思いが高江の顔ににじみ出ていた。

「高江どの。和兵衛どのに水を与えるのを忘れぬようにな。俺もやってみせたが、水を含ませた手ぬぐいを少し絞り、唇を湿らせてやればよい。それを繰り返してくれ」

「承知いたしました」

「もし和兵衛どのの容体が急に変わるようなことがあれば、必ず知らせるように」

高江に再び同じ言葉をいい置いて、仁平はお芳と貫慮を連れて家に戻った。書棚の林立する部屋に赴く。

書棚をじっくりと眺めてから、仁平は新たに十冊の書物を選んだ。三人がかりで一刻以内に読めるとなれば、せいぜい十冊が限度であろう。この十冊の中に答えがなければ、和兵衛はあの世に行ってしまう。

選んだ十冊はいずれも薬草と毒草に関する書物である。仁平は隣の部屋に移り、それらを文机の上に置いた。

仁平の向かいにお芳が座し、その隣に貫慮が端座する。

よいか、と仁平はお芳と貫慮に語りかけた。

「俺たちがまずすべきことは金迅、駱転涼、当麻蜜草がどんな働きをする薬草なのか、調べることだ。『和漢薬毒草図』の車伽等草のところには、三つの薬草がどんな働きをするものか、そこまでは書かれていなかった」

仁平はいったん言葉を切った。

「金迅、駱転涼、当麻蜜草の働きがわかったら、次はそれらと同じ働きをする薬草を見つけ出す。見つかった薬草で薬湯を煎じれば、和兵衛どのを必ず救える」

「わかりました」

お芳と貫慮が声を合わせるように答えた。

「では、お芳はこれから調べてくれ」

仁平は『薬草能毒大成（やくそうのうどくたいせい）』という書物をお芳に与えた。

「さっきざっと見ただけだが、よく書けている書物のようだ。それに金迅、駱転涼、当麻蜜草のいずれかのことが詳しく書かれているのではないかと、俺はにらんでいる」

「わかりました。がんばって読んでみます」

お芳から目を外し、仁平は貫慮へと顔を向けた。

「貫慮はこれだ」

仁平は『東西薬毒啓蒙（とうざいやくどくけいもう）』という書物を貫慮に読むよう命じた。

「それは、昼前にこの家に来たとき俺が最初に選んだ五冊の最後の一冊だ。それもとてもよい出来の書物に思えた。それにも金迅、駱転涼、当麻蜜草のいずれかのことが記されているのではないかと思う」

「わかりました。力を尽くして調べます」

頼む、といって仁平は『和漢薬毒草図』を再び手に取り、残りの頁を繰りはじめた。

――とにかく急がなければならぬ。

仁平は四半刻もかからず『和漢薬毒草図』を読み終えた。絵が多いから読み進めるのはたやすかった。

しかしながら金迅、駱転涼、当麻蜜草が載っていたのは車伽等草のところだけだった。

仁平は次の書物の『和蘭奇薬図解(オランダきやくずかい)』を手に取った。そのときお芳が声を上げた。

「あっ、ありました。先生、ここに金迅の働きが書いてあります」

やはりあったか、と仁平は自分の見込みが合っていたことに、ほっとした。

「よし、見せてくれ」

仁平は『薬草能毒大成』を手元に引き寄せ、金迅の記述に目を凝らした。

金迅の働きは、肺臓(はいぞう)、気管支、喉の痛みや腫れ、赤みを取り去ることと出ていた。

「そういう働きを持つ薬草だったか……」

和兵衛が倒れたと聞いて和泉屋に駆けつけたとき、仁平は和兵衛の喉に炎症ができていることに気づいた。聴胸器（聴診器）を胸に当てると、肺臓からは、ごぼごぼと妙な音が聞こえていた。

それで、喉や気管支、肺臓に効く薬を煎じて和兵衛に飲ませたのだが、まったく効果を発揮しなかった。

和兵衛が肺臓や気管支、喉をやられているのはまちがいなかったが、おそらく悪いところはそれらだけではないのだろう。車伽等草の毒が和兵衛の全身に悪さをしており、肺臓や気管支、喉にも影響を及ぼしているのではないか。

――その根っこのところを治さなければ、和兵衛どのは快方に向かわぬ。

駱転涼、当麻蜜草のどちらかが、根っこの部分を治す働きを持っているはずだ。

「よし、お芳と貫慮は引き続き駱転涼、当麻蜜草が書き記してあるところを探してくれ。俺は、金迅に代わる薬草を探し出す」

いや、待て、と仁平は自らに命じた。

――もしや探し出すまでもないかもしれぬ。

なにか引っかかるものがあった。

——俺が最初に和兵衛どのに与えた薬草は、湿胡だったな……。

湿胡は喉や肺臓に効く薬草として、知られている。だが湿胡では、と仁平は考えた。薬として車伽等草の毒の強さに対抗しきれなかったのではあるまいか。

——湿胡と同じ働きで、もっと強い力を持つ薬草を手に入れなければならぬのではないだろうか。前に使ったもので、そのような薬草がなかったか。いや、確かあったはずだ。

瞑目し、仁平は頭を絞った。そうだ、と思い、目を開ける。

——散李久なら、湿胡と同じ働きを持っている。

しかも、働きとしては湿胡よりもずっと強い。あの薬草が和泉屋にあるだろうか。散李久は以前、沼里でも手に入れることのできた薬草で、さほど珍しいものではない。

——もし和泉屋になければ、江戸の薬種問屋を当たってもらわなければならぬが……。それにしても、散李久か。和兵衛どのの喉の腫れや赤みを目にしたとき、なにゆえ思い出さなかったのか。

もっとも、根っこの部分を治さなければ和兵衛は快方に向かわないはずだから、仮に散李久を処方していたとしても、おそらく容体にさほど変わりはなかったにちがいない。

——だが散李久を使っていれば、和兵衛どのの呼吸を楽にできたかもしれぬ。

これまで見たことのない症状を目の当たりにしたことで動転していたとはいえ、散李久のことを思い出せなかったことに、悔いが残った。

「お芳」

仁平が呼ぶと、はい、とお芳が顔を上げた。

「和泉屋に行ってきてくれぬか。散李久という薬があるかどうか、調べてほしいのだ。もし和泉屋になければ、江戸中の薬種問屋を当たらせてほしい。さほど珍しい薬ではないゆえ、散李久は合之助どのが持っていた目録には載っておらぬだろう」

「では、どの店に在庫があるか、わからないということでございますね。その散李久という薬草がお店にあるかどうか、さっそく確かめてまいります」

お芳が男のようにすっくと立ち上がり、腰高障子を開けた。部屋を出るや廊下に座し、失礼します、と一礼して腰高障子を閉めた。忍びやかな足音が遠ざかっていく。

——散李久なら、必ず和泉屋にあろう。ないわけがない。

仁平は『薬草能毒大成』をお芳がいたところに戻し、『和蘭奇薬図解』に再び目を落とした。目を走らせ、駱転涼、当麻蜜草の代わりになる薬草を当たりはじめる。

「あっ、ここに駱転涼のことが書き記してあります」

不意に貫慮が弾んだ声を上げた。仁平はすぐさま腰を上げ、貫慮が指を差しているところを見つめた。

「よし、見せてくれ」

はい、と貫慮が『東西薬毒啓蒙』を差し出してくる。仁平は受け取り、凝視した。

それによると、駱転涼は火傷（やけど）に効き、肌のただれを治すとのことだ。皮膚のかゆみを取る力もあるという。それはすべて服用することで、十分な働きを得られるとのことだ。

火傷に効く薬といえば、と仁平は思った。蒲（かば）の花粉がよく知られている。蜂蜜も火傷に効くが、いずれも服用するものではない。じかに火傷に塗ることで、効果を表す。

――ふむ、駱転涼は服用しなければならぬのか。車伽等草の毒によって、和兵衛どのの体の中には、火傷のようなただれができておるのだな。つまり、これが根っこということになるのか……。

仁平は自らの顎を撫（な）でた。

――つまり、このただれを治す薬草を手に入れることこそ、肝心ということか。

目を上げた仁平は、貫慮、と呼んだ。はっ、と貫慮が真剣な眼差しを向けてくる。

「火傷を治すために、服用する薬を存じているか」

貫慮は、もともと小石川養生所で働いていた医師である。医術の知識も相当なものであるはずだ。

「いえ、存じませぬ」

済まなそうな表情で貫慮が答えた。

「火傷で患者に服用させたとなると、痛みを鎮めるための薬しかありませぬ」

「俺も同じだ。飲んで火傷に効く薬があるとは知らなかった……」

よし、といって仁平は自らの太ももを、ぱしんとはたいた。

「俺は駱転涼の代わりになる薬を探すゆえ、貫慮は当麻蜜草のことを書き記してあるところを、引き続き探してくれ」

仁平は貫慮に『東西薬毒啓蒙』を返した。

「承知いたしました」

うなずいて貫慮が『東西薬毒啓蒙』を文机の上に置き、読みはじめる。

――それにしても、体の中のただれを治すとは、駱転涼はすごい薬だな。しかし、その存在がろくに知られておらぬのは、よほど珍しく、貴重な薬種ゆえなのだろう。

蘭方の医術書をこれまで何冊も読んでいるが、その中でも目にしたことがない薬である。和泉屋ほどの店でも駱転涼がないのは、当然のことにちがいない。

仁平は『和蘭奇薬図解』に目を据え、火傷で服用する薬の記述がないか、目を皿にして探した。

――おっ、これはどうだ。

唐双（とうぞう）という薬草の記述に、仁平は目を留めた。

――行けるかもしれぬ。

漢方薬である唐双は、服用することで体内のただれや炎症を治す力を持つという意味のことが書かれていた。

――きっと使えるはずだ。だが、この唐双という薬草も、これまで見たことも聞いたこともないな。果たして手に入れられるものなのか……。

そこにお芳が戻ってきて、失礼します、と腰高障子を開けた。仁平の目に、明るい顔が飛び込んでくる。

「お芳、散李久があったのだな」

すかさず仁平は声を発した。

「ございました」

朗らかな声でいって、お芳が仁平の前に座した。

「それはよかった」

「はい、私も肩の荷が少し下りた気分でございます」

――沼里でも手に入るような薬だ。和泉屋にないわけがないと思っていたが、まずはよかった。

仁平は安堵の息をついた。

「お芳、和兵衛どのの様子はどうだった」

仁平がきくと、お芳が少し暗い顔になった。

「今のところ、なにも変わりはございません」

今も苦しげに呼吸をしているのだろうな、と仁平は思った。

――今から行って散李久を処方するか。

いや、と心中でかぶりを振った。

――一刻も早く治療に当たって和兵衛どのを苦しみから逃れさせなければならぬのは確かだが、唐双を手に入れる前に散李久を処方しても無駄でしかないのではないか。とにかく、根っこを治さねばどうにもならぬのだ。

「お芳、戻ってきたばかりのところを申し訳ないが、また和泉屋に行ってほしい」

「先生がそうおっしゃるのではないかと存じ、丁稚の養一という者を連れてまいりました」

「その養一とやらは、どこにいる」

「濡縁で待たせてあります。すぐに使いに出てもらうから、と申し付けてあります」

そうか、と仁平は相槌を打った。

「では、養一に、唐双という薬草が和泉屋にあるか、聞きに行ってもらってくれ。もし唐双がなければ、江戸中の薬種問屋に当たってもらうことになる」

「唐双でございますね。わかりました」

お芳が立ち上がり、部屋を出ていった。間を置くことなく、庭のほうからお芳の声が聞こえてきた。

声の調子からして、養一という丁稚に、よくよくいい含めている様子である。

やがてお芳が仁平たちのもとに戻ってきて、腰高障子を閉めた。再び仁平の前に端座する。

「養一を店に行かせました」

それでよい、と仁平はいった。

「お芳、またそれを読んでくれぬか」

仁平は、文机の上にある『薬草能毒大成』を指し示した。

「今度は、当麻蜜草を当たればよろしいのですね」

そうだ、と仁平がいうと、わかりました、とうなずいてお芳が『薬草能毒大成』に目を通しはじめた。

しばらくのあいだ仁平、貫慮、お芳の三人は無言で書物を読むことに没入した。朝餉を食べて以来、なにも腹に入れていないが、仁平自身、さして空腹は感じていない。お芳と貫慮も同じではないだろうか。

ふと、庭のほうで枝折戸（しおりど）が開いたような物音がし、次いで、お嬢さま、とお芳を呼ぶ声が耳に飛び込んできた。

「養一が戻ってきたようでございます」

お芳が『薬草能毒大成』から目を上げ、すぐさま立ち上がった。

「養一をここに連れてきてくれ」

承知いたしました、と答えてお芳が部屋を出ていく。

すぐに養一を伴って戻ってきた。まだ十四、五歳と思える男である。仁平はこれまで話をしたことはないが、和泉屋で何度か顔を見かけたことがあった。

養一は沈んだ顔つきをしていた。お芳も似たような表情である。

それで答えを聞かずとも、仁平は唐双が和泉屋になかったことを知った。

「先生、唐双は店にないそうにございます」

お芳が養一に代わって伝えてくる。やはりな、と仁平は唇を嚙んだ。だが、それも一瞬で、穏やかな口調で養一に問うた。

「それで、奉公人たちを探しに行かせているのだな」

「はい、大勢の人が探しに出ました。手前もそれに加わろうと思っています」

決意を感じさせる顔で養一がいった。

「いや、おぬしはここにおるのだ」

やや厳しい声音で仁平は命じた。

「えっ、しかし……。先生、なにゆえでございますか」

養一が戸惑いの顔になる。

「和兵衛どののために見つけ出すべき薬草は、唐双だけではない。手に入れなければならぬ薬草が新たに必ず出てこよう。そのときに、その薬草を探す者が一人もおらぬということは避けたい」

「ああ、さようにございますね。よくわかりましてございます。では、手前はここにいさせていただきます」

養一は納得した顔だ。

「養一、そこに座ってくれ」

仁平がいうと、はい、と養一がお芳の後ろに控えるように座した。

「先生、手前になにかお役に立つようなことはございますか」

首を伸ばして養一が申し出てきた。輝きを帯びた聡明そうな目が仁平をじっと見ている。いかにも利発そうな顔をしており、そのあたりを見込んでお芳はここに連れてきたにちがいなかった。

養一の気持ちに応えたい、と仁平は強く思った。

「養一は字が読めるな」

一応、仁平は確かめた。それができなければ、和泉屋のような店に奉公は叶うまい。

「もちろんでございます」

胸を張って養一が答えた。

「では、この書物を読み、当麻蜜草という薬草の働きが載っておらぬか、探してみてくれ」

「はい、わかりました」

快活な声で養一がいい、膝を進めてきた。仁平が養一に手渡したのは『本朝薬品図会』という書物である。

これにも絵がたくさん載っており、十四、五の若者でも、読み進めるのはそんなに苦にはならないだろう。

「では、読ませていただきます」

文机の上に『本朝薬品図会』を置き、養一が真剣な目を向ける。

仁平とお芳、貫慮もそれぞれの書物を再び読みはじめた。

それから四半刻ほど経過した頃、お芳が声を上げた。

「先生、当麻蜜草のことがここに書き記してございます」

お芳が記述のあるところに指を置いている。

「どれ、見せてくれ」

仁平は、お芳から手渡された『薬草能毒大成』に目を落とした。

当麻蜜草は胃の腑の痛みと腫れを取り去り、肝の臓の疲れを取る、という意味のことが書かれていた。

胃の腑の痛みや腫れを取るならば、と仁平は思った。減覇裏か時業冬がよいのではないか。

それぞれ単独ではなく、この二つの薬草を合わせて使えば、卓越した効き目を発揮する。多分、車伽等草の毒にも負けないのではないだろうか。

――どちらか一つしかないなら、時業冬を選びたいが……。

もし時業冬がないなら、減覇裏を選ぶしかない。減覇裏はまずまちがいなく和泉屋にあるはずだが、減覇裏だけでは車伽等草の毒に対抗できないのではないかという危惧(きぐ)がある。

――やはり減覇裏だけでは心許ない。なんとしても時業冬がほしい……。

肝の臓の疲れを取るならば、と仁平は思った。卓茜(たくせん)という薬種が最もよい。卓茜はありふれた薬種ではないが、和泉屋ほどの店なら在庫があるのではないだろうか。万が一、和泉屋になくても、江戸の薬種問屋なら卓茜の在庫を持っているところはすぐに見つかるのではあるまいか。

――肝の臓も車伽等草の毒にやられ、解毒の力を失っているのだな。その力を回復するために、肝の臓の疲れを取る薬種が要るのであろう。卓茜なら、その働きが最も強かろう。

貫慮、と仁平は呼びかけた。

「当麻蜜草の代わりに時業冬、減覇裏、卓茜の三つの薬種を使おうと思うが、おぬしはどう思う」

貫慮は我が意を得たりという顔だ。

「手前もいま先生がおっしゃった三つの薬種が頭に浮かんでおりました」

口を閉じた途端、貫慮が少し浮かない表情を見せる。

「ただし、時業冬が果たしてあるかどうか。小石川養生所でも手に入れるのに、苦労したことがございます」

「俺も時業冬の入手が難しいかもしれぬと思っている。ほかに胃の痛みを取る薬はいくらでもあるが、おそらく車伽等草に対抗できるだけの力はあるまい」

「手前も同じ考えでございます」

よし、と仁平はいって立ち上がった。

「とりあえず和泉屋に戻ろうではないか」

仁平たち四人は家を出て和泉屋を目指した。

四

散李久、唐双、時業冬、滅覇裏、卓茜。

仁平の考えが正しいと仮定した場合、この五つの薬草を煎じて飲ませてやれば、車伽等草の毒にやられた和兵衛の体は、快方に向かうはずである。

――五つの薬草の中で、いま和泉屋にあることがはっきりしているのは散李久だけか。なんとしても、すべて揃ってくれればよいのだが……。

仁平は、先導するように前を歩く養一に声をかけた。養一が、なんでございましょう、と振り返る。

「おぬしは時業冬、滅覇裏、卓茜という薬草が店にあるか、戻ったらすぐに調べられるか」

はい、と養一がうなずいた。

「番頭さんにきけば、すぐに調べられます」

「手前は、まだ丁稚の身でございますので勝手に薬棚を開けて、在庫を当たるわけにはまいりません」

「では、薬棚を開けることができるのは、番頭だけか」

「いえ、手代の方たちも開けることができます。薬の調合をしなければなりませんので」

「そうか、よくわかった」

——和兵衛どのが毒を盛られたとして、薬棚に近づけるのは、番頭と手代ということか。もっとも、夜間など店に人がおらぬときなら、誰でも薬棚に近づけよう。

「養一、もう一つきくが、和兵衛どのは風邪を引いたとき、店の薬棚の薬草を調合し、自ら煎じて飲んでいるのか」

「そうされることもあるようでございますが、ご自分の部屋にも薬棚がございまして、普段はそちらで薬種を調合されているようでございます」

「そうか、自分のためだけの薬棚があるのか」

夏を感じさせるような強い日射しを浴びながら歩いた仁平は、お芳たちと連れ立って和泉屋の中に入った。

中はひんやりとしており、仁平の体から汗が引いていった。軽く寒けを感じた。

——油断して風邪を引かぬようにせねばならぬ。ここでもし俺が寝込むようなことがあれば、元も子もない。薬草がすべて揃ったとしても、和兵衛どのを救えなくなってしまう。

袂に落とし込んでいた手ぬぐいを取り出し、仁平は首筋を拭いた。それだけで寒けは消えていった。

――やはり首筋を冷やすのは禁物だな。

「先生、お戻りでございますか」

ほっとしたように高江が廊下に出てきた。

「薬種の調べがついたのでな」

「ああ、さようにございますか」

仁平を見つめて高江が顔を輝かせる。

「では、和兵衛は治るのでございますね」

「必ず治す」

寝所から少し遅れて合之助が出てきて、高江の横に立った。

「先生、お疲れさまでございました」

合之助が顔を上げるのを待って、仁平は問いかけた。

「合之助どの、唐双を手に入れて戻ってきた者はいるか」

「いえ、まだおりません」

渋い面持ちで合之助が首を横に振った。

「そうか、それは残念だ。書物に当たってわかったが、どうやら唐双が最も和兵衛どのに効くのではないかと思える」

ならば、と力の籠もった言葉を合之助が放った。

「なんとしても、唐双を探し出さなければなりませんね」

「その通りだ。力を尽くしてほしい」

「わかりました。必ず見つけます」

合之助どのに任せれば、と仁平は思った。

――唐双はきっと手に入れられるだろう。

合之助はいかにも優秀な感じがするのだ。

――和兵衛どのが重き信を置いているのも、よくわかる。

「それからすぐに調べてほしいのだが、この店に時業冬、滅覇裏、卓茜という薬種はあるか」

「時業冬に滅覇裏、卓茜でございますね。いま調べてまいります」

一礼し、合之助が店のほうへ向かった。

仁平は和兵衛の寝所に入り、枕元に端座した。お芳と貫慮が仁平の隣に座る。養一はここまでは一緒に来ず、今は店のほうにいる。

仁平は背筋を伸ばして、和兵衛の顔を見た。

相変わらず顔は灰色で、ほとんど死人も同然だ。顔に浮く斑点は、さらにはっきりしているようだ。頬はかさつき、唇は乾いて紫色をしている。呼吸は鞴のように荒くなっていた。

――容体は悪くなってきておるな……。

早く薬種を揃えなければ、と仁平は思った。

高江が仁平の前に座し、ごくりと息をのむ。

「あの、先生。全部で五つの薬草があれば、和兵衛は治るのでございますね。同じようなことを何度もきいて、申し訳ございませんが」

「治る」

ためらうことなく仁平は断言した。

「ただし、今のところ、五つの薬草のうち、この店にあるのがわかっているのは散李久だけだ」

「えっ、さようにございますか。まだ一つしかないのでございますか……」

愕然とした様子で高江が肩を落とす。

「おっかさん、大丈夫よ」

お芳が布団を回り込んで高江の横に行き、声を励ました。

「必ずおとっつぁんは元気になるから。なんといっても、先生がついてくださっているんだもの」

そうね、と高江が顔を上げて同意した。

「先生が必ず治してくださるわね」

そうよ、といってお芳が高江の肩を抱く。

「先生がいらっしゃれば、治らない病なんてないわ。おとっつぁんは大丈夫よ」

今と同じようなことを、と仁平は思い出した。若殿の勝太郎が危篤になったときも、皆にいわれた。今永先生がいるから大丈夫だと。

しかし、仁平は勝太郎を救えなかった。仁平の中で悲しみが膨れ上がる。だが、と仁平は思った。

——こたびは、同じしくじりを繰り返さぬ。でなければ、亡くなった勝太郎さまに申し訳が立たぬ。

やるぞ、と心を奮い立たせたとき、合之助が和兵衛の寝所に戻ってきた。

「どうであった」

期待を込めて仁平は質した。高江の後ろに端座した合之助が難しい顔になる。

「散李久以外で店にあったのは卓茜だけでございました」

「なんと」

驚きのあまり、仁平は腰を浮かせた。

「減覇裏もないのか」

仁平は座り直し、居住まいを正した。

「それが……」

申し訳なさそうに合之助が言葉を切る。

「減覇裏はつい最近、まとまった注文があり、在庫が一気に出てしまいました。むろん、仕入先に注文はしてあるのでございますが、入ってくるまでに数日は要するものと……」

小さく首を振り、合之助が唇を噛んだ。ふむう、と仁平はうなりそうになった。

──減覇裏の在庫が一気にはけてしまうとは、なんと間が悪い……。

仁平は暗澹としかけたが、こんなことでめげてはいられない。

──減覇裏は時業冬に比べれば、まだ手に入りやすい。きっとなんとかなろう。

歯を食いしばって仁平は面を上げた。

「合之助どの、店に残っている奉公人たちをすべて外に出し、江戸中の薬種問屋を当たらせてほしい」

「探し出すのは唐双、時業冬、減覇裏の三つでございますね」

確かめるように合之助が問うてきた。いま和泉屋にあるのは散李久と卓茜だけである。

「その通りだ」

「わかりました。すべての奉公人に、その三つの薬種を探させます」

「急いでくれ」

「承知いたしました」

合之助が頭を下げる。そのとき失礼いたします、といって一人の男が寝所の前にやってきた。敷居はまたがず、その場で端座する。和泉屋の手代奈兵衛(なへえ)である。

「どうしました、奈兵衛さん」

合之助が丁寧な口調できく。高ぶっているのか、奈兵衛の顔が紅潮していた。

「唐双がございました」

上ずった声で奈兵衛が告げた。

「なんと、まことですか」

信じられないという顔で、合之助が奈兵衛をにらみつける。

「はい、まことにございました」

奈兵衛が懐から薬袋を取り出し、膝を進ませて合之助に渡した。合之助が受け取り、じっと見る。

「確かに唐双と書いてあります」

合之助がうれしそうに笑った。仁平もほっとした。

唐双は和兵衛を治すために、最も重要な薬草だと思えるのだ。それがあっさりと見つかったのである。

――やはり、和兵衛どのは運に恵まれておる。天が決して見捨てようとせぬのは、これまで善行を積んできたからであろう。

見習わなくてはならぬ、と仁平は思った。

「先生、どうぞ」

合之助が薬袋を仁平に差し出してきた。かたじけない、と薬袋を手にした仁平は、それをしみじみと見た。薬袋には唐双と黒々と書かれている。

――これは実に大きな一歩だ。

「奈兵衛どの、よくやってくれた」

仁平に褒められて、奈兵衛が低頭した。

「手前は当たり前のことをしただけでございます」

「奈兵衛どの、どうやってこれを見つけた」

はい、と点頭し、奈兵衛がどういう経緯(いきさつ)で探し出したか、説明をはじめる。

「とにかく運がようございました。手前は近くにある薬種問屋を片端から巡っておりました。最初の数軒は無駄足に終わりましたが、幸いにも泰田(やすた)屋さんという薬種問屋で、唐双が見つかったのでございます」

「よくあったものだ……」

「はい。なんでも、さるお医者から注文があって長崎から仕入れたものの、唐双が届く前にそのお医者が亡くなってしまい、行く先がなくなってしまったとの由でございました」

そのようなことがあり、こうして手に入ったのだ。これは奇跡に近い、と仁平は思った。

「大事に使わせてもらおう」

仁平は袋を開けて中を改めた。苦さに満ちたにおいが一気に漂い出て、一瞬、顔をしかめかけた。めまいすらした。

初めて嗅(か)ぐにおいである。目にも刺激があり、少し涙が出てきた。

袋の中に入っている薬草は、稲穂のような形をしていた。色は、やや赤みがかっている。

――これが唐双か。このにおいからして、確かに効きそうだ。相当、強い薬であろう。

唐双さえあれば、和兵衛を治すのに十分かもしれない。

――いや、そのようなことはあるまい。

すぐさま仁平は打ち消した。車伽等草の毒でできた体内のただれを治したところで、毒に侵されている胃の腑や肝の臓をしっかりと治さない限り、和兵衛は快方に向かわないだろう。

やはり、どの薬草も必要なのだ。だからこそ『和漢薬毒草図』には金迅、駱転涼、当麻蜜草という三つの薬草が記載されているにちがいない。必要でないなら、著者がわざわざ書き記すことはないはずだ。

――つまり、すべての薬草が揃わぬ限り、唐双も効き目を表さぬのではあるまいか。

「あの、先生」

どこか気がかりそうに合之助が呼びかけてきた。

「その袋に入っている薬草は唐双でまちがいございませんか」

きかれて仁平は首をひねった。

「正直なところ、わからぬ。俺は唐双を見るのは、こたびが初めてだからな。しかし合之助どの、泰田屋という薬種問屋は信用できる店なのであろう。ちがうか」

「はい、信用の置ける老舗でございます」

「そうか。それも納得だ」

「あの、先生。それはなにゆえでございましょう」

不思議そうに合之助がきいてくる。仁平は唐双の薬袋を掲げてみせた。

「なにより、この薬袋がしっかりしたつくりだ。唐双という文字も、達筆で書かれている。こういう点に手を抜かぬ店は、よい店と決まっている。中身は唐双でまちがいあるまい」

「それをうかがい、安堵いたしました」

胸をなでおろしたか、合之助が両肩から力を抜いた。

「では、残るは滅覇裏と時業冬ということでございますね」

その通りだ、と仁平は合之助にうなずいてみせた。

「合之助どの、奉公人たちを外に出す前に、ここに集めてくれぬか。話しておきたいことがある」

なにを話すつもりなのか、と合之助がいぶかるような表情をしたが、すぐに頭を下げた。

「承知いたしました」

合之助が立ち上がり、和兵衛の寝所を出ていった。

五

やがて二十数人の奉公人が和兵衛の寝所近くの廊下に集まり、端座した。

番頭や手代を含め、すべての奉公人が和兵衛を助けたいと願っているようで、強い熱を発している。

丁稚の養一は、唐双を探すために大勢の奉公人が外に出たといっていたが、まだこんなに多くの者が店に残っているのだ。

やはり大店というのはすごいものだ、と仁平は感嘆するしかなかった。廊下に立ち、奉公人たちを見渡した。どんな大声を出したところで苦しげに眠っている和兵衛が目を覚ますとは思えなかったが、よいか、と控えめに皆に呼びかける。

「みんなには、これから滅覇裏と時業冬という二つの薬草を探しに出てもらう。もしそれらが見つかっても見つからずとも、必ず暮れ六つまでに店へ戻るようにしてくれ」

暮れ六つを過ぎたら、おそらく和兵衛は助からない。それだけ容体は差し迫っていた。

「それから、どちらか一つの薬種だけでも見つかったら、まっすぐ店へ戻ってくるように。以上だ」

「承知いたしましてございます」

合之助が代表していい、二十数人の奉公人が一斉に頭を下げた。

「よし、行ってくれ」

奉公人たちが立ち上がり、廊下を店のほうにぞろぞろと歩いていく。すでに誰がどの区域に探しに出るか、細かく担当が決まっているようだ。

——俺も外に出たいものだが……。

仁平も、自分の足を使って二つの薬草を探したかったが、もし奉公人たちが二つの薬草を探し出し、五つの薬草がすべて揃ったときに、和兵衛のそばにいないなどということになったら、目も当てられない。奉公人たちが時業冬と減覇裏を探し出し、持ってくるのをじっと待つしか道はなかった。

——俺は、医者としての仕事を全うせねばならぬ。

「先生、私も探しに出てよろしいですか」

真摯な眼差しを仁平に向けて、お芳が申し出てきた。仁平はお芳を見つめた。

この娘の勘のよさは疑いようがない。時業冬を見つけてくれるのではないか、という期待を仁平は抱いた。

「もちろんだ。だがお芳、一人で行ってはならぬぞ」

「はい、養一を連れていくつもりです」

「それならよい。お芳、時業冬か減覇裏を必ず持ち帰ってくれ」

「おとっつぁんのためでございます。お任せください」

お芳と養一の二人は合之助と相談の上、和泉屋から北にある薬種問屋を当たることになった。

最後に合之助も手代を連れて出ていった。ずっと和兵衛のそばに付き添っていた高江は、さすがに疲れを覚えたらしい。

「先生、しばらくのあいだ、横になってきてよろしゅうございますか」

「もちろんだ」

「ありがとうございます。では、和兵衛のことをよろしくお願いいたします」

やつれた感じの高江が仁平に頭を下げ、和兵衛の寝所よりもさらに奥にあるらしい部屋に引き上げていった。

和助が立ち、高江に付き添う。心根(こころね)の優しい子だな、と仁平は深い感銘を受けた。

高江を部屋に送り届けた和助が戻ってきて、先ほどと同じところに端座した。

「おっかさんは眠りはじめました。ずっとおとっつぁんに付きっきりでしたから、さすがに疲れたのでございましょう」

「最愛の者が前後不覚に陥(おちい)れば、無理もしよう。今はよく眠り、疲れを取り去ることが肝要だ。さすれば、再び気力も出てくるゆえ」

「ああ、そうなのでございましょうね。手前も眠りが足りないときは、体を動かすのが大儀になりますので」

「その若さでもそうなのか。やはり眠りというのは大切だな」

先生、と和助がいった。

「おとっつぁんのために、手前も薬種を探しに行きとうございました」

和助がいかにも無念そうにいったから、仁平は胸を打たれた。

「おぬしの気持ちはよくわかる。だが、ここはみんなに任せておくほうがよい」

「はい、手前が探しに出ても、足手まといにしかならないのは、よくわかっています。それでも、おとっつぁんのために、なにかしたくてならないものですから……」

うつむいた和助が膝の上で拳を握り締めた。ぽたりぽたりと、涙の雫が落ちていく。

「手前はあまりに力がなく、おとっつぁんに済まなくて……」

和助どの、と仁平は呼んだ。

「おとっつぁんが倒れた今、悲しくてならぬであろう。それに、寂しかろう。心細くもあろう。しかし安心してよい。俺が必ず治してみせるゆえ」

仁平は全身に自信をみなぎらせていった。

「大言に聞こえるかもしれぬが、決してそうではない」

身じろぎ一つせずうつむいていたが、和助が顔を上げた。

「先生、ありがとうございます。手前は先生を信じております。先生は治る当てのなかった手前の病を治してくださいました。おとっつぁんも必ず治してくれましょう」

力説してみせた和助が、ぐいっと拳で涙を拭った。そんなところに男の子らしさがあらわれていた。

「ところで和助どの」

口調を改めて仁平はいった。

「はい、なんでございましょう」

「和兵衛どのの部屋に、和兵衛どのがもっぱら使っている薬棚があると聞いた。あとで部屋に案内してくれぬか」

「お安い御用でございます」

さっきまで泣いていたのに、今は小さく笑みを浮かべている。

「あの、先生、しかし、なにゆえそのようなことをおっしゃるのでございますか」

「ちと、気にかかることがあってな」

「気にかかることでございますか」

「うむ、そうだ」

それ以上、仁平はいわずに口を閉じた。和兵衛が毒を盛られたという疑いを抱いていることを、和助に話すわけにはいかない。

静寂が和兵衛の寝所を覆った。ここだけではなく、奉公人の出払った今は、店全体が静かになっている。仁平の耳に入ってくるのは、和兵衛の苦しげな呼吸だけである。

「先生、手前は時業冬と滅覇裏を探しに行かずともよろしいのですか」

和兵衛の布団を挟んで向かいに座っている貫慮にきかれ、仁平は、おぬしは医者だからな、といった。

「ここにおり、医者としての務めを果たせばよい」

「さようでございますね」

　貫慮は納得した顔だ。

「貫慮、ちと座を外すゆえ、しばらく和兵衛どのを見ていてくれぬか」

「承知いたしました」

　貫慮がかしこまって答えた。

「先生、おとっつぁんの部屋にいらっしゃるのでございますか」

　和助に問われ、仁平は首を横に振った。

「いや、そうではない。だがすぐに案内してもらうことになるかもしれぬ。和助どのは、ここを動かずにいてくれ」

「わかりました」

　仁平がどこへ行くのか気にはなったようだが、和助も貫慮もたずねてこなかった。

　和兵衛の寝所をあとにした仁平は廊下を歩き、店のほうに出た。

　店はすべての戸が閉められており、ずいぶん暗かった。仁平は手近の行灯に火を入れ、店座敷にある巨大な薬棚の前に立った。

　それぞれの引出しに、薬種の名が記された札が貼られていた。和泉屋はすさまじいまでの種類の薬種を、在庫として持っている。

やはり江戸の大店はすごい、と仁平は改めて思いながら薬棚に近寄り、じっと見た。

――もし車伽等草がこの薬棚に入れられていたとしたら、色も形もよく似ている刺全香の引出しにあるとしか考えられぬ。

それでも仁平は、風邪を引いた和兵衛が調合したすべての薬種の引出しを確かめることにした。まず葛根湯の材料となる葛根、麻黄、大棗、桂皮、芍薬、甘草、生姜の引出しを順に開けていく。

どの引出しにも、仁平の見慣れた薬種がしっかりと入っていた。

――ふむ、車伽等草とおぼしき薬種は入っておらぬな……。

次に、仁平は球陽、刺全香、甲芯の引出しを開いてみた。こちらにも、車伽等草のような妙な薬種はなかった。これまで仁平が何度も使ってきた薬種が、引出しにしっかりとおさまっていた。

特に刺全香は、手にとってじっくりと見た。

――これは、においも形状も刺全香そのものだ。『和漢薬毒草図』で見た車伽等草の色とは異なっておる……。

刺全香を引出しに戻して仁平は、車伽等草は店の薬棚に仕込まれておらぬ、と判断した。その痕跡はまったく見当たらなかった。

——ならば、細工されたのは和兵衛どのの薬棚であろう。

行灯を消して床に置いた仁平は店座敷を出た。内暖簾(うちのれん)を払い、廊下を奥に向かう。再び和兵衛の寝所に入り、和助に声をかけた。

「和助どの、和兵衛どのの部屋に連れていってくれぬか」

仁平が頼むと、わかりました、と答えて和助が腰を上げた。仁平は立ったまま和兵衛の様子を見た。先ほどとなんら変わりはないように思える。

「和兵衛どのをよろしく頼む」

貫慮に告げて仁平は和助とともに、ひんやりとした廊下を歩いた。前を行く和助が三間(さんげん)ばかり行ったところで足を止め、目の前の腰高障子をためらいなく開ける。

「こちらがおとっつぁんの居室でございます」

仁平は敷居を越え、中に入った。薬の甘いにおいが鼻先を漂っていく。

それも当然で、幅は二間(にけん)ほど、高さが半丈ばかりの薬棚が壁際に鎮座していたのだ。それには、数え切れないほどの引出しがついていた。

「これはすごい」

仁平は圧倒され、瞠目した。これだけの薬棚は初めて見るような気がする。沼里城内にも、これほど立派な薬棚はなかった。

「これは、おとっつぁんが注文で作らせた薬棚でございます」

「そうであろうな」

いかにも金がかかっているのがわかる薬棚だ。仁平は薬棚に歩み寄り、触れてみた。

「胡桃の木で作られているのだな」

「さようにございます。胡桃は暖かな色合いで部屋に落ち着きをもたらす、とおとっつぁんが口癖のようにいっています」

相変わらず七つとは思えない口調で、和助が述べる。ただし、その表情には翳が感じられた。こうしているあいだも、和兵衛のことが心配でならないのだろう。

必ず治してやる、と固く決意しつつ仁平はうなずいた。

「見た目だけでなく、胡桃は反りやねじれがほかの木と比べて、ほとんどないそうだ。それゆえ、たくさんの引出しがつけられる薬棚には、向いていると聞いたことがある」

「引き出すときに、がたつかないのでございますね。そういえば、そのこともおとっつぁんは自慢げにいっておりました」

「和兵衛どのは胡桃のよさを熟知していて、この薬棚をあつらえたに相違なかろう」

仁平は薬棚をじっと見た。店の薬棚と同じように、引出しには薬種の札が貼られている。

仁平は葛根湯の七つの薬種の引出しを次々に開け、中身を確かめていった。

いずれも本物の薬種が入っていた。

――では、球陽、刺全香、甲芯の三つはどうであろうか。

仁平は、その三つの薬種が入っている引出しを順々に開けていった。薬袋を開けて薬種を取り出し、じっくりと見てみたが、いずれも本物としか思えなかった。

車伽等草とよく似ている刺全香の引出しにも、本物としか思えない薬種が入っていた。刺全香は仁平もよく使う薬種だけに、まちがいようがない。

――しかし、和兵衛どのが気づかず服用してしまうほど、車伽等草と刺全香は似ているのだ。これが車伽等草ということはあり得るのか。

仁平は、手のひらに載せた薬種をまじまじと見つめた。『和漢薬毒草図』に載っていた車伽等草とは異なっており、刺全香は色がやや薄い。『和漢薬毒草図』にあった絵では、歳月を経た本のためかもしれないが車伽等草は黒みがかった色をしていた。

風邪気味だった和兵衛は、まさか車伽等草という偽物だと思いもせず、これまでに何度も服用してしまったということか。

多分、そういうことだろう。刺全香の引出しにそっくりな薬種が入っていれば、疑いもなく煎じても妙なことではない。

——しかし、今は車伽等草ではなく、こうして本物が入っている。これはどう考えればよいのか……。

仁平は、刺全香を入れ直した薬袋を引出しにしまった。

——車伽等草と刺全香を入れ替えた何者かが、和兵衛どのが倒れたのを見届けたのち、車伽等草を引出しから取り去り、刺全香を戻したのではあるまいか。

それしか考えられない。

——いったい誰がそんな真似を……。

一刻も早く牧兵衛にそのことを伝え、調べてもらわなければならないが、今は和泉屋を離れるわけにはいかない。

「あの、先生」

仁平を見上げ、和助が呼びかけてきた。

「なにかな」

「いま先生はなにを調べていらしたのでございますか」

どう答えるべきなのか。仁平は一瞬、逡巡した。

「もしかすると、和兵衛どのが薬を誤って処方したのではないかと思い、薬棚を調べてみたのだ」

「おとっつぁんが……。それで薬を誤っていたのでございますか」

いや、と仁平はかぶりを振った。

「誤っておらぬと判断した」

「さようにございますか……。あの、先生」

声をひそめて和助が問いかけてくる。

「おとっつぁんは、もしや誰かに毒を飲まされたのではございませんか」

なにっ、と仁平は驚きを覚え、和助をまじまじと見た。

――まだ年端も行かぬ子供なのに、そこまで見抜くとは……。

「和助どの、なにゆえそのようなことをいう」

息を入れて仁平はたずねた。間を置くことなく和助が答える。

「顔に斑点が浮くという症状が、先生のご様子を見ていて、病ではないのではないか、とまず考えました。病でないなら、どうしておとっつぁんはこんな風になってしまったのだろう、と首をひねっていたところ、先生がこちらの薬棚をお調べになったので、もしやおとっつぁんは誰かに毒を飲まされたのではないかという考えを持ったのでございます……」

この子はまことに七つなのか、と仁平は驚嘆するしかなかった。

――神童と呼ばれる子がときにあらわれるとは聞くが、本当のことだったのだな。末恐ろしいとは、まさに和助どののような者のことをいうのであろう。子供だと思って、相手をしてはならぬ。

仁平はごくりと唾を飲み込んだ。

「正直なところ、和兵衛どのが毒を飲まされたかどうかは、わからぬ。ただし、和兵衛どのが毒を飲んだのではないかとの疑いを捨て去れぬゆえ、和兵衛どのの薬棚を調べてみたのだが、その形跡はなかった」

「毒はこの薬棚になかったのでございますね」

「そうだ。和兵衛どのが倒れて皆が狼狽(ろうばい)している最中、誰かが毒の薬種を持ち去ったのかもしれぬが……」

「つまり、証拠は下手人に消されてしまったのでございますね」

「車伽等草という毒が、和兵衛どのの体を侵しているのはわかったが、仕入先が刺全香という薬種とまちがえて納め入れたということも考えられぬではない」

「しかし先生は、それはあり得ない、とお考えになっているのではございませんか」

「確かにそうだ」

和助に眼差しを注いで仁平は認めた。

「和泉屋ほどの大店と取引を行っている店が、車伽等草という滅多にお目にかかれぬ薬種を誤って納めるなど、まずなかろう。薬種を納めるに当たり、吟味の上に吟味を重ねているだろうからな」

「おっしゃる通りだと存じます」

つまり、と仁平は和助に語りかけた。

「車伽等草の働きを熟知した何者かがしかとした狙いを持って、この店に持ち込んだにちがいあるまい」

しかとした狙いでございますか、と和助がつぶやいた。

「やはりおとっつぁんは、何者かに毒を飲まされた……」

「それは十分にあり得るが、そのことはしばらくのあいだ、和助どのの胸にしまっておいてくれ」

「なにゆえでございましょう」

和助が不思議そうに仁平を見上げる。

「俺たちが、和兵衛どのが毒にやられたと気づいたことを、下手人に知られたくないからだ。気づかぬ振りをしておれば、下手人は必ずしっぽを出す」

「では、下手人が誰かわかるまで、様子を見るということでございますね」

「そういうことだ。ただし、なにもせずにじっとしているわけではない。俺は町方の見矢木どのに、和兵衛どのの毒について話すつもりだ」

「見矢木さまに……」

「見矢木どのは実に有能だ。人物も信用できる。見矢木どのには、和兵衛どのにうらみを抱いている者や、和兵衛どのの口を塞ぎたがっている者がおらぬか、外から調べてもらおうと思っている。俺は俺で、奉公人に目を光らせるつもりでいる」

「では奉公人が車伽等草と刺全香を入れ替えたと、先生はお考えなのでございますか」

目をみはって和助がきいてくる。

「奉公人の仕業かどうかも、正直わからぬ。だが、おぬしの家族は実に仲がよさそうだ。家族の仕業ということはあり得ぬと、俺は断じた。家族以外で薬棚の薬種を入れ替えることができるのは、奉公人しかおらぬであろう。外から忍び込んで、やれぬこともないかもしれぬが……」

「家族というのは、手前もあり得ないと思います。家族の誰もがおとっつぁんのことが、大好きでございますから」

すぐに和助が語を継いだ。

「奉公人も皆、おとっつぁんのことを慕っていると思っていたのでございますが……。外から入り込んだ者の仕業と思いたい……」

奉公人が下手人かもしれないということに衝撃を受けたらしく、和助が力なくこうべを垂れる。

「和助どの」

仁平は優しく呼びかけた。はい、と答え、和助が仁平を見る。

「悪者というのは、どんな世にも必ずあらわれるものだ。和泉屋という平和な場所にも平気で顔を出す。その手の者は欲に駆られて悪事を行う者がほとんどだが、正義は必ず勝つゆえ、うなだれてはならぬ。常に顔を上げているのだ。さすれば、物事もはっきり見えてくるはずだ」

「はい、よくわかりました」

気持ちを立て直したように和助の顔がきりっとした。

「先生の今のお言葉、肝に銘じます」

「和助どの、改めていうが、和兵衛どのの毒のことは、おくびにも出さずにいてくれ」

「おくび、でございますか」

おくびを知らぬか、と仁平は思った。このあたりはまだ七つだな、と微笑ましかった。

「おくびとは、げっぷのことだ。おくびにも出さず、というのは、胸に深くしまい込んで口にも出さず、さらにそれらしい様子も見せぬという意味だ」

「おくびには、そのような意味があるのでございますね。知りませんでした」

少しだけ笑って和助が背筋を伸ばした。

「わかりました。おとっつぁんの毒のことは、おくびにも出さないように気をつけます」

「それでよい」

仁平は和助の細い肩を、慈愛の情を込めて軽く叩いた。その体は思いのほか頼りなく、和助が病み上がりの七つの少年であることを、仁平に改めて思い知らせた。

――大人びてはいるものの、体はやはり子供そのものだな。決して無理をさせぬよう、気をつけねばならぬ。

仁平は自らに言い聞かせた。

六

仁平は和助とともに和兵衛の寝所に戻った。

先ほど、七つの鐘を聞いたばかりだ。部屋には夕暮れの気配が漂いはじめている。

だが、奉公人はいまだに一人として帰ってこない。和泉屋の中は静かなままだ。

間に合うのか、と仁平は心が揺れるのを感じた。あと一刻も猶予はないのだ。

――必ず間に合う。これまでの和兵衛どのの運のよさを見ればわかる。大丈夫だ。

唐双、散李久、卓茜の三種の薬種はいつでも煎じることができるよう、すでに薬研(やげん)で押し砕いて手元に置いてある。五つの火鉢の上に置いた薬缶(やかん)も沸騰(ふっとう)まではしていないものの、かすかに湯気を上げている。

すべての薬種が揃えば、すぐさま煎じ、薬湯をつくれるよう手はずは整っていた。

――とにかく、落ち着け。落ち着くのだ。焦って、よいことなど一つもない。

気持ちを平静に保とうとするうち、仁平はふと気づいたことがあった。さまざまな状況を、今のうちに把握、想定しておかなければならないのではないか。

──今頃、そこに思いが至るなど、やはり焦りがあったのだな。こんなざまでは医者としてなっておらぬ。治せるものも、治せなくなってしまう。

仁平は丹田(たんでん)に力を入れ、気持ちを立て直した。いま奉公人やお芳たちが探しに出ているのは、時業冬と減覇裏である。

もし奉公人の誰一人として両方とも手に入れられなかった場合、どうすればよいか。

──今この店にある薬種で、薬湯をつくるしかあるまい。時業冬や減覇裏なしでは効き目はかなり弱まるであろうが……。

では、時業冬だけ手に入ったらどうするか。

──それはたやすいことだ。減覇裏抜きで薬湯をつくればよい。時業冬さえあれば、効き目はかなりのものであろう。

その逆に減覇裏だけしか手に入らなかったら、どうすればよいか。

──効き目は相当弱くなるであろうが、減覇裏のみで薬湯をつくるしかあるまい。同じ働きをするほかの薬種を使うより、それでも効き目は強かろう。

減覇裏とほかの薬種を混ぜて薬湯を作るという方法もある。

——だが、滅覇裏よりも効き目が弱い薬種を混ぜたところで、意味はないか。やはり滅覇裏単独で使うほうがよかろう。

目を閉じ、仁平は腕組みをした。

——こうして考えてみると、当たり前のことだが、最も望ましくないのは、両方とも手に入らぬ場合か……。

しかし、と仁平は決意を新たにした。どのような状況でも最善を尽くすしかないのだ。やれるだけのことはやらなければならない。

目を開けた仁平は、和兵衛どの、と無言で呼びかけた。

——俺はそなたに、素晴らしくおいしい物が、この世にあることを教えられた。俺は必ずそなたを救うゆえ、またいろいろと振る舞ってほしい。約束してくれ。

むろん和兵衛から返事はなかった。心に響いてくるような声も聞こえなかった。

——和兵衛どの、今のうちに薬種の在庫を当たってくる。

時業冬や滅覇裏と同じ働きを持つ薬種が、和泉屋にどの程度あるのか、仁平は調べることにした。

貫慮に断りを入れて和兵衛の寝所を出、店座敷に向かった。店座敷に入るや行灯を灯し、そこにある薬棚を再びじっくりと見た。

胃の腑によいといわれる薬種は、たいていのものが揃っていた。このあたりは、さすがとしかいいようがない。沼里の薬種問屋とは、在庫の種類や量がずいぶんちがう。

これだけの種類と量があれば、と仁平は思った。もし時業冬、滅覇裏が手に入らなかったとしても、なんとかなるのではないか。そんな希望を抱いた。

薬棚のそばに紙袋の束があるのを見つけ、仁平はよさそうな薬種をいくつか選んでそれぞれ紙袋にしまい入れた。行灯を消して店座敷を出、和兵衛の寝所に戻った。和兵衛の枕元に座し、紙袋をそばに置く。

「先生、それらは胃の腑の薬種ですか」

貫慮にきかれ、仁平は、うむ、と首肯した。

「時業冬と滅覇裏が、万が一手に入らぬ場合に備え、見繕ってきた」

「よいものがございましたか」

「時業冬と滅覇裏には及ばぬが、まずまずのものがいくつかあった」

「さようですか。時業冬と滅覇裏が揃うとよいのですが……」

「まったくだ」

貫慮、と仁平は呼びかけた。

「今は何刻かな」

難しい顔になって貫慮が仁平を見返す。

「すでに七つ半を過ぎた頃と思われます」

「もうそんなになるか……」

暮れ六つまで、あと半刻である。仁平は、目の前で昏睡している和兵衛を再び見つめた。

頬に浮く斑点がさらに白くなり、容体はまちがいなく悪化している。だが、あと半刻なら、なんとか保ちそうな気がする。

――頼む、時業冬を持ち帰ってくれ。

仁平はひたすら祈った。

それから四半刻ほどたった頃、奉公人が帰ってきたようで、表のほうから物音が聞こえてきた。和兵衛の寝所に急いでいるらしいあわただしい足音が耳に届く。

戻ってきたか、と仁平は立ち上がり、廊下に出た。貫慮と和助が後ろに続く。

足早にこちらにやってきたのは番頭の清五郎と手代の奈兵衛である。よほど急いだのか二人ともひどく息が荒かった。

――暮れ六つに間に合わせるために、必死に走ってきたのだな。時業冬か滅覇裏のどちらを見つけたのか……。

「減覇裏がございました」

仁平の前で足を止め、清五郎がうれしげに告げた。

「そうか、減覇裏があったか」

「こちらでございます」

大事そうに懐から薬袋を取り出し、清五郎が仁平に渡してきた。

「二人ともでかした。よくやってくれた」

二人を褒め称えた仁平は、減覇裏と墨書された薬袋を手に取り、じっと見た。

――まずはよかった。

清五郎たちが帰ってきたのに端を発したように、それから奉公人たちが次々と戻ってきた。ただし、手にしているのは減覇裏ばかりで、時業冬を持ち帰った者はいなかった。

――やはり時業冬は難しいか。手に入らぬものとして、減覇裏だけで薬湯をつくるしかあるまい。

日暮れが近づきつつある。大勢の奉公人たちが戻ってきて、和泉屋の中はさざ波のような喧騒（けんそう）に包まれはじめた。

合之助も手代とともに帰ってきた。これまでと同様、減覇裏を手にしていた。

「先生、残念ながら時業冬は見つけられませんでした」

仁平の前に座り、合之助が済まなそうに頭を下げた。

「なに、構わぬ。時業冬は見つからぬのではないかと端から思っていた。おぬしが気に病むことはない」

「畏れ入ります」

恐縮したように合之助が辞儀する。

「あの、まだお嬢さまはお戻りではないのでございますね」

「うむ、まだ戻ってこぬ。ほかの奉公人はすべて戻ってきたのか」

「どうやらそのようでございます。お嬢さまと養一の二人が最後でございましょう。お嬢さまが時業冬を見つけてくださっていれば、よろしいのでございますが……」

――お芳なら探し出してくれると思うが、果たしてどうであろうか。

背筋を伸ばして仁平は和兵衛を見た。荒かった息は、今は逆に弱々しくなっており、すぐにでも止まりそうに見える。斑点は異常なほど白くなっていた。

――頼む、お芳。

仁平は瞑目し、祈った。まぶたの裏に、急ぎに急いで和泉屋に帰ろうとしているお芳の姿が見えるような気がした。

暮れ六つがさらに近くなり、夕闇の気配が和泉屋を包み込み出した。

――皆のおかげで、減覇裏だけは潤沢にある。それをできるだけたくさん煎じ、煮詰めることで濃くすれば、効き目を強めることができるのではないか。

仁平はその考えを貫慮に伝えた。

「時業冬をあきらめねばならない今、それが最もよい手ではないかと存じます。いえ、それしか手はありませんでしょう」

「貫慮も賛成してくれるか。よし、減覇裏をできるだけ濃く煎じてみることにしよう」

仁平は、これまで手に入った減覇裏を薬研で押し砕きはじめた。疲れを覚えると、貫慮が代わって減覇裏を磨った。

そこに合之助がやってきて、お芳が帰ってきたという知らせをもたらした。仁平は待ちきれずに立ち上がり、廊下に出た。磨り具を薬研の上に置いて貫慮も続く。和助も廊下に飛び出してきた。

和兵衛の寝所に向かって走ってくるお芳の姿が、仁平の目に飛び込んできた。近づいてくるお芳に向かって、仁平は声を放った。

「どうであった」

お芳が仁平の前で立ち止まった。息をぜいぜいとつき、あえいでいる。汗を一杯にかいた顔が済まなそうなものになった。息も絶え絶えにお芳が話し出す。

「手に入ったのは減覇裏だけでございます。先生と貫慮さまのやり取りから、時業冬をなんとしても探し出そうとしたのでございますが、どこにもありませんでした」

無念そうにお芳が肩を落とした。

「そうか……」

お芳への期待が大きかっただけに、落胆も小さくなかった。だが、仁平はすぐさま気を取り直した。

「お芳、よくがんばってくれた。減覇裏を持ち帰ってくれただけで十分だ」

仁平はお芳の背中をさすってやりたかった。その前に和助が手を伸ばし、お芳の肩をなでた。ありがとう、とお芳が和助に礼をいい、仁平を見る。

「先生、奉公人たちは皆、もう戻ってきたのでございますね。時業冬を持ち帰った者はいましたか」

「いや、一人もおらぬ。皆、減覇裏だけを持ち帰った」

「さようでございますか……。あの、先生。減覇裏だけでおとっつぁんは治りましょうか」

「治してみせる」

「おとっつぁんの具合は、いかがでございますか」

「お芳が出る前と、さほど変わらぬ」

――とにかく急がねばならぬ。

和兵衛の寝所に戻った仁平は唐双、散李久、卓茜、滅覇裏という四つの薬草を、それぞれ別の薬缶で煎じはじめた。和兵衛の容体を見ながら火加減に注意する。沸騰させてしまうと、散李久と卓茜は薬効が弱まってしまう。

煎じはじめてから四半刻ほどたち、仁平は薬缶をのぞき込んだ。いずれの薬湯も黒々とした色になっていた。

散李久、唐双、卓茜の薬缶を火鉢から外し、水を張った盥(たらい)にそれらをつけた。薬缶の中の薬湯が冷めるのを待つ。

ただし、滅覇裏だけは薬種を次から次へと入れ替え、水を足しては火にかけ続けた。ひたすら薬湯を濃くすることに専念する。

しばらくすると、滅覇裏の薬湯がどろりとしてきた。

――このくらいでよいか……。

もうほとんど猶予はない。これ以上、薬湯を濃くすることにときを費やせば、和兵衛は死んでしまうだろう。

――これで、効き目は十分なものになっただろうか。

判然としなかったが、これ以上、煮詰めているだけのときがなかった。

「これでよい」

決断した仁平は滅覇裏の薬缶を火から外した。中の薬種をすべて取り除いてから、水を張った盥に薬缶をそっとつける。

滅覇裏の薬湯が人肌ほどの温度になったのを確かめて、薬缶を盥から上げた。さらに薬湯を濾し、不純物を取り除く。

散李久と唐双、卓茜の薬湯は貫慮の手で、すでにでき上がっている。

仁平は、まず滅覇裏を大ぶりの湯飲みに注いだ。底から四分の一ほどのところで注ぐのをやめ、次いでほかの三つの薬湯を同じように四分の一ずつ湯飲みに入れていった。

黒々とした薬湯で一杯になった湯飲みを、仁平は見つめた。黒々とした液体はどろりとしており、かすかに甘いにおいを発している。その反面、鼻を刺すような苦味のようなものも感じ取れた。

――初めて嗅ぐにおいだな。この苦い感じは唐双のものであろう……。

お芳や貫慮、和助、合之助たちが固唾を飲んで、仁平を見守っている。

「よし、できた。今から和兵衛どのに飲ませるぞ」

皆に宣してから仁平は匙を手にし、和兵衛の口を左手で小さく押し開けた。ほどよく冷めた薬湯を、匙を傾けて少しだけ口の中に注ぎ入れる。

和兵衛の喉仏がこくりと動いた。ゆっくりと薬湯が飲み込まれていくのがわかった。

「飲んでくれた……」

お芳が小さくつぶやいた。

――効いてくれればよいが……。

効くに決まっておる、と仁平は思った。横でお芳と和助の姉弟が和兵衛を見つめ、祈るように手を合わせていた。

七

その後、仁平と貫慮は和兵衛に、薬湯を少しずつ飲ませるという作業を繰り返した。

そのたびに和兵衛の頰の斑点が薄くなり、顔色がよくなっていくように思えた。

――薬湯が効いているのではないかと思えるが、どうだろうか。

呼吸もわずかではあるものの、力強くなっているように感じられた。

もう弱々しさは消えている。これは、決して荒くなったわけではない。通常の呼吸に近づいているのだ。

――よし、いいぞ。この調子だ。

仁平と貫慮は和兵衛の容体に目を光らせつつ薬湯を作っていった。それを今度は、お芳と和助が匙で和兵衛に飲ませ続けた。

「お芳、和助どの、そのくらいでよい。和兵衛どののことは俺たちに任せて、少し横になるほうがよかろう」

「いえ、おとっつぁんがよくなっていくのをこの目で見ていたいのでございます」

仁平を見つめてお芳がいった。

「そうか。だが、お芳は時業冬と滅覇裏を探し求めて走り回っていたのだ。疲れているのではないか」

「いえ、疲れてなどおりません。大丈夫でございます」

真剣な目でお芳が言い張った。

「それならよいのだが……」

仁平は、姉と同じ気持ちでいるらしい和助に目を向けた。

「和助どの、高江どのの様子はどうだった」

先ほど和助が、起きてこない高江のことを案じ、部屋へ様子を見に行ったのだ。

「すやすやと眠っていました。おとっつぁんのことで、よほど疲れたのではないでしようか」

「どうもそのようだな」

もし朝になっても起きてこぬようなら、と仁平は思った。

――俺が高江どのを診てみよう。

そのとき不意に貫慮が声を発した。

「先生、唐双がなくなりました」

貫慮は眉根を寄せて、磨り具を握っている。そばにいるお芳と和助も、唐双がなくなって大丈夫なのか、と心配そうな顔を並べている。

「唐双は一袋しかなかったゆえ、最初になくなるのは当然のことだ」

なんでもないことのように仁平は口にした。端から、唐双の代わりになる薬種はないことはわかっている。しかしながら、唐双が切れたせいで和兵衛が死んでしまう可能性はまずなかろう、と仁平は楽観していた。

――一袋だけでも、唐双が見つかったのが奇跡なのだ。その奇跡をうつつのものにしたのは、和兵衛どのの運のよさであろう。そこまでお膳立てをしておいて、ここで見捨てるような真似を、天は決してせぬ。

「貫慮、薬湯作りはここまでにしよう」

穏やかな声で仁平は貫慮にいった。

「わかりました」

答えて貫慮が磨り具を薬研に置いた。

「貫慮、俺たちはできる限りのことはやった」

「はい。手前もそう思います」

「そうである以上、あとは天に委ねるしかあるまい」

「おっしゃる通りでありましょう」

同意して貫慮が和兵衛を見る。

「和泉屋さんの息も、だいぶ落ち着いたものになってまいりました。薬湯が効いているのでございましょう」

うむ、と仁平はうなずいた。

「実によい兆候だ。あとは顔に赤みが戻り、斑点が消えてくれればよいのだが……」

和兵衛の顔に浮く斑点は、やや薄くなってきているとはいえ、今もくっきりとしている。これは、車伽等草の毒がいまだに強い力を保っているのを表している証ではないだろうか。

唐双入りの薬湯はあと四回分ほどある。飲ませ続ければ、必ず斑点も消えよう。顔色も元に戻ろう。

軽く息をついて仁平は後ろに下がり、壁にもたれかかった。目を閉じる。途端に空腹を覚えた。

——そういえば、朝餉を食べてから、なにも腹に入れていなかったな。こんなのは久しぶりだ。

若殿の勝太郎の治療にかかりきりになったとき以来ではなかろうか。あのときは結局なにもできずに終わってしまったが、今回はそうではない。和兵衛は必ず治る。

「先生、お眠りになりますか」

お芳にきかれて仁平は目を開けた。

「いや、医者の俺が眠るわけにはいかぬ。先ほどもいったが、お芳と和助どのこそ眠ったらどうだ。徹夜など慣れておらぬであろう」

「いえ、おとっつぁんが目を覚ますまで、眠るつもりはありません」

赤い目をしたお芳が言い張る。

「和兵衛どのが目を覚ましたら、俺が起こしてやる」

「いえ、その瞬間を目に刻みつけたいのでございます」

「なるほど、そういうことか。お芳の気持ちはよくわかる」

「目を覚ましたとき、私たちがそばにいなかったら、おとっつぁんはきっと寂しがりましょう」

寂しがるよりもむしろ済まながるような男だが、と仁平は思ったが、お芳の言葉を否定する気はなかった。

「ならば、一緒に起きていることにいたそう」

お芳と和助がうれしそうに微笑した。

仁平たちは、残りの薬湯を匙で和兵衛に飲ませ続けた。

いつの間にか和助は横になって寝息をついていた。むろん仁平たちに和助を起こそうという気はない。七歳なら眠い盛りである。仁平は和助の歳の頃、六つ半には寝に就いていたものだ。

そうこうしているうちに、外から小鳥のさえずりが聞こえてきた。

「夜が明けたようでございます」

雨戸が閉められているほうを見やって、お芳がいった。

「そうだな。よい天気なのであろう」

「えっ、先生は外を見ずに天気がわかるのでございますか」

「わかる。鳥たちは雨のあいだは巣に籠もっている。雨上がりに、鳥がさえずりはじめるのはそのためだ。今日は天気がよいから、鳥たちは外に出て、鳴き交わしているのだろう」

「でも曇り空かもしれませんよ」

「いや、まちがいなく晴れておる」

「先生、なにゆえわかるのでございますか」

いきなりお芳ではない声が聞こえ、仁平は驚いた。なに、と思いつつ目をやると、和兵衛が笑いながらこちらを見ていた。

「和兵衛どの、起きたのか」

顔を近づけ、仁平は勢いよくきいた。

「はい、たったいま目が覚めました。先生、手前は長いこと眠っていたのでございますね」

「ああ、とてもよく眠っていた」

見ると、和兵衛の顔の斑点が薄れてきていた。頬にいくつも浮いていたのが、今ははっきりと見える斑点は二つばかりになっている。

「おとっつぁんっ」

叫んでお芳が和兵衛にしがみつく。

「もう二度と目を覚まさないかと思った」

「おいおい、お芳。わしは病人だぞ。お手柔らかに頼む」

「ああ、ごめんなさい」

お芳があわてて和兵衛から離れた。和兵衛が身じろぎし、体を起こそうとする。

「和兵衛どの、無理は禁物だ」

「いえ、大丈夫でございます。体がずいぶん軽くなっているのがわかりますので」

「それならよいが……」

和兵衛がゆっくりと起き上がり、お芳をじっと見る。

「お芳、もしやずっとわしに付き添っていてくれたのか」

「そうよ、いつ起きてくれるのか、待っていたの」

「そうか、わしのために済まないことをした」

「実の娘なんだから、当たり前でしょ」

「だが、徹夜したのであろう。疲れてはいないかい」

「疲れてなんていないわ」

そのとき和助が目を覚ました。

「おとっつぁんっ」

和兵衛が目を覚ましているのに気づいて起き上がり、和助が勢いよく胸に飛び込んでいった。和助を受け止めた和兵衛が、うおっ、と声を上げた。

「いつの間にか、重くなったものだ。まだまだ細いが、大きくなったのだな。びっくりしたよ」

和兵衛が和助を優しく抱き返す。和助は和兵衛に抱きついたまま涙を流しはじめた。

「おとっつぁん、よかったよお」

よしよしというように、和兵衛が和助の背中をなでる。

和助は泣き続けていたが、やがて涙が止まったらしく、和兵衛からそっと離れた。

「おとっつぁん、本当によかった。先生が治してくれたんだよ」

「おとっつぁんもそのことはわかっているさ。先生がいらっしゃらなかったら、わしは死んでおる。こうしておまえたちと話など、できておらん」

和兵衛たちの声を聞きつけたか、高江があわてたようにやってきた。

「あなたさま」

枕元にひざまずくや、高江が和兵衛にすがりついた。おんおんおん、と盛大に泣きはじめる。

そのさまを眺めながら仁平は、これで和兵衛どのは大丈夫だろう、と安堵の息を漏らした。ものの見事に薬湯は効き、車伽等草の解毒がなされたのである。

──むろん、まだすべての毒が出きったわけではないようだが……。

どのくらい泣いていたか、ふと声が途絶えた。高江が和兵衛から離れ、居住まいを正した。

「失礼いたしました。取り乱してしまい……」

どこか照れくさそうに高江が仁平に謝る。

「いや、うれしさがよく伝わってきた。とてもよい光景だった」

横で貫慮もにこにこしている。

「先生、和兵衛を治してくださり、ありがとうございました」

　頭を下げ、高江が感謝の意を述べる。

「なに、和兵衛どのは俺の恩人ゆえ、力を尽くすのは当然のことだ」

「しかし、先生がいらっしゃらなかったら、和兵衛は今頃……」

「とにかく、和兵衛どのは運がよかった。だが、脅すわけではないが、和兵衛どのは当分のあいだ薬湯を飲みつつ安静にしていなければならぬ」

「ああ、それはもちろんわかります。しばらく無理はできないでしょうから」

「もう大丈夫だからとすぐにでも働きはじめようとすれば、体にわずかながら残った毒が力を持ち、再び前後不覚に陥るかもしれぬ」

「えっ、また同じようなことに……」

　高江が怖気(おぞけ)を震うような表情になった。

「まだ顔に斑点が少し残っているであろう。それは毒の徴(しるし)だ。それが見えているあいだは、安静にしていなければならぬ」

「よくわかりました」

「よし、和兵衛どのにはまた眠ってもらうゆえ、皆、下がってくれぬか」

　わかりました、とお芳や高江、和助が立ち上がり、出ていった。貫慮だけがそこに居残った。

「明日には医療所を再び開かなければならぬ。貫慮は家に戻り、支度をととのえたあとまたここに来てくれ」

「承知いたしました」

一礼して貫慮が立ち、足早に敷居をまたいだ。足音が廊下を遠ざかっていく。

「先生、なにかお話があるのではございませんか」

勘よく和兵衛がきいてきた。

「さすが和兵衛どのだ。鋭いな」

「先生がなにやら屈託のあるようなお顔をされておりましたので」

すぐさま和兵衛が真剣な顔になる。

「和兵衛どの、その前に横になってくれ」

「しかし、お話をうかがうのに、横になってというのは……」

「構わぬ。俺は医者だ。横になった患者に話をするのは慣れておる」

「わかりましてございます」

低頭して和兵衛が布団に横たわった。手を伸ばし、仁平は枕の位置を整えてやった。

「畏れ入ります」

　仁平は和兵衛をじっと見た。

「和兵衛どの、そなたは毒を盛られたのだ」

「えっ、まことでございますか」

　驚いて和兵衛が体を起こそうとする。それを仁平は押しとどめた。その上で、和兵衛の身になにが起きたのか真摯に語った。

　枕の上で和兵衛が目を大きく見開く。

「手前が狙われたですと……」

「まずまちがいあるまい。車伽等草という毒が使われた。一度で命を奪うわけではなく、じわじわと効いていく毒だ」

「では手前は、これまでに何度も車伽等草を飲んだということでございますな」

　おそらく、と仁平はいった。

「風邪を引くたびに飲んだのであろう」

「風邪のたびに……。それはつまり、手前の薬棚に車伽等草が入れられていたということでございますか」

「その通りだ。車伽等草は刺全香とよく似ている」

「では、刺全香の引出しに車伽等草が入っていたのでございますね。まさかそのような毒草が入っていたとは、夢にも思いませなんだ……」

「それも無理はなかろう。風邪気味のときでは多分、見分けがつかぬ」

「しかし、それは容易なりませんな。そのようなことができる者は限られております」

「店の中の者の仕業であるのは、疑えまい」

「さようでございます。刺全香によく似ている車伽等草を、手前の薬棚に仕込むなど、外の者ができるとは思えません」

その通りだ、と仁平はいった。

「薬を調合するとき、刺全香ではないと、気づかなかったか」

「はい。最近は寄る年波で、目がだいぶ衰えてまいりまして。その上、風邪のせいで目が腫れぼったくなっておりました」

「それでは、気づかぬのも無理はないな」

ふっ、と仁平は息を入れた。

「和兵衛どの、命を狙ってくる者に心当たりはないか」

目を閉じて考え込んだ和兵衛がまぶたを持ち上げた。

「手前には心当たりはございませぬ。奉公人たちはいずれも実直な者で、手前を害するような者がいるとはとても思えません」

　そうか、と仁平はいった。

「だが、これからも身辺に気をつけることだ。下手に薬は飲まぬようにな。そのときは必ず俺を呼ぶようにしてくれ」

「はい、必ずそういたします」

　仁平は少し間を置いてから口を開いた。

「用心棒をつけるほうがよいかもしれぬな」

「えっ、用心棒でございますか」

　そこまでしなければならないのか、と和兵衛が戸惑ったような表情をする。

「念のためだ。なにがあるかわからぬゆえ」

「わかりました」

　納得の顔で和兵衛がうなずいた。

「馴染みにしている口入屋などに当たり、さっそく捜してみます」

「それがよかろう」

　仁平はすぐに言葉を続けた。

「俺はこれから町奉行所に行ってくる。和兵衛どのの件を、見矢木どのに話しておかねばならぬ」

「見矢木さまは信用に足るお方でございます。どうか、よろしくお願いいたします」

「できるだけ表に出ぬよう調べてもらうようにいたすゆえ、安心してくれ」

「ご配慮、ありがとうございます」

「では、これを飲んでくれ」

仁平は、唐双入りの最後の薬湯を和兵衛に飲ませた。

「うー、こいつは苦い」

和兵衛が思い切り顔をしかめた。驚きの目で湯飲みをじっと見る。

「ああ、目を覚ましてから、これが最初の薬湯だったな」

「手前は眠りながらこれを飲んでいたのでございますね」

「別段、苦そうな顔もしなかったぞ」

それだけ深く車伽等草の毒に侵されていた証であろう。

「よし、寝てくれ」

「わかりましてございます」

和兵衛が素直に目を閉じる。やがてすやすやと規則正しい寝息を立てはじめた。

そこまで見届けて仁平は和兵衛の寝所を出た。廊下に立ち、お芳を呼んだ。すぐに声が届いたようで、お芳がいそいそとした風情でやってきた。

「ちと出てくるゆえ、和兵衛どのを見ていてくれぬか」

えっ、とお芳が意外そうな顔になる。

「先生、どちらに行かれるのでございますか。いま朝餉の支度をしておりますが」

朝餉と聞いて仁平は心が動いた。空腹は耐え難いものになっている。なんとかその衝動を抑えつける。

「出先から戻ったら、食事はいただくことにする。行くのは町奉行所だ。委細はあとで必ず話すゆえ、お芳、待っていてくれ」

「承知いたしました。ああ、でも私も先生についていきたい」

「駄目だ。おぬしには和兵衛どのを見るという大事な役目がある」

「わかりました……」

お芳がしょんぼりしたが、町奉行所に連れていくわけにはいかない。

「お芳、ほとんど眠っておらぬのだ。できるだけ体を休めるほうがよいぞ」

「それは先生も同じでございましょう」

「俺は眠るのはいつでもできる。では、行ってくる。ああ、貫慮はいま家にいるが、じき戻ってこよう。和兵衛どののそばについているようにいってくれ」

和泉屋を出た仁平は足早に歩き、四半刻もかからずに南町奉行所に着いた。牧兵衛はまだ見廻りに出る前で詰所にいた。

「和泉屋の身が案じられるゆえ、一番に店を訪ねようと思っていたのだが、仁平、よく来てくれた。和泉屋の具合はどうだ」

真剣な顔で牧兵衛が質してきた。

「薬湯が効いて、目を覚ました」

「では治ったのだな」

仁平の肩をつかまんばかりの勢いで、牧兵衛がきいてくる。

「完全に治ったとはまだいえぬが、しばらくのあいだ無理さえしなければ、もう大丈夫だろう」

「それはよかった」

牧兵衛が盛大に息をつく。

「さすが仁平だ。よく治してくれた。心から感謝する」

「医者として当たり前のことをしたに過ぎぬ」

「だが、仁平がいなかったら、和泉屋は死んでいたであろう」

「和兵衛どのの運がよかったのだ。それで牧兵衛どの、話がある。和兵衛どののことだ」

　むう、とうなり、牧兵衛が眉間にしわを寄せた。

「和泉屋の病の裏になにかあるというのではないのか」

「さすがだな。その通りだ」

「ここではなんだ。別のところにまいろう」

　同心詰所は町奉行所の大門内にある。仁平たちはひんやりとした廊下を歩いた。牧兵衛が板戸の前で立ち止まり、それを開けた。中は六畳間で、無人だった。

「入ってくれ」

　仁平はわずかにかび臭い部屋に足を踏み入れ、端座した。向かいに牧兵衛が座る。

「それで話とは」

　仁平は、和兵衛が毒を盛られたかもしれぬ、と告げた。それを聞いて、なんだと、と牧兵衛が腰を浮かせて驚愕した。

「まことか」

「むろん、しかとした証拠はない。だが、何者かが毒を盛ったということは十分に考えられる」

「そうなのか。もしそれがまことのことなら、容易ならぬ」

うなるような顔で牧兵衛が腕組みをする。

「中の者の仕業ではないかと思える」

「ふむ、そういうことになるか」

「和兵衛どのが風邪を引くと自ら薬を調合することを知っており、刺全香の引出しに車伽等草を入れ、さらにその入れ替えを行うということができるのは、中の者だけだろう」

「家族、奉公人を調べなければならぬのか」

「そういうことだが、できるだけ密かにやってくれ。下手人に気づかれたくない」

「わかった」

力強い口調で牧兵衛が請け合った。

「しかし、和泉屋は大店だ。奉公人だけでも五十人もいるゆえ調べるのはかなりの骨だが、できるだけのことはやってみよう」

「頼む」

「まずは、和泉屋にうらみを抱く者がいないか当たってみることにする」

「そうか。俺は素人ゆえ、探索はおぬしに任せる」

「今から探索に勤しむといたそう」

「かたじけない」

「しかし、密かに調べを行うとなれば、奉公人には話を聞けぬということだ」

「和兵衛どのだけは構わぬと思うが、下手人に心当たりはないとのことだった」

そうか、と牧兵衛がいった。

「和泉屋は、まことにもう大丈夫なのだな」

「大丈夫だ。命の危険は去った」

「それは重畳。さすがは仁平だ。ところでおぬし、ほとんど寝ておらぬのではないか」

「医者としてそのようなことは当たり前だ。だが家に帰ったら、たっぷりと眠るつもりだ」

よろしく頼む、と牧兵衛にいい置いて、仁平は町奉行所をあとにした。

第二章

一

店のほうへとやってきた高江から、和兵衛が目を覚ましたと聞き、合之助は目の前の仕事を済ませてから会いに行った。

寝所の襖（ふすま）は閉じられていた。合之助は敷居際にひざまずき、襖越しに声をかけた。

「番頭の合之助でございます。開けてもよろしゅうございますか」

「どうぞ」

応えを発したのは貫慮とかいう仁平の助手ではないだろうか。

「失礼いたします」

合之助は静かに襖を開けた。寝所には貫慮が一人で座していた。医術書らしき書物を膝の上に置いている。

あれは『和漢薬毒草図』ではないか、と合之助は目を凝らしたが、そうではなかった。なにか別の書物である。

和兵衛の娘のお芳、跡取りの和助の姿はなかった。高江によると、二人とも夜を徹して和兵衛の看病をしたというから、今頃、安心しきって眠っているのかもしれない。

高江はこの部屋に飾る花を生けるといっていたから、今頃は自室で花を花瓶に挿しているのだろう。

「旦那さまがお目覚めになったとお内儀よりうかがい、お見舞いにまいりました。お目にかかれましょうか」

敷居際に座して合之助は、丁寧な口調で貫慮にたずねた。

「和兵衛どのはまた眠ってしまわれましたが、それでよろしければ」

貫慮にいわれ、合之助はうなずいた。

「では、失礼いたします」

立ち上がった合之助は敷居をまたぎ、一礼して和兵衛の枕元に端座した。首を伸ばして和兵衛の顔をじっと見る。

「寝息がずいぶん安らかになったようにお見受けいたしますが、旦那さまのご加減はいかがでございますか」

「とてもよいといえましょう」

笑みを浮かべて貫慮がいい切った。

「和兵衛どのは夜明け頃にいったん目を覚まされたのですが、また眠りに落ちられたようです。いま番頭さんがおっしゃったように寝息も穏やかになっていますし、先生が気にかけていらした顔の斑点もだいぶ薄くなってきました。具合は、まちがいなくよくなっております」

「それはよかった……」

——しかし信じられん……。

内心で合之助は驚愕するしかなかった。

——車伽等草の毒を飲み続けたというのに、こうして生き返るとは……。このようなことがあるものなのか。

貫慮のいうように、和兵衛の頬に浮いていた斑点もほぼ消えつつある。

——あの斑点は車伽等草の毒が効いている証だが、それが薄くなったというのは、毒の効き目が失われているからであろう。仁平という医者は、まことにすごい。敵ながら天晴としかいいようがない。

仁平ほどの医者がこの世にどのくらいいるものなのか。大大名や将軍の御典医にも匹敵するのではないだろうか。

和兵衛の治療のために、仁平は『和漢薬毒草図』をこの店に持ってきていた。あの希少な書物が、まさか仁平が住みはじめた家にあるとは思いもしなかったから、合之助はそのことにまず驚いた。

『和漢薬毒草図』から仁平は、和兵衛の体を侵しているのが車伽等草の毒と知り、解毒のための薬湯を処方した。仁平が用いた代替の薬種がこうまで効くとは、合之助は微塵も考えていなかった。

——俺は仁平をなめていた。治療の邪魔をするべきだったか。

だが下手を打って、しっぽを出すわけにはいかない。そのほうが、しくじりとしては大きなものになろう。

「では、もう旦那さまは大丈夫なのでございますか」

平静を装って合之助は貫慮にきいた。貫慮が書物から顔を上げる。

「もちろん油断は禁物ですが、ここまで容体が落ち着けば、もう案じることはないのではないでしょうか。先生が出かけられたのも、大丈夫との判断をされたからだと存じます」

「なるほど、そういうことでございますか」

合之助は深い相槌を打ってから、貫慮に問うた。

「先生はどちらへいらしたのでございますか」

首を傾げ、貫慮が困ったような顔になる。

「実は手前もわからないのですよ。手前が家から戻ったときにはいらっしゃらなかったので」

――ふむ、仁平はどこへ出かけたのだろう。まさか町奉行所ではあるまいな……。

車伽等草の毒は徐々に患者の体を侵し、ほとんどの医者が目にしたことのない症状を呈して死に至る。そのために、手に負えなかった病に侵されての死として、処置されるのが通常のことだ。

だが仁平は、和兵衛が車伽等草の毒にやられたことを『和漢薬毒草図』によって知ることになった。しかも、車伽等草は、そうたやすく手に入るものではない。

和兵衛が車伽等草の毒を盛られ、難病に見せかけられたのではないかとの疑いを、仁平が抱いていないはずがなかった。

つまり、と合之助は思った。

――仁平は、町方同心の見矢木牧兵衛にそのことを話すつもりで、町奉行所に行ったにちがいあるまい。

むう、と合之助はうなり声を上げそうになった。

――これはまずい。町方の調べが入るとなれば、和兵衛に毒を盛ることができた者として、俺が怪しまれるのは必定。逐電するほうがよいだろうか。

やめておくほうがよい、との判断を合之助は即座に下した。

――ここは下手に動かんほうがよいのではないか。逃げれば、罪を認めたようなものだ。ただし、仁平のことは、お頭に知らせておかなければならぬ。

合之助は威儀を正し、貫慮さま、と呼びかけた。

「どうもありがとうございました。旦那さまのお顔を拝見でき、心より安堵いたしました」

「和兵衛どのが快方に向かって、本当によかったですね」

貫慮がにこやかに笑いかけてきた。

「では、手前は仕事に戻らせていただきます。旦那さまをよろしくお願いいたします」

両手をつき、合之助は深く頭を下げた。

「お任せください」

にこにこして貫慮が請け合った。立ち上がり、合之助は和兵衛の寝所を出た。襖を閉じ、廊下を店のほうへと歩く。

内暖簾を払って店座敷に入った。平素と変わらず、番頭や手代が薬棚の前で薬の調合をしている。

数人の手代が、薬を求めてやってきた客の相手をしていた。奉公人の誰もが和兵衛が快方に向かっていることを知って、一安心という風情である。張り詰めていた店の空気は、確実に緩みつつあった。

合之助は薬棚に歩み寄り、番頭の清五郎のそばに端座した。

「おう、合之助。旦那さまのお加減はいかがであった」

はい、と答えて合之助はかしこまった。

「とてもよいご様子に見えました」

その言葉を聞いて清五郎が破顔する。

「それはよかった。よし、今度はわしがお見舞いに行ってくるとしよう」

清五郎がいそいそと立ち上がる。

「清五郎さま。取引先に旦那さまが無事に快復しつつあることをお知らせしたいのでございますが、よろしゅうございますか」

「ああ、そうだな」

合之助を見下ろして、清五郎が同意してみせる。

「旦那さまのことを心配されている取引先も多かろう。よし、合之助、さっそく行ってくれ。昼過ぎには、わしも受け持ちの取引先にまいることにする」

「では、手前は一足先に出かけさせていただきます」

低頭した合之助は、供を連れずに和泉屋を出た。その足で立て続けに五軒の取引先を訪れ、和兵衛が快復しつつあることを告げていった。

人望のある和兵衛だけに、どの店の者も合之助の話を聞き、ひじょうに喜んだ。

五軒目の店を出た合之助は、ふう、と深く息をついてから北へと足を踏み出した。

人通りが多い上野は素通りし、ひたすら北へ向かった。

歩きはじめて半刻ほどたつと、人家がまばらになり、緑が深くなった。金杉村に入ったのだ。あたりは畑と百姓家ばかりになり、陽射しを弾く木々の梢がまぶしく感じられた。

やがて金杉村を過ぎ、合之助は三河島村に入った。目に、小さな寺の山門が飛び込んできた。

足早に進んでその前に立ち、掲げられた扁額を見上げる。そこには高千院(こうせんいん)とあった。

訪れる人などほとんどない寺ではあるが、山門は開いていた。それを見て、合之助は安堵の息を漏らした。

――お頭はいらっしゃるのだな。

不在なら、山門は閉まっているはずだ。もし他出しているのだったら、また出直すつもりではいたものの、やはり二度手間は避けたいとの気持ちがあった。

山門をくぐり抜けると、高い塀に囲まれた境内(けいだい)が眺められた。

正面に本堂が建ち、その右手に鐘楼がある。左側に石庭が見えているが、塵(ちり)一つ落ちておらず、よく手入れがされていた。

頭領の天斎(てんさい)が暮らす庫裏(くり)は本堂の陰に隠れるように建っている。合之助は、強く吹きはじめた風に押されるように再び歩きはじめた。

本堂の前を通り過ぎるとき、中から数人の学僧が学問に励んでいるらしい気配が伝わってきた。懐かしさを覚え、合之助は束の間、立ち止まりかけた。

結局は足を止めることなく進み、庫裏の戸口に立った。開いている戸を一礼して通り過ぎ、合之助は三和土(たたき)に入った。

「合之助でございます。ご住職はいらっしゃいますか」

合之助は控えめな声で訪いを入れた。庫裏まで風は入ってこず、静謐さが覆っている。

「入れ」

中から野太い声で返事があった。

「失礼いたします」

頭を下げて雪駄を脱ぎ、合之助は式台に上がった。廊下を右に進み、最初の腰高障子の前で足を止める。

合之助が、お頭、と呼ぶ前に、入れ、と先ほどと同じ言葉が発せられた。敷居際にひざまずき、合之助は腰高障子を横に滑らせた。

そこは八畳間で、一人の僧侶が座布団の上に座していた。瞑想でもしているのか、まぶたを閉じている。

頭を下げてから合之助は敷居を越え、天斎の前に立った。天斎が目を開け、ぎろりと合之助を見上げてくる。その眼光の鋭さに、合之助は気圧されるものを覚えた。

「合之助、まずは座れ」

はっ、と答え、合之助は天斎の命に従った。天斎が合之助を見据える。

「おまえがこの寺にやってくるなど、なにかよからぬことがあったゆえだな」

「さようにございます」

かしこまって合之助は認めた。

「なにがあった」

身を乗り出し、天斎がきいてくる。合之助は丹田に力を込めた。

「和泉屋和兵衛の毒殺、しくじりましてございます」

「なにっ」

一気に天斎の顔が険しくなった。合之助の背中がひやりと冷たくなる。

「委細を話せ」

どういう経緯で毒殺が失敗に終わったか、合之助は詳らかに語った。

聞き終えた天斎が口元を歪めた。

「せっかくときをかけて和兵衛に車伽等草の毒を仕込んでいったというのに、その仁平という医者がすべてを台無しにしたか」

「さようにございます」

体を縮こまらせて合之助は肯定した。

「まさか車伽等草の毒を見抜く医者がいるとはな……」

腕組みをして天斎がつぶやく。

「仁平という医者は、そこまでの知識を持つ医者なのか」

「いえ、さすがに車伽等草のことまでは知らなかったようでございます。『和漢薬毒草図』が仁平の住む家にあったのでございます」

「なんと」

さすがの天斎が腰を浮かせかけた。

「あの書物が家に……。それを仁平が読んだというのだな」

「御意」

目をみはったまま天斎が座り直す。ふむう、と鼻から息を大きく漏らした。

「『和漢薬毒草図』から、和兵衛の体を侵しているのが車伽等草の毒と知ったわけか。なんたることだ」

何度か首を振ってから天斎が沈思する。さほど間を置くことなく目を開けた。

「車伽等草の毒と露見したとなれば、町奉行所の手が入るかもしれぬな」

「おっしゃる通りでございましょう。仁平はいま出かけておりますが、おそらく町奉行所に向かったものと思われます」

「動きが早いな。仁平とはどんな人物だ」

「元々は人足寄場にいたのを、元寄場同心で今は南町奉行所の定町廻りの見矢木という同心が、和兵衛のせがれ和助の治療をさせるために外に出したのでございます。仁平の治療によって和助が本復に向かったところで和兵衛が請人となり、仁平を近所にある家作に住まわせました」

「その家作に『和漢薬毒草図』があったのか」

「さようにございます」

「よし。合之助。仁平の人となりについて、もっと続けよ」

はっ、と合之助は低頭した。

「よく光る厳しい目を常にしておりますが、人の心をほっとさせるような笑みをときおり浮かべることがございます。物言いはきはきとし、振る舞いはなんらかの武術を身につけているかのように、きりりとしております。歳は、まだ四十に達しておらぬのではないでしょうか」

「仁平とはそのような男か。おなごにもてそうだな」

「和兵衛の娘のお芳が、どうやら仁平に惚れているようでございます」

「もうたぶらかしたというのか。手も早いのだな」

「おっしゃる通りでございます。ところでお頭、町奉行所の調べが入るとするなら、手前は疑われましょうか」

「大丈夫だ」

自信ありげに天斎が言い切った。

「下手に逃げ出すような真似をせず、今まで通りにしておればよい」

俺の判断は正しかったのだな、と合之助は胸をなでおろした。

「おまえは和泉屋に十数年も奉公し、異例の出世を遂げた若き番頭だ。和兵衛が最も信を置く奉公人でもある。和兵衛の人を見る目は格別なものと、誰もが知っておる。和兵衛のお眼鏡にかなった男を疑う者など、ただの一人もおるまい」

「そのお言葉を聞き、安堵いたしました。それで、このあとのことでございますが――」

合之助は天斎にうかがいを立てた。

「和兵衛の毒殺のことだな」

下を向き、天斎が思案をはじめる。顔を上げ、合之助に眼差しを注いでくる。

「おぬしは、二度と和兵衛を狙わずともよい。これまで同様、実直に奉公しておれ」

「わかりましてございます」

「和兵衛はこちらでなんとかする。手はあるのでな」

「どのような手を用いるのでございますか」

興を引かれて合之助はきいた。

「知らぬほうがよい。さすれば、普段と変わらずにいられよう」

「わかりましてございます」

納得した合之助は深々と頭を下げた。

「それにしても……」

天斎の独りごちたような声が耳に届き、合之助は面を上げた。

「仁平は邪魔よな。かような者は除いてしまうに限る」

厳かな声で天斎が告げる。

「では、殺しますか」

「それがよかろう。また邪魔をされては、たまらぬ」

「手立ては」

「それについても、わしに任せておけ」

合之助を見て天斎が不敵に笑った。

「その仁平とやらを、必ずあの世に送ってやるゆえ」

毒を使うのだろうか、と合之助は思った。いくら仁平がすさまじい腕を持つ医者だといっても、毒を飲んで前後不覚に陥れば、自らの治療はできまい。

小石川養生所に勤仕していたらしい貫慮も腕のよい医者ではあろうが、さすがに仁平には及ぶはずがない。毒を使うというのは、よい手のような気がした。

「わしは仁平に毒を用いる気はないぞ」

合之助の考えを読んだかのように天斎がいった。合之助は意外な思いに囚われた。

「和兵衛が毒にやられ、次に仁平が毒で死んだとなれば、我らのことが町奉行所に露見するかもしれぬ」

「ああ、そうかもしれませぬ」

和兵衛だけなら、自分たちの存在は秘したままでいられるかもしれない。

「よいか、もう一度いうが、やり方はわしに任せておけ。合之助、おまえはただ仁平の死の知らせを待っていればよい」

「承知いたしました。待ち設けております」

畳に両手を揃え、合之助は平伏した。

二

庭で餌でもついばんでいるのか、鳥のさえずりがかしましい中、包丁の音が耳に届いた。

新しい朝が来たのだな、と仁平は思い、まぶたを持ち上げた。天井が目に入る。腰高障子の向こう側は、もう明るかった。

──いや、朝ではない。今は昼間だ。

眠りにつく前、自分がなにをしていたか、仁平は思い出した。南町奉行所で見矢木牧兵衛と会って和兵衛のことを話したのち、いったん和泉屋に戻り、和兵衛をしばらく見ていてくれるよう貫慮に頼んだ。その後、仁平は家に帰り、寝所で布団に横になったのである。

時の鐘は聞き取れなかったが、昼の九つは過ぎているようだ。一刻半は眠ったのではないだろうか。

──うむ、これだけ眠れば十分だ。

眠るのは大好きだが、もともとそんなに寝ずともよい質（たち）である。

仁平は上体を起こし、伸びをした。和兵衛の治療をした際の疲れはすっかり取れているようで、体の軽さを感じた。

──一刻半、寝ただけですっきりするなど、俺もまだまだ若いな。

この分なら、医療所の仕事を予定通り明日から再開できるはずだ。きっと大勢の患者が押し寄せてくるだろう。

とんでもなく忙しくなるのはまちがいないが、ときを忘れて働くのは、生きているとの実感を与えてくれる。

――まさに生き甲斐ができたな。俺はこの二年、ただ息をしているも同然だった。まさか再びこのような日々が戻ってこようとは……。

部屋の中に味噌汁のにおいが漂っているのを感じ、仁平は思い切り吸い込んだ。

――今のほうが沼里で御典医をしていたときより、充実しているかもしれぬ。御典医をしているときも、決してやり甲斐がなかったわけではない。だが、町医者のほうが性に合っている。

――もし俺がもっと必死に御典医としての仕事に励んでおれば、若殿を死なせるようなことはなかったのか……。

そうかもしれぬ、と仁平は思った。

――若殿の死を無駄にせぬためにも、この地で人の役に立てるよう、身を粉にしなければならぬ。

仁平が改めて決意をかためたとき、廊下を渡ってくる足音がした。

お芳であろう。お芳は、この家の鍵を持っている。仁平が眠っているあいだに、昼餉をつくりにやってきたに相違ない。

腰高障子にたおやかな人影が映る。

「先生、お目覚めでございますか」

かわいらしい声が聞こえた。

「ああ、先ほど起きた」

「昼餉ができましたので、おいでくださいますか」

お芳は和泉屋から、仁平の身の回りの世話をするために通いでこの家に来ている。

お芳自身、住み込みで働きたいらしいのだが、それはさすがに和兵衛に止められたようだ。

「顔を洗ったらまいる」

仁平はすっくと立ち上がった。

「先生、ここを開けてもよろしゅうございますか」

「もちろんだ」

するすると腰高障子が滑っていく。お芳が敷居際に座し、仁平をじっと見ていた。

「先生、とてもよい顔色をされていらっしゃいますね」

にこやかにお芳がいった。

「おっ、そうか」

仁平は自分の顔をつるりとなでた。

「とても健やかそうでございます。お疲れの色も見えませんし」

「疲れはないな。一眠りしたら、すっきりした。お芳はどうだ。眠ったのか」

「もちろんでございます。先生が出かけられたあと、さすがに疲れを感じ横になりました。二刻は眠ったと思います」

「二刻か。若い娘には十分とはいえぬな。お芳、今宵はしっかりと睡眠を取るのだぞ」

「はい、わかりました」

本当にわかっているのだろうか、と仁平は訝しんだ。

「お芳、よいか。眠りが足らぬと、肌が荒れる。病にかかりやすくなり、骨も折れやすくなる。よいことなど一つもない」

「肌荒れはわかりますが、あとの二つはまことでございますか」

目をみはってお芳がきいてきた。

「嘘などいわぬ。これまで俺が患者を診てきた経験からいっている。眠りが短い者は病気になりやすく、骨がもろくなっているために怪我もしやすい」

「わかりました。これからよく眠るようにいたします」

合点がいったような顔で、お芳が形のよい顎を引いた。

「それでよい」

仁平は足を踏み出し、お芳の横を通り抜けて廊下に出た。

「これをどうぞ」

お芳が手ぬぐいを渡してきた。ふんわりと温かく、よいにおいがした。仁平は若い女の肌を嗅いだような気がし、どきりとした。

「かたじけない」

なにげない風を装って手ぬぐいを受け取り、仁平は廊下を歩き出したが、すぐに足を止め、振り返った。

「お芳の顔色もよいぞ。特に、その桃色の唇は年頃の娘らしく、とても健やかそうだ」

「先生は私の唇がお気に入りでございますか」

えっ、と仁平は思い、お芳を見た。

「いつでも奪っていただいて、けっこうでございます」

お芳が真剣な顔でいった。なにっ、と仁平は自分でも顔色が変わったのがわかるほど狼狽しかけたが、すぐに平静さを取り戻した。

「お芳」

鋭く呼んで、仁平はお芳にまっすぐ近づいていった。足を止めるや手を伸ばし、お芳のおとがいを持ち上げた。同時に自分の顔をぐっと近づける。

お芳がどぎまぎして真っ赤になり、息を詰める。どうしよう、といいたそうな顔をし、体をかたくしていた。

その表情を見た仁平は、にこりとして顔を離した。

「今お芳は、俺が口を吸うと思ったな。大人をからかうと、こういう目に遭うのだ」

「いえ、からかったわけでは……」

「だが、いうほどの覚悟はなかったのであろう。ちがうか」

「は、はい、そうかもしれません……」

うつむいたお芳が素直に認めた。

「お芳、自分のことはできるだけ大事にすることだ。そのほうがこの先、後悔せずとも済む。感情に突き動かされるのは流されるも同然で、たいていよくない終わり方を迎えるものだ」

「は、はい、よくわかりました」

殊勝な顔でお芳が答えた。

「では、顔を洗ってくる」

「いってらっしゃいませ」

二人は反対方向に分かれた。

――しかし驚いたな。まだ十七の娘に惑わされるとは、まるでなっておらぬ。

もし貫慮が今の光景を見ていたら、なにを思ったであろう。もっとも、貫慮が和泉屋にいることを承知で、お芳はあのようなことを口にしたのかもしれない。

――しかし俺も、ちと大人げないことをしたかな……。

仁平は少し反省した。厠で用を足したのち手と顔を洗い、房楊枝で歯を磨いた。それだけですっきりし、新たな風が体に吹き込まれたような気分になった。

――お芳とのあいだに気まずい空気が流れぬようにしなければならぬ。

お芳は明るく、さっぱりとした気性だ。おそらくさして気にせずとも、大丈夫だろう。

――よし、昼餉をいただくとするか。

ひどく腹が減っていることに気づいた仁平は寝所に戻り、新しい着物を身につけた。台所横の部屋に向かう。

部屋には、二つの膳が畳に置かれていた。仁平は左側の膳の前に座した。

お芳が櫃を抱えて台所からやってきた。

「お待たせしました」

向かいに座り込んだお芳が、茶碗に飯をよそった。どうぞ、と快活な声を発して仁平に手渡してくる。

ありがとう、と仁平も笑顔で受け取り、膳に茶碗を置いた。

――この様子なら、さっきのことはなかったものにできるだろう。

椀を手にし、仁平は味噌汁からすすった。

「ああ、うまいなあ。よく出汁が取れている。味噌にもこくがある」

仁平は微笑しながらお芳に話しかけた。お芳が顔をほころばせる。

「まことでございますか。先生に喜んでいただけると、つくった甲斐がございます」

仁平は、主菜の鯵の干物に箸を伸ばした。身をほぐし、口に持っていく。

「これもよい塩梅だ。塩気がちょうどよく利いていて、飯が進む」

鯵とともに仁平は炊き立ての飯を食した。

「この鯵の干物も、お芳がさばいたのか」

「さようにございます。私は鰺の干物づくりを得手にしておりますので」

「ほう、そいつはすごい。しかしお芳はなんでもできるな」

和泉屋で働く包丁人から、料理の数々を学んだという。もともと筋もよいのだろうが、料理に関しては玄人(くろうと)はだしである。

「なんでもというようなことは、ないのでございますが」

手を横に振ってお芳が謙遜する。

「いや、まことにお芳はすごい」

仁平はおかわりを一度だけして、昼餉を終えた。お芳が淹(い)れてくれた茶を喫する。甘みとこくがあって、これも実にうまかった。

「先生、今日から医療所をまたはじめられるのでございますか」

お芳にきかれ、いや、と仁平はかぶりを振った。

「医療所は明日からのつもりでいる。今日は体を養うほうがよかろう。お芳もそのつもりで、よく休んでおいてくれ」

わかりましてございます、とお芳が答えた。

「あの、明日からは貫慮さまも一緒でございますか」

いや、と仁平は再びかぶりを振った。

「貫慮は、念のため和兵衛どののそばにいてもらおうと思っている」

「では、しばらくは先生と二人きりということでございますね」

目を輝かせてお芳がいった。

「まあ、そういうことになるな……」

「ああ、うれしい」

両手を胸の前で合わせて、お芳が跳び上がらんばかりに喜ぶ。そのさまを見て仁平は、この娘はなんら変わっておらぬな、と少し安心した。

満腹になった仁平は自らの腹をなでさすった。

そのとき、不意に眠気が襲ってきたのを感じた。まぶたを揉む。

――眠りは十分に足りているのではなかったか。やはり、もう若くないのだ。

「あの、先生。眠いのではありませんか」

仁平の様子に気づいたらしく、お芳が問うてきた。

「いや、眠くはない」

目を大きく開いて仁平は答えた。

「先生は、おとっつぁんのために無理をされていますから、眠くなるのは当たり前でございます」

「だが、それはお芳や貫慮も同じであろう」

「でも、私たちは若いですから」

むっ、と仁平は詰まった。確かにもう三十八なのだ。不惑が迫っている。十代や二十代の頃の体力とは、明らかに異なる。

「ずっと眠っていない貫慮さまの代わりに、先生がおとっつぁんの様子を見るつもりでいらしたのは、私もわかっています。貫慮さまには私から、先生が行けなくなったと話しておきます」

「しかしな……」

「先生、ここで無理をされないでください。無理をして具合を悪くされると、大勢の人が困ります。医療所を開けられなくなるかもしれませんし……」

その通りかもしれぬ、と仁平は思った。先ほど睡眠がいかに大切か、お芳にいったばかりではないか。

「ならばお芳、言葉に甘えてもよいか」

「もちろんでございます。やはり先生には、ひときわ疲れが溜まっているのでございましょう。おとっつぁんを救うための責任を、一身に負っていらしたのですから」

なんとしても和兵衛どのを助けなければならぬと、重圧がかかっていたのは紛れもない事実だ。

「では一眠りさせてもらうが、貫慮に無理はさせたくない。夕刻になったら必ず代わるゆえ、それまでがんばってほしいと伝えてくれ」

「では、こちらの片付けをしたら、家にまいります」

「よろしく頼む」

立ち上がった仁平は部屋を出て、寝所に戻った。布団の上に横になり、目を閉じる。

——ああ、気持ちよいな。

仁平はあっという間に眠りに落ちていった。

三

小鳥のさえずりがしていたようだが、今はもう聞こえない。

代わりに、誰かが訪いを入れているらしい声が耳に届いた。

はっ、として仁平は目を覚ました。

——声は庭のほうから聞こえたな。八百屋（やおや）の御用聞きでも来たのか……。

お芳が庭に面している座敷へ向かっているようで、廊下を行く足音がした。

——まさか、気の早い患者ではないだろうな。このあたりに住む者は、とんでもなく耳が早いからな……。

寝床でそんなことを考えていると、お芳に用件を告げているのか、聞いたことのない男の声がしはじめた。

聞き取れないが、八百屋の御用聞きでないのは確かなようだ。

いったい誰が来たのか、気にかかってならず、仁平は首をひねりつつ起き上がった。どういうわけか、よくない用件を携えてきたのではないかとの思いが頭から離れない。

——今は何刻だろう。

仁平は部屋を出て、廊下を歩きはじめた。おそらく七つは過ぎているはずだ。

襖を開け、仁平は奥の座敷に入った。庭に面した濡縁に、お芳が端座しているのが目に飛び込んできた。

お芳の前に中年の男が立っている。その男に見覚えがあるような気がしたが、定かではない。

少なくとも、悪人には見えなかった。取り越し苦労だったか、と仁平は思い、お芳のそばで足を止めた。

「お芳、どなただ」

仁平はお芳の背中に声をかけた。その声が聞こえたらしく、男が仁平に向かって丁寧に辞儀する。

「先生、ご無沙汰しております。手前は章三郎と申します。馬喰町の旅籠飯田屋の使いでまいりました」

飯田屋といえば、と仁平は思い出した。前に主人の機兵衛が医療所に来たことがある。

——章三郎は、機兵衛の付き添いで来ていたのだったな。

そのときの仁平の見立てでは、機兵衛は胃の腑がひどく弱っており、体も冷えていた。仁平は機兵衛の病に合う薬種を処方した。その薬種をしっかり飲み続けたなら、機兵衛はとうに快方に向かっているはずだ。

その証か、ここ最近、姿を見せていない。仁平は、酒は肝の臓だけでなく胃の腑も痛めるゆえ、やめるよう機兵衛に伝えた。大食も慎むほうがよいとも告げた。

実直そうな男だったから、それらの助言を守っているのではないだろうか。今は胃の腑の痛みや体のだるさを覚えることなく、毎日を過ごしていると仁平は信じたかった。

「それで章三郎」

仁平は濡縁に出て、章三郎に語りかけた。

「すでにお芳に話したであろうが、どのような用件で来たのか、俺にも話してくれぬか。まさか、機兵衛の病が悪くなったのではあるまいな」

仁平は一応、確認した。

「いえ、そうではございません」

否定して章三郎が言葉を続ける。

「おかげさまで、旦那さまは健やかに過ごしております」

「それはよかった」

「旦那さまも手前も、大変ありがたく思っております」

頭を下げて章三郎が再び話し出す。

「昨日の昼すぎのこと、旅籠の前に行き倒れの若者がおりました。見過ごすことはできず、手前どもは空き座敷に運び込み、布団に寝かせました」

「それはよいことをしたな。では、その若者を診てほしいのか」

「いえ、ちがいます」

今度も章三郎は肯(がえ)んじなかった。

「よほど疲れていらしたのか、その若者はずっと眠ったままでございました。しかし今日の八つ頃から、うなされて、苦しげな声を立てるようになったのでございます」

そのとき、先生、とお芳が仁平に声をかけてきた。

「私が章三郎さんからうかがったのは、ここまででございます」

うむ、と仁平はお芳にうなずいてみせた。

「それで、その若者がどうかしたのか」

章三郎に目を向けて、仁平は先を促した。はい、と章三郎が点頭する。

「その若者はしきりに、父上とか仁平と口にいたしました」

「なにっ」

仁平は自分の目が険しくなったのを感じた。お芳も章三郎の言葉に驚いたらしく、仁平を見上げてきた。

喉仏を上下させて章三郎が、こほん、と咳払いをする。

「手前どもは、これは先生のことをおっしゃっているのではないかと判断し、罷(まか)り越(こ)した次第でございます」

「わざわざそのために来てくれたのか。章三郎、その若者はまちがいなく俺の名を口にしたのだな」

　柔らかな口調を心がけて仁平は確かめた。はい、と章三郎が深いうなずきを見せる。

「この耳で、はっきりと聞きましてございます。父上とおっしゃったのも、まちがいございません」

　沼里にいるはずのせがれが、江戸に出てきたというのか。

「その若者は一人だったのだな。歳はいかほどだ」

　仁平は新たな問いを章三郎にぶつけた。

「たぶん十五、六ではないかと……」

　章三郎が答えた。その歳なら、考えられるのは上のせがれの幹太郎であろう。

　わかった、と声に出して仁平は決断した。

「飯田屋にまいる」

　先生、とお芳が呼びかけてくる。

「私もご一緒してよろしゅうございますか」

　お芳にきかれ、仁平は首を横に振った。

「お芳は戸締まりをして和泉屋に帰れ」

その返答はお芳にとって意外なものだったようだ。

「俺は今夜、戻れぬかもしれぬ。本来なら和泉屋に行き、貫慮の代わりを務めなければならぬが、それがかような儀となり、叶わなくなった」

「私はその旨を貫慮さまに伝えれば、よろしいのですね」

残念そうな顔をしているが、お芳がけなげに申し出た。

「頼む」

「今宵は、私がおとっつぁんの様子を見ることにいたします」

「それでも構わぬが、和兵衛どのは、もうほとんど心配いらぬ。今に至るまで貫慮がなにもいってこぬのがその証だ。だからお芳、決して無理をするな。もう徹夜をするほどまでのことはない」

「はい、よくわかっております」

濡縁の下の沓脱石(くつぬぎいし)に雪駄が置いてあり、仁平はそれを借りることにした。

「では、行ってまいる」

雪駄を履いて庭に降りた仁平は、切なげな顔をしているお芳に向かって右手を上げた。章三郎とともに家をあとにする。

急ぎ足に歩きつつ仁平は、前を行く章三郎に問いを投げかけた。

「その若者はどんな身なりだった」

「いかにもお武家らしい身なりでございます」

仁平を振り返って章三郎が答えた。

「では、二本差か」

「はい、大小を身に着けておられました」

「前髪は落としているのか」

幹太郎は二年前、仁平が出奔する前に元服した。

「はい、月代を剃られております。今は少しだけ髪が伸びていらっしゃいますが
……」

「行き倒れたということは、金を持っておらぬのであろうな」

「おそらくは……」

仁平は章三郎にさらに問うた。

「その若者はどんな顔のつくりだ」

「鼻筋が通り、きりっとしたお顔をされています。手前は、先生によく似ていらっしゃると存じます」

低頭してから章三郎が再び口を開く。

「正直に申し上げれば、軒下で倒れている若者を一目見たとき、先生のお顔が頭に浮かびました。ですので、その若者を見捨てることができなかったということもございます」

「そうであったか……」

「ああ、一つ思い出しました」

章三郎が、ぽん、と自らの太ももを叩いた。

「その若者には、右眉の上に一寸ほどの傷跡がございます」

もはや疑いようがない。まちがいなく幹太郎だ。

しかし、なにゆえ幹太郎は江戸に出てきたのか。むろん、出奔した父親を捜すためであろう。だが、なぜ今なのか。

なにかそうするきっかけがあったとしか思えない。

それにしても、と仁平は思った。

――俺はどのような顔をして、幹太郎に会えばよいのか……。

仁平の顔を見た瞬間、幹太郎は憤怒の色を見せるはずだ。幹太郎がぶつけてくるものすべてを黙って受け止めるしかない。

章三郎、と仁平は呼んだ。

「その若者は紛れもなく俺のせがれだ。名は幹太郎という」

おっ、という顔で章三郎が振り返った。納得のいった表情をしている。

「それで、幹太郎はどんな具合だ。飯田屋ではずっと眠っているとのことだったが、なにも腹に入れておらぬのだな」

「一向に目を覚まされませんので、食事を差し上げることもできません……」

ならば水も飲んでおらぬであろうな、と仁平は思った。

——幹太郎は飲まず食わずで江戸にやってきたのか。であるなら相当、衰弱しているはずだ。命に関わるかもしれぬ。

一刻も早く幹太郎に会わなければならぬ、と仁平は思い、やや強くなってきた風に逆らうように足を速めた。

いきなり仁平に追い越されそうになった章三郎が、あわてたように急ぎ足になった。

「済まぬな、気が急いてならぬ」

「お気持ちはよくわかります」

章三郎が思いやるような眼差しを向けてきた。こういう心根の持ち主だからこそ、行き倒れた幹太郎を座敷に運び込んでくれたのだろう。仁平は感謝するばかりである。

あと少しで馬喰町に入るというとき、ふと誰かに見られているのではないかとの思いに囚われた。

さりげなく後ろを見やって、眼差しの主を捜した。だが、それらしい者はどこにもいなかった。

だからといって、今の眼差しが勘ちがいだとは思わなかった。

――誰がなんのために俺を見ていたのか。

いまここで考えたところで、答えが出るはずもなかった。

「先生、どうかされましたか」

歩き方が急に遅くなった仁平を気にしたようで、章三郎が声をかけてきた。

「いや、なんでもない。済まぬ」

「いえ、謝られるほどのことでは……」

道は馬喰町に入った。仁平たちは飯田屋の前に到着した。

あたりには夕刻の気配が漂いはじめており、飯田屋の前は、これから投宿しようとする客で賑わい、混雑していた。

この中には江戸見物に来た者もいるだろうが、ほとんどの者が訴訟のために在所から江戸にやってきた者ではないだろうか。馬喰町の旅籠は、そういう者たちのためにあるといってよい。

「どうぞ、こちらへ」

暖簾を上げた章三郎にいわれて、仁平は飯田屋の中に足を踏み入れた。細長い土間が横に長く続いており、ところどころに沓脱石が置かれていた。式台に腰かけて、盥で足を洗っている者も少なくない。

沓脱石で雪駄を脱ぎ、仁平は店座敷に上がった。章三郎の案内で広い板間を突っ切り、廊下を歩く。

廊下を突き当たりまで進んだところで、章三郎が足を止めた。赤富士が描かれている襖の前である。

「こちらの部屋で、幹太郎さまはお眠りになっております」

この襖の向こうにせがれがいるのだと考えると、仁平は胸が痛くなってきた。

「先生、襖を開けますが、よろしゅうございますか」

仁平の様子を気にしたか、章三郎がきいてきた。

「もちろんだ」

強い口調で仁平は言い切った。章三郎が引手に手を当て、襖をするすると滑らせる。

　腰高障子に西日が当たり、中は明るかった。掃除の行き届いた八畳間である。よい部屋を与えられているな、と仁平はありがたさを嚙み締めた。真ん中に敷かれた布団の上に横になっている男を見つめながら近づく。

　ご子息でございますか、といいたげに章三郎が仁平を横から見る。

「紛う方なく幹太郎だ」

　幹太郎に目を当てたまま仁平はいった。

「それはよろしゅうございました。よく似ていらっしゃるので、手前はまちがいないと思っておりましたが……」

「そんなに似ているか」

　仁平は幹太郎の枕元に座った。

「そっくりでございます。幹太郎さまは、おいくつでございますか」

「十六だ」

「先生のお若い頃を彷彿させます」

　先ほど章三郎がいったように、幹太郎の月代は伸びていた。この髪の伸び方は、江戸に来るまでの苦労を感じさせた。

幹太郎の顔色は青白く、ふっくらしていた頬もすっかりこけている。寝息も一時の和兵衛のように荒い。ひどく衰弱しているのは明らかだ。

これで、どのくらい飲まず食わずだったのだろう。

──おそらく四、五日はなにも腹に入れておるまい。水すらろくに飲んでおらぬのではないか。

まず水を与えなければ、と考え、仁平は章三郎に、水と匙を持ってきてくれるよう依頼した。

「お安い御用でございます」

章三郎が八畳間からいったん姿を消した。仁平は幹太郎から目を離した。

右手に刀架が置かれており、そこに幹太郎の刀と脇差がかかっていた。その横に振り分け荷物があった。

襖を開けて章三郎が戻ってきた。

「こちらをお使いください」

章三郎が、小さめの薬缶と匙を仁平に渡してきた。薬缶は水がたっぷり入っているようで、重みがあった。

「かたじけない」

礼をいって仁平は薬缶から匙に水を注ぎ、それを幹太郎の唇に当てた。

「幹太郎、水だ。飲んでくれ」

仁平が語りかけると、その声が聞こえたかのように幹太郎の口が開いた。ごくり、と喉が動く。

「あっ、飲まれました」

仁平の斜め後ろに端座した章三郎がうれしそうにいった。うむ、と顎を上下させて、仁平はしばらく幹太郎に水を飲ませ続けた。

「これで、まず大丈夫だろう。人というのは、水が最も大切だからな。四日も水を飲まぬと、たいていの者は死んでしまう」

「えっ、たった四日で……。だから戦国の昔、籠城するとき、特に水が大事だったのでございますね」

「章三郎は軍記物が好きなようだな」

「暇を見つければ読んでおります。つまり城を攻める側もそれがわかっていて、水の手を切ろうとしたわけでございますな」

「そういうことであろう」

同意した仁平は、自らの額に浮いた汗を拳でぐいっと拭った。

「先生、ほかになにか入り用のものはございませんか」

章三郎にきかれて仁平は、粥（かゆ）をつくってくれぬか、と頼んだ。

「塩だけで味付けをしてくれればよい。たくさんはいらぬ。米は半合ほどで十分だ」

「承知いたしました」

快諾して章三郎が部屋を去った。仁平は幹太郎の顔をじっと見た。

先ほどいったん湿り気を帯びた唇が、また乾いてきていた。仁平は匙を使い、幹太郎に水を飲ませた。

それを何度か繰り返していると、背後の襖が開き、章三郎が入ってきた。

「お待たせいたしました」

仁平の隣に座した章三郎が、捧げ持つようにしていた盆を畳に置いた。盆には、小さな釜と茶碗、しゃもじ、匙がのっていた。

釜には蓋がされているが、隙間からわずかに湯気が出ており、粥がつくり立てであるのが知れた。

「かたじけない」

心から礼を述べた仁平が釜の蓋を取ると、湯気が盛大に立ち上った。粥のどこか甘いにおいが漂う。仁平はしゃもじで粥をほぐし、茶碗に盛った。

茶碗から匙で粥をすくい取り、ふうふうと息を吹きかける。十分に冷めたところで、幹太郎の口に匙を持っていった。

だが水のときとは異なり、今度は幹太郎の口は開かなかった。

仁平は左手で上下の唇と歯を押し開き、幹太郎の口の中に粥をそっと入れた。すると、幹太郎の舌が動き、粥が一瞬で消え失せた。

「ああ、召し上がってくださいましたね」

安心したように章三郎が笑った。うむ、と仁平は応じた。

「こうして食べられるのなら、きっとすぐによくなろう」

その後も匙を使い、仁平は幹太郎に粥を与え続けた。

「今の幹太郎さまのご様子を拝見しておりますと、なんと申しますか、生命の力強さのようなものを感じます」

感動したらしく、章三郎がしみじみといった。仁平は、その通りだな、と口にした。

「人というのは弱くて儚い存在だが、たくましさも併せ持っている」

「まことにおっしゃる通りでございます」

結局、幹太郎は眠ったまま、粥をすべて食した。

「うむ、一安心だ」

ほっとした仁平は、空の茶碗と匙を盆の上に置いた。

「先生、ほかになにかご入り用でございましょうか」

「いや、なにもない。あとは幹太郎が目を覚ますのを待つだけだ」

さようでございますか、と章三郎がいった。

「では、手前はこれにて失礼させていただきます。なにかございましたら、遠慮なくお呼びください」

仁平と幹太郎のあいだになにか事情があるらしいことを章三郎は覚っているようだが、それを質そうという気はないらしい。相手の気持ちに土足で踏み込まないのは旅籠の奉公人として当たり前のことかもしれないが、今の仁平にはありがたいことだった。

「気を遣わせて済まぬな」

「いえ、とんでもないことでございます」

部屋の中がだいぶ暗くなってきていた。行灯に火を入れてから、章三郎が出ていった。

襖が閉じられる音を耳にした仁平は行灯を引き寄せ、幹太郎の顔を凝視した。うむ、と心中でうなずく。

――赤みを帯びてきているな。

粥を食べてさほど間を置かずに顔色がよくなってくるなど、このあたりは若さの賜といえるだろう。

――危機は脱した……。

仁平は、よかった、と心から思った。やはり若さというのは、素晴らしい。これが高齢の者なら、結果はちがうものになっていたかもしれない。

しかし、と声に出して仁平は幹太郎に問いかけた。

「おまえは、なにゆえここにおるのだ」

幹太郎はやや荒い寝息をついているだけで、目を覚ましそうにない。

幹太郎の母と弟は、どうしているのか。一家は仁平が出奔したのち、義兄の世話になっていたはずだ。義兄が、幹太郎の江戸行きを許したのか。

「幹太郎、おまえはなにゆえ一人で江戸に出てきたのだ」

これにも応えはなかった。

「まあ、よい。目覚めるのを気長に待つとしよう」

仁平は腕組みをした。幹太郎の右眉の上の傷に目が留まる。

この傷は、と仁平はそっと触れた。登ってはならぬ、ときつく戒めていた庭の柿の木に幹太郎が登り、枝が折れて地面に叩きつけられたときにできたものだ。

――あのときはたくさん血が出て、珍しく奈美があわてふためいたな。血を見ることなどほとんどなく、それまで平穏に過ごしていたからだ。

その平穏を仁平は打ち壊したのである。

――まことに奈美はどうしているのだろうか。

もともと体が丈夫とはいえない。息災にしてくれていたらよいのだが、仁平のことを案ずるあまり、寝込んでいるというようなことはないだろうか。

さまざまな思いが脳裏を去来するうち、仁平はいつしか寝入っていた。

四

不意に、人の声が脳裏に飛び込んできた。仁平は、それがなんといっているのか聞き取れなかった。

――誰が、なにを話している……。

仁平は神経を集中した。どうやら、父上、といっているように感じた。

——まさか。

面を上げるや仁平は目を開けた。横になったまま、幹太郎がこちらをじっと見ていた。信じられぬ、という表情をしている。

仁平も驚いたが、泰然たる風を装った。

「目が覚めたか」

平静な口調で仁平はたずねた。

「父上……」

呆然としたように幹太郎がつぶやく。

「幹太郎、無事でなによりだ」

「なにゆえここに父上が……」

かすれ声で幹太郎がきいてきた。

「この旅籠の者から、俺のせがれとおぼしき者が行き倒れになったと知らされた。それで駆けつけた」

「旅籠……」

枕の上で首を傾げ、幹太郎が不思議そうな顔をする。

仁平は、なにゆえ幹太郎がここで布団に寝ているのか、手短に説明した。

それを聞いて幹太郎が愕然とする。

「この旅籠の前で行き倒れたそれがしを、宿に入れてくださった……」

「旅籠の者に感謝しなければならぬ」

「確かにその通りですが、父上にえらそうにいわれる筋合いはありませぬ」

強い口調でいって、幹太郎が起き上がろうとする。

「やめておけ。ここで無理をすれば、死んでしまうぞ」

「死ぬ気で江戸に出てまいりました。死んでも構いませぬ」

なおも幹太郎が上体を起こそうとする。仁平は幹太郎の胸を軽く押さえた。

「馬鹿をいうな。ここで死んでなんになるというのだ」

しばらく幹太郎はもがくように動いていたが、やがてあきらめたように体から力を抜いた。それでもまだ枕から顔を上げ、にらみつけてくる。

「それがしは父上を殺し、自分も死ぬつもりでおります」

激しい声音で幹太郎がいった。なにゆえそのような真似をする、とたずねそうになり、仁平はとどまった。

理由など、きかずともわかっている。家族を捨てた父親を許せないのは、当然のことだろう。

「父上は我らを捨てて出奔しました。しかし、それがしが父上を許せぬのは、それだけではありませぬ」

言葉を切り、幹太郎が鬼の形相（ぎょうそう）になる。幹太郎にこんな顔で見られるのは初めてのことだ。うらみの深さを感じた。それでも、仁平は幹太郎から目をそらさなかった。口をわななかせて幹太郎がいった。

「母上が亡くなったからです」

「なにっ」

恐れていたことが起きたのだ、と仁平は思った。冷たい風を当てられたかのように全身が冷えていく。

――奈美が……。

しばらく言葉が出ず、仁平は気が抜けたようになっていた。済まなかった、と心の中で妻に謝った。きっと苦労の末、死んだのだろう。

「いつのことだ」

腹に力を入れ、仁平は幹太郎に質した。

「ちょうど半月前のことです」

むう、と仁平はうなりそうになった。

――俺が江戸で新たな暮らしをはじめた頃、奈美はあの世に逝ってしまったのか。

この世にもう奈美がいないとは、にわかには信じがたい。だが、幹太郎が偽りなどいうはずがなかった。

――もう二度と会えぬのか……。

二年もほったらかしにしていたのに、奈美の死を聞いた途端、仁平は寂しくてならなくなった。またいつか必ず会えると思っていた。

かけがえのないものを失った気分だ。取り返しがつかないことをしたような気持ちにもなった。

胸に手を当て、仁平は平静さを取り戻そうと試みた。うまくいったか定かではないが、口からすんなりと声が出た。

「奈美の死をきっかけに、おまえは沼里を出てきたのだな」

「父上を殺すためです」

歯を食いしばって幹太郎が告げた。

「母上は父上に殺されたようなものです。もともと体が弱かったのに、父上がいなくなったことで、寝込むことが多くなりました。心労が重なり、ついに逝ってしまわれました。それがしは、母上の無念を晴らさずにはいられぬと思ったのです」

——なにもいわず出奔した俺を、奈美もうらんだであろうな。

幹太郎がその気ならおとなしく殺されよう、と仁平は決意した。あの世に行き、奈美に謝るのだ。

「雄之介どのは、おまえが沼里を出たことを知っているのか」

仁平はあくまでも冷静にたずねた。雄之介は奈美の実の兄である。ただし、歳は仁平のほうが一つ上だ。

「伯父上は存じませぬ。なにも話さずに江戸に来ました」

——雄之介どのは、幹太郎の身を案じているであろう。俺から知らせるほうがよいか。

「幹太郎、沼里を出る際、金子を持たなかったのか」

「それまで貯めていた金子を持って出ました」

幹太郎はしっかりしているから、それなりの額の金を貯めていたはずだ。

「それなのに、行き倒れになったのか」

唇を嚙み、幹太郎が悔しそうにする。

「小田原の旅籠に泊まった際、護摩の灰に有り金を盗られてしまい……」

「小田原で有り金を失って、おまえはなおも江戸を目指したのか。沼里に戻ることは考えなかったのか」

「なんとかなると思ったのです。それに、また箱根の山を越えて沼里に戻るのは、どうしても避けたかった……」

――有り金を失ったのに江戸に赴こうとするなど、まったく無茶をするものよ。

だがもし同じ目に遭ったら、と仁平は思った。自分も前に進もうとするのではないか。

「では、野宿をしたのだな」

「二度ばかりしました。一度目は藤沢宿近くの神社で、二度目は江戸に入ってからです。そのときは寺の軒下を借りました」

さぞ心細かったであろうな、と仁平は幹太郎の頭をなでてやりたかった。野宿をしたのでは、ほとんど熟睡できていないだろう。その上に空腹だったのだ。十六歳にしては、過酷すぎる経験をしたのではないか。

「元次郎はどうしている」

仁平は話題を変えた。元次郎は幹太郎の六つ下の弟である。

「今も伯父上の屋敷におります」

「それは確かなのか。おまえを追いかけて、沼里を出たというようなことはないのか」

「ありませぬ」

迷いのない口調で幹太郎が断言した。

「元次郎にはよくよく言い聞かせてきましたし、それに元次郎はまだ幼く、それがしを追いかけるというような真似はできませぬ」

元次郎は十歳である。兄に似て無鉄砲なところがないわけではないが、さすがに無謀なことはしないかもしれない。その程度の分別はつくはずだ。

「元次郎は、おまえが江戸に向かったことを知っているのだな」

「知っています。元次郎には江戸行きを話しましたので」

それなら、と仁平は思った。幹太郎のことは、元次郎が雄之介に伝えたかもしれない。

「それがしが父上を殺すつもりだとは、元次郎には告げておりませぬ。元次郎は父上のことが今でも大好きですから……」

——そうか、今も俺のことを好いてくれているのか……。

「ところで幹太郎、なにゆえ馬喰町にやってきた」

「ここは馬喰町でしたか……」

やはりここがどこかわかっておらなんだか、と仁平は思った。

「それがしは父上を捜すために、江戸中の薬種問屋を当たるつもりでおりました。もう医者をしていないにしても、医術までは捨てておらぬのではないかとにらんだのです」

「おまえのいう通りだ」

仁平は首肯してみせた。

「医者だったことは知らせず、俺は怪我人や病人の手当を何度かした。薬種問屋から薬も手に入れた」

「やはりそうでしたか」

幹太郎が納得したような声を出した。

「父上は以前、参勤交代で江戸に出るたび薬種問屋を巡っていたといっておりました。それがしはそのことを思い出し、きっと今も同じことをしているにちがいないと、目星をつけました」

「それで薬種問屋を回れば、俺を知る者に出会えると、にらんだわけか。目の付けどころとしては悪くない。いや、とてもよい」

仁平に褒められても、幹太郎は少しもうれしそうではなかった。口元をきゅっと引き締め、仁平をじっと見ているだけだ。

「それで、なにゆえ俺が江戸にいるとわかったのだ」

「たやすいことです。江戸のことを語る父上の目が、いつも輝いていたからです。沼里を逃げ出した父上が向かうのは、江戸しかないと踏みました」

目の輝きから居場所の見当をつけたのか、と仁平は思った。やはり子というのはよく親を見ているものだと、感心するしかなかった。

「有り金を取られてしまったのでは、江戸に着いたはよいものの、腹が減ってならなかっただろう。俺を捜そうとする前に、腹ごしらえをしようとは思わなかったのか」

「金子なしで腹を満たす手は、一つしか思い浮かびませんでした」

「盗みだな」

「しかし、それがしに盗みなどできるはずがありませぬ。そのような真似をするくらいなら、空腹を抱えているほうがましだと思いました」

いかにも幹太郎らしい言葉だ。息を深く吸ってから幹太郎がまた口を開く。

「なんの手がかりもなく薬種問屋を当たり続けるうちに空腹がさらに募り、眠気もひどくなって意識が朦朧(もうろう)としました。今どこにいるのか、わからなくなり、それがしは倒れたことすら知りませぬ。自分がどうしてここにいるのか、まったく覚えておりませぬ」

ずいぶん無理をしたものだな、と仁平は思ったが、なにもいわなかった。

「それで、父上は今どこでなにをしているのです」

幹太郎にきかれ、仁平はこれまでの二年、どのようなことがあったのか、あらましを語った。

「人足寄場にいたのですか」

幹太郎があっけにとられる。

「そして今は、和泉屋という薬種問屋の世話になっているのですか。和泉屋といえば、父上が何度か口にしたことがある薬種問屋だ。最初に行こうとしていた薬種問屋だったのに、失念してしまった……」

あまりに腹が減り、それに睡眠不足も加わり、朦朧としていたからだろう。

「あるじの和兵衛どのが素晴らしい人柄で、とてもよくしてもらっている。薬種問屋を当たるというおまえのやり方は正しかったのだ。それに、和泉屋はここからそう離れておらぬ」

「和泉屋には、どういう風に世話になっているのですか」

興を引かれたのか、幹太郎がきいてきた。

「家作をただで貸してもらっている。和兵衛どのの娘が身の回りの世話をしてくれてもいる。俺はその家作で、医療所を開いている」

ええっ、と幹太郎が瞠目し、枕から頭を上げた。

「医者をしているのですか」

「御典医ではなく、町医者だが……」

「やはり父上は、医術の道を捨ててはいなかったのですね」

瞳を輝かせて幹太郎が確かめてきた。

「おまえも知っての通り、若殿を死なせてしまい、俺はすべてのやる気を失った。世を捨てるつもりで沼里をあとにした。正直、人生も家族もどうでもよかった。むろん、医術も捨てるつもりだった。いつ死んでもよかった。もし死ねぬのなら、世間の片隅で誰にも注視されることなく、ひっそりと暮らすつもりでいた」

「しかし、医者に戻ったのですね」

「周りの人たちの力添えが、とにかく大きかった。俺は医者としてでしか、生きていけぬのだと覚った」

「医者をしていて楽しいですか」

きらりと目を光らせて幹太郎が問うてきた。

「楽しいな。やり甲斐もある」

幹太郎が眩しそうに見ているのに、仁平は気づいた。

「どうした」

「いえ、なんでもありませぬ」

ぷいっ、と幹太郎が横を向いた。このあたりの仕草は幼い頃と変わらない。機嫌を損ねると、いつもこうだった。

ふと気づくと、幹太郎が目を閉じていた。ずっと話し続けてきて、疲れを覚えたのではないだろうか。

「幹太郎、眠るか」

顔をのぞき込み、仁平は声をかけた。

「いえ、眠りませぬ」

目をぱちりと開けて、幹太郎が枕の上で首を横に振った。

「母の仇を目の前にして、眠るわけにはいきませぬ」

「大丈夫だ。俺は逃げも隠れもせぬ」

「信用できませぬ」

仁平を憎しみの目で見て幹太郎がいった。

「父上は、沼里から逃げ出したではありませぬか」

「その通りだが、今さらおまえに嘘はつかぬ。もしいま俺を討ちたいのであれば、それでも構わぬぞ」

仁平は本気でいった。眉を曇らせ、幹太郎が無念そうな顔になる。

「今はとても無理です。体に力が入りませぬ」

「そうであろうな。今はとにかく眠るほうがよい。さすれば、必ず力は戻る」

仁平を見つめ、幹太郎が確認してくる。

「父上、まことに逃げませぬな」

「逃げぬ」

幹太郎を見返して仁平は断じた。

「わかりました。信じます」

疲れたように幹太郎が目を閉じた。ほぼ同時に寝息を立てはじめる。

体がひどく弱っているというのに、と仁平は後悔した。ずいぶん長話をした。医者として、あるまじき行為であろう。

――奈美の死を聞いたばかりとはいえ、久しぶりに幹太郎と接して、俺は楽しくてならなかった。ときを忘れたのだ……。

その後、仁平は眠り続ける幹太郎に水を与えたりして、ときを過ごした。自身も何度か眠気に誘われ、うつらうつらした。

そのたびに、はっ、として起き、仁平は幹太郎の様子を見た。幹太郎の寝息は、徐々に穏やかなものになっていく。顔色もさらによくなりつつあった。

これならもう心配はいらぬであろう、と仁平は心からの安堵を覚えた。

そのせいなのか、次に眠りに落ちたとき、熟睡の海にすっぽりとはまり込んでいた。針で頬をつつかれても、目を覚まさなかったかもしれない。

それほど深い眠りに包まれていた。

五

どのくらい眠ったものか、仁平は少し寒さを覚えて目を覚ました。

どこからか鶏の鳴き声が聞こえてくる。

——なに、もうそんな刻限か……。

目をこすり、背筋を伸ばして仁平はしゃんとした。幹太郎は規則正しい寝息を立てて、ぐっすりと眠っている。

顔色はさらによくなってきていた。もう青さなど、どこを探してもない。

よかった、と仁平は感慨に浸った。幹太郎の寝顔は幼い頃と、ほとんど変わっていない。かわいい顔をしているな、と仁平は思った。

幹太郎から目を離して後ろに下がり、また壁にもたれた。

――今は七つ頃だろうか……。

その刻限なら外はまだ真っ暗だろうに、飯田屋の奉公人や宿泊している者たちが動き出しているらしく、旅籠内は物音や人の声がしはじめている。

――旅籠でこさえてもらった握り飯を持ち、七つ立ちをする者も多いのであろう。

握り飯か、と仁平は思った。今ここで二つ、三つ食べられたら、どんなに幸せだろう。腹が空いてたまらなかった。

だが、仁平は宿の客ではない。飯田屋に飯を食わせてくれと頼めはしない。

仁平は仕方なく目を閉じた。空腹をやり過ごすのに最もよい手は、眠ることだ。

少しだけ眠るつもりでいたが、仁平は明け六つの鐘で目を覚ました。

――なんと、一刻も寝てしまったか……。

これまで溜まっていた疲れが取り切れていないことを、思い知らされた気分だ。

時の鐘の音を合図にしたかのように、小鳥たちがかしましくさえずりはじめた。鶏たちは、一刻前とは比べ物にならないくらい元気よく鳴き出している。

尿意を覚え、仁平は壁から背中を引きはがした。

「幹太郎、ちと厠に行ってくる」

語りかけると、寝息を立てていた幹太郎のまぶたがぴくりと動いた。起きたのか、とじっと見たが、幹太郎の目は開かなかった。

静かに立ち上がり、仁平は部屋を出た。暗い廊下を歩く。

厠の場所は知らなかったが、旅籠などたいてい似たような造りだ。すぐに見つかった。

六つの厠が並んでおり、そのうちの五つがすでにふさがっていた。仁平は空いている一つに入った。

用を足し、手水場（ちょうずば）で手を洗った。吊り下げられた手ぬぐいで手を拭こうとしたが、懐にお芳から渡された手ぬぐいが入っていることを思い出した。それで手を拭きながら部屋に戻った。

後ろ手に襖を閉めようとして、仁平はその場に立ちすくんだ。

いったいなにがあったのか、目の前の状況が把握できない。布団に横になっているはずの幹太郎の姿がなかったのだ。

入れちがいに厠に行ったのだろうか、と仁平は首をひねった。だが部屋に戻ってくる際、幹太郎とは、すれちがわなかった。

仁平は、刀架に両刀がかかっていないことに気づいた。振り分け荷物もない。

まさか幹太郎は、黙ってこの部屋を出ていったのではないだろうか。だが、なぜそんなことをする必要があるのか。

――俺を殺すために、江戸に出てきたのではなかったのか。

せっかく再会を果たせたというのに、なぜ幹太郎がこのような真似をするのか。

――それにしても、あの体でどこに行こうというのだ。

案じられてならない。しかも、幹太郎は金を持っていないのだ。

――よくなってきたとはいえ、あの体だ。下手をすると、死んでしまうぞ。

体力は戻りきっておらず、ふらふらと歩いているのではないか。それならまだ遠くには行っておらぬ、と仁平は判断し、飯田屋の表口に向かった。

「あっ、先生、おはようございます」

早立ちの客の相手をしていた章三郎が仁平に気づき、挨拶してきた。仁平の血相が変わっていることを見て取ったか、どうされました、とあわてて問いかけてくる。

それには答えず、仁平は裸足で往来に飛び出した。東の空が白んでいるだけで、あたりはまだ薄暗い。道は大勢の人が行き交っていた。旅人もいれば、行商人らしき者もいる。

飯田屋の軒下には提灯が吊り下がっており、それが目に眩しかった。

手庇をかざし、仁平は目を凝らして路上を捜した。しかし、どこにも幹太郎らしき者の姿はない。

ふと、背格好が幹太郎に似た侍が足早に遠ざかりつつあるのを認め、仁平は地を蹴って追いかけた。二間ほどまで近づいて、幹太郎、と声をかける。

なんだ、といわんばかりの顔で侍が振り返り、仁平を怪訝そうに見る。幹太郎とは似ても似つかない男だ。

人ちがいであることを詫び、仁平は反対方向へ駆けて、幹太郎の姿を捜した。

しかしどこにも幹太郎はいなかった。

――なにゆえ姿を消したのだ。

面影に問うてみたが、答えが返ってくるはずもない。

――もはや幹太郎を捜し出す術はないのか。

まだ星が瞬いている空に向かって、どこにいるっ、と仁平は叫びたかった。

そのとき五間ほど離れた路地に男が入っていくのを見た。ほんの一瞬、目にしただけだが、若い侍だったように感じた。

「幹太郎っ」

男を追って、仁平は路地に駆け込んだ。商家の塀が両側から迫る路地は狭かったが、長さはかなりあった。

仁平の目は男の姿を捉えた。男が右に曲がっていく。仁平も小さな辻をすかさず右へ折れた。

立ち止まった男が一軒の家の戸を開けて入っていった。男は侍ではなかった。その家に住む町人のようだ。

ちがったか、と肩を落とした瞬間、仁平は背後から邪悪さを伴う気が迫ってくるのを感じた。なんだ、と振り返った。

一筋の光が音もなく近づいてくるのを目の当たりにした。その光は野獣のような獰猛さを秘めていた。

なんらかの刃であるのは明らかで、紛う方なく仁平の体を貫こうとしていた。

予期せぬ攻撃に面食らったが、仁平は瞬時に体を開いていた。というより、体が勝手に動いていた。

光は仁平の脇腹の横をすり抜けていった。

仁平は、二間ほど前に立つ影を見据えた。

「俺を殺すのに、なにゆえこのような姑息な手を使うのだ」

影から応えはなかった。むっ、と仁平は影をじっと見た。

「幹太郎ではないな」

少し前に出て、仁平は影をねめつけた。影は頭巾をすっぽりとかぶっている。体つきからして、まちがいなく男だ。

痩せており、歳はだいぶいっているように思えた。五十前後ではないか。

「何者だ。なにゆえ俺を狙う」

その問いに返答はなかったが、影がすっと腰を落とした。小さな気合が仁平の耳を打つ。同時に、光が一気に近づいてきた。

光の正体が穂先であることに、仁平はそのとき気づいた。穂先をよけるや、男が槍を引くのにつけ込んで素早く近づく。

――槍と戦うのは初めてだ……。

頭でそんなことを思いながら仁平は、男の肩に手刀を叩き込もうとした。仁平が得意にしている体術の技である。

だが、それを男はあっさりとかわした。仁平の空振りの隙を突くように、ぶん、と槍を振り、仁平の顔を柄で打とうとした。

仁平は頭を下げてそれをよけ、体を回しつつ男に肘打ちを見舞った。顔に当たったように見えたが、男は槍の柄で受け止めた。

がつん、と音がし、仁平の肘にしびれが走った。男が槍をしごき、突き出してくる。

仁平は咄嗟に身をかがめた。槍が頭上をかすめていく。

手を伸ばした仁平は槍の柄を、がしっ、とつかみ、ぐいっ、と引いた。男がわずかに体勢を崩した。

それを逃さず、仁平は右足での蹴りを繰り出した。蹴りは男の脇腹に当たった。

どす、と音がしたが、男は平然としており、効いたようには見えなかった。

男が仁平の手を振りほどこうとして、力任せに槍を振り回してくる。それに耐えきれず、仁平は柄を離した。

男が後ろに下がり、槍を構えたが、その動きが少し鈍くなったのを仁平は見て取った。蹴りが効いているのだ、と確信した。

——俺が習った体術は、槍相手でも十分にやれるのだな。

ただし、ここ二年はろくに鍛錬をしていないこともあり、今にも息が上がりそうだ。あまり長くは戦えない。長引けば、槍という得物を手にしている男のほうが有利になろう。

行くぞっ、と自らに気合をかけ、仁平は突っ込んだ。本物の槍とやり合う恐怖はなかった。自然に体が動くのを感じている。

狙い澄ましたように、男が槍を突き出してきた。目にも留まらぬ鋭い突きだったが、仁平にははっきり見えていた。

間近に迫った穂先をかいくぐり、柄に沿うように突進する。男を間合に入れるや、拳を突き出した。

男が顔を左に動かし、拳をかわそうとする。その動きを読んでいた仁平は、下から蹴りを入れていった。

死角から狙った蹴りは、男には見えなかったはずだ。どすん、と重い音が立った。男の腹に蹴りがまともに入っていた。

今度は、うっ、と男が苦しげなうめき声を上げた。腰を曲げそうになったが、なんとかこらえたようだ。

仁平は、ここぞとばかりに再び手刀を振っていった。男のこめかみを狙ったが、一瞬の差で男が後ろに下がったために、額をかすめただけに終わった。

だが、それだけでもかなりの打撃があったようで、男がふらりとよろけた。そのとき仁平は、抹香のにおいを嗅いだように思った。

――こやつは坊主か。

そんな疑いを抱きつつ仁平はさらに間合を詰め、男の肩に手刀を落としていった。当たったように見えたが、男がぎりぎりでかわし、仁平との距離を取った。槍を構えているものの、すでに及び腰になっているように見えた。

――逃がすわけにはいかぬ。

なにゆえ襲ってきたのか、捕らえて聞き出さなければならない。

不意に、仁平の脳裏を一つの思いがよぎっていった。

――まさか、この男が幹太郎をかどわかしたのではなかろうな。それを含めて吐かせてやる。

仁平は男に躍りかかろうとした。だが、仁平が動くより先に、男が槍を小脇に抱えて体を翻していた。仁平の蹴りの衝撃から立ち直ったらしく、足は速い。

「逃げるとは、卑怯者のすることだぞ」

走り出しながら仁平は男を罵った。だが、男は止まらない。

その場に何人か通りすがりらしい者がいることに、仁平は初めて気づいた。悲鳴のようなものを上げて男をよけていく。仁平は男たちの垣を走り抜けた。

「きさま、幹太郎をどこへやった」

仁平がなおも声を浴びせると、途端に男が立ち止まり、首だけを振り返らせた。仁平を見る頭巾の中の目が訝しげだ。

男と一間ほどの距離を置いて、仁平は足を止めた。

「幹太郎とかいうのは、きさまのせがれか」

「きさまがかどわかしたのではないのか」

「なにゆえ、わしがそのような真似をしなければならぬ」

「かどわかしておらぬのか」

「当たり前だ」

「嘘ではなかろうな」

「嘘をついてなんになる」

「ならば、なにゆえ俺を襲った」

そのときには仁平は男に向かって地面を蹴っていた。それを見た男が槍をまたも抱え込み、無言で駆けはじめた。

なんとしても捕らえたかったが、男の足はさらに速くなっていた。距離がどんどん開いていく。

すでに息が上がりつつあった仁平に、追いつく術はなかった。くそう、と毒づいて立ち止まった。膝に両手を当てて、荒い呼吸を繰り返す。

息が落ち着くのを待って、仁平は飯田屋へ向かった。幹太郎が戻っているのではないかという思いがある。

だが、その期待はあっさりと打ち砕かれた。

「あの、先生、どうかされましたか。お部屋に幹太郎さまがいらっしゃいませんが……」

暖簾をくぐって飯田屋の土間に入った仁平に、章三郎が声をかけてきたのだ。仁平は顔をしかめた。

「幹太郎は行方をくらました」

「えっ、ど、どうして」

「それがさっぱりわからぬ」

仁平は力なく首を横に振った。そこに一人の男が近づいてきた。見覚えがあると思ったら、飯田屋のあるじ機兵衛だった。

「先生、その節はお世話になりました」

仁平に向かって機兵衛が丁寧に辞儀する。

「いま先生のお声が耳に届きましたが、ご子息が行方をくらまされたとか……」

「一人で出ていってしまった。捜してみたが、見つからなかった」

仁平はうつむき、肩を落とした。

「金も持っておらぬのに、どこへ行こうというのか……」

「せっかくご子息に会えたというのに、いなくなってしまわれたとは、まことに残念でございます」

真摯な口調で機兵衛がいった。幹太郎がいなくなった今、仁平が飯田屋にいる理由はなかった。

「機兵衛、我らの宿代だが」

仁平は懐を探り、財布を取り出そうとした。機兵衛が遠慮するように手を振った。

「先生、お代はいりません」

その言葉に仁平は戸惑いを覚えた。

「どういうことかな」

「手前は先生に命を助けられました。そのお礼でございます」

「命を助けたなど、いくらなんでも大袈裟すぎる。おぬしの病は命に関わるものではなかったし、そのときの代はすでにもらっている」

いえ、と機兵衛がかぶりを振った。

「先生は手前に、酒をやめることと大食を慎むことを教えてくださいました。先生のおっしゃる通りにいたしましたところ、手前は体の具合がすこぶるよくなり、冷えもよくなってまいりました」

「それはよかった。しかし、俺は当たり前の助言をしただけだ」

「いいえ、決して当たり前ではございません。手前はこれまで何人もの医者にかかりましたが、そのようなことをいってくれる者は、一人もおりませんでした」

「なに、そうなのか」

驚き、仁平は目を剝きそうになった。

「先生がおっしゃったことを、医者たちは知っていたかもしれません。それをいわなかったのは、手前の病が長引けば、金が引き出せると考えたからではないかと。ただの邪推かもしれませんが……」

医術をただの金儲けの手段と見なしている者は、この江戸にも相当いるだろう。医術の知識などまったくなくとも、いつでも誰でも医者の看板を掲げられるのだ。

唇を湿して機兵衛が言葉を続ける。

「もしあのまま好き勝手な暮らしをしていたら、手前はまちがいなく寿命を縮めていたはずでございます。ですので、先生が命の恩人というのは、まちがいないのでございます。命を助けられたというのは、決して大袈裟ではありません」

「そうなのか……」

「とにかく、先生からお代は受け取れません」

機兵衛は頑として譲る気はないようだ。ここは言い争っても仕方がないと判断し、仁平は、わかった、といった。

「こたびは、おぬしに甘えることにいたそう」

「ありがとうございます」

安堵の色を面に出し、機兵衛が頭を下げる。章三郎がそれに倣った。

「いや、幹太郎のことを含め、礼をいうのは俺のほうだ。まことに世話になった。機兵衛と章三郎は、大袈裟でなく幹太郎の命の恩人だ。おぬしたちがおらなんだら、幹太郎は死んでいた」

せっかく助かった命を、と仁平は思った。幹太郎はまた捨てようというのか。

——いや、俺を殺そうという気があるのなら、必ず姿をあらわそう。俺がどこにいるか、もう知っているのだし……。

江戸にいるつもりなら、なんとか食べていくこともできるはずだ。

――なんといっても、幹太郎は若い。

若さは無限の可能性を秘めている。

「では、これにて失礼する」

二人に頭を下げて外に出ようとしたが、仁平は裸足であることに気づいた。

「章三郎、俺の雪駄はどこかな」

「ああ、失礼いたしました。いま出してまいります」

章三郎が、土間の右手にある下駄箱から仁平の雪駄を取ってきてくれた。

「かたじけない」

仁平は、章三郎が揃えてくれた雪駄を履こうとしたが、それを機兵衛が止めた。

「先生、その前に足を拭かれるほうがよろしいかと」

「ああ、そうだな」

このままでは、家から借りてきた雪駄を汚してしまう。またしても章三郎が気を利かせて、水で湿らせた手ぬぐいを持ってきた。

仁平はありがたく受け取り、立ったまま両足を拭いた。足裏についていた土がきれいに取れ、それだけで気分がすっきりした。

助かった、と仁平がいうと、章三郎が、それは手前がいただきましょう、と土色になった手ぬぐいをそっと取り上げた。

「済まぬな」

「いえ、なんでもないことにございます」

雪駄を履いた仁平は、二人によくよく礼を述べてから飯田屋をあとにした。

六

また襲われるかもしれぬ、と考え、仁平は用心しつつ道を歩いた。

――あの頭巾の男は、なにゆえ襲ってきたのか。

考えられるのは、和兵衛絡みではないかということだ。

――俺が和兵衛どのを死の淵から呼び戻したことを、気に入らぬ者がおるということではないか。

前に町方同心の牧兵衛が、商家の入婿（いりむこ）を捕らえたことがある。その入婿は、仁平を殺すようある男に依頼した。病床にある舅（しゅうと）を仁平が治しては困るために襲わせたのである。入婿は店の金の使い込みをしており、それが舅にばれるのを恐れ、犯行に至ったのだ。

——和兵衛どのを殺そうとした者は、また助けられてはたまらぬと考え、邪魔者の俺をこの世から除こうとしたのではないか。

もしそうなら容易ならぬ、と仁平は思った。命を狙われていることを、和兵衛にもう一度強く伝えておかなければならない。

——だが、あやつはなにゆえ俺をあの場で襲うことができたのだ。

仁平はそれが不思議でならない。考えられるのは、仁平をずっと見張っていたということだ。

そういえば、と仁平は思い出した。

——章三郎とともに馬喰町に入ったとき、何者かの目を感じたではないか。あれがあやつだったのか。

もしそうであるなら、あの抹香くさい男は夜を徹して飯田屋を見張っていたことになる。明け六つになって、外に出てきた仁平を見つけ、頃合を見計らって襲いかかってきたということか。

——そういうことであろう。

結局、何事もなく、仁平の視界に住処が入ってきた。大勢の人たちが行きかう道を足早に歩いた仁平が戸口に立ったとき、ちょうど五つの鐘が鳴った。

おや、と首を傾げたのは、戸に錠前がかかっていなかったからだ。昨日、仁平が家を出たあと、お芳が戸の錠に鍵をかけて帰ったはずである。

――まさかあやつが、家の中で待ち構えているのではないか。

だがそうでないことは、すぐに知れた。嗅ぎ慣れた味噌汁のにおいが漂ってきたからだ。

お芳が来ているのだな、と仁平は沈んでいた気持ちが少し高まるのを覚えた。味噌汁のにおいは、それまで忘れていた空腹を思い出させた。今からなにか食べさせてもらえるのは、心からありがたいことだった。

ほっとして仁平は戸を開けた。家に上がり、台所をのぞく。

「お芳、来ていたのか」

声をかけると、はい、とお芳が明るい笑顔を向けてきた。

「朝になれば先生がお戻りになるのではないかと思い、朝餉をつくりにまいりました」

「それはとてもありがたい」

仁平を見てお芳が、ふと怪訝そうにする。

「あの、飯田屋さんで行き倒れた方は、ご子息ではなかったのでございますか」

「紛れもなく息子の幹太郎だった」

「それなのに、先生は一人で戻られたのでございますか」

なにがあったのか、仁平はお芳に話した。聞き終えたお芳が目をみはる。

「えっ、先生が厠を借りているあいだに幹太郎さまが姿を消してしまわれた……。なぜそのようなことになったのでございますか」

「それが俺にもわからぬのだ」

仁平は力なく答え、唇を噛んだ。

「幹太郎は俺のことをうらみに思い、殺すつもりで江戸に出てきたそうだ。それにもかかわらず、姿を消してしまったのだ」

息をのみ、お芳がまじまじと仁平を見る。

「幹太郎さまは、なにゆえ先生を殺そうというのでございますか」

その理由を仁平は簡潔に語った。

「先生が沼里を出奔し、その後、奥方さまが苦労の末、亡くなったから。そのようなことがあったのでございますか……」

痛ましそうな顔でお芳がいった。

「俺は幹太郎に、黙って殺されるつもりでいたのだが……」

仁平は重い息をついた。あの、とお芳が遠慮がちな声を発した。

「このようなときでございますが、朝餉を召し上がりませんか」

お芳にきかれて仁平は面を上げた。いろいろあったとはいえ、今も空腹に変わりはない。

「いただこう。昨夜からろくに食べておらぬ」

幹太郎はもっと腹が空いているはずである。なにしろ粥しか食していないのだ。一緒に来ればお芳の料理を食べられたのに、と仁平は残念でならなかった。

台所の横の部屋に入った。仁平は、膳を運んできたお芳に、朝餉を食べてきたのか、ときいた。食べておりません、との返事があった。

「ならば、一緒に食べようではないか」

仁平たちは向かい合って座った。

いただきます、といって仁平は膳の上を見た。今日の主菜は鰆だった。味噌をまぶして焼いてあり、香ばしさが食い気をそそる。

箸を伸ばし、仁平はさっそく食した。

「いかがでございますか」

「素晴らしいとしかいいようがない」

これほどうまいものを、と仁平は思った。のほほんと食べていてよいものなのか。

やはり幹太郎に食べさせてやりたかった。幹太郎は魚が大の好物なのだ。

――俺の俸禄では、魚どころの沼里とはいえ、なかなか食べさせてやれなかったが

……。

そういえば、と仁平は思い出した。幹太郎がまだ八つの頃、喉に魚の骨が刺さったことがあった。

あのとき奈美は、幹太郎に飯を丸呑みさせようとした。だが仁平はそれを止めた。そんな真似をすると、骨が食道や胃の腑を傷つけてしまうかもしれないからだ。

仁平は奈美にろうそくをつけて待っているようにいい、自身は居室に鑷子(ちょうし)を取りに行った。その上で幹太郎に口を開けさせた。ろうそくの明かりのおかげで、どこに骨が刺さっているか、はっきり見えた。

仁平は手にした鑷子を幹太郎の口に入れ、魚の骨をつまんだ。取った骨を見せると、幹太郎は、父上はすごい、と無邪気に喜んだ。

――あの頃はよかった。思い悩むことなど、なに一つとしてなかった……。

「ところで、和兵衛どのはどんな具合だ」

お芳が出してくれた茶を喫して、仁平はたずねた。

「私から見ても、だいぶよくなっています。顔の斑点も消えましたし」

小さく笑みを見せてお芳が答えた。

「ああ、それはよかった。これで案ずることはない」

「本人はとうにその気で、今日から働くといっています。周りは止めていますが……」

「それは、さすがに早すぎるな。今はまだ無理はせぬほうがよい」

「貫慮さまも同じことをおっしゃいました。おとっつぁんはつまらなそうに、そのお言葉に従っておりました」

「それでよい。貫慮はよくいった」

仁平は若き助手を称えた。

「貫慮さまは、患者を手懐ける術に長けておりますね」

「小石川養生所での経験が活きているのであろう」

「貫慮さまは、なにゆえ小石川養生所をやめられたのでございますか」

小首を傾げてお芳がきいてきた。

「それは俺も聞いておらぬ。穿鑿(せんさく)するようなことでもない」

「はい、さようにございますね」

こくりとうなずいたお芳が、なにか思い出したように、そういえば、といった。

「今朝、おとっつぁんに用心棒が来たのでございます」

「えっ、もう来たのか」

仁平の言葉を聞いてお芳が、えっ、という顔になった。

「先生は、おとっつぁんの用心棒の件をご存じだったのですか」

知っていた、と仁平は正直に認めた。

「俺が用心棒をつけるよう勧めたのだ」

「先生が……。それは、なにゆえでございますか」

体を前に出して、お芳が問うてきた。お芳をごまかすことなどできない。その気もなかった。

他言無用を告げてから仁平は、和兵衛の身になにが起きたのか、自らの考えを語った。

ええっ、とお芳がのけぞるように驚く。

「おとっつぁんが毒殺されそうに……」

「まずまちがいない。ただし、誰が毒を盛ったのか、定かではない。その者は、和兵衛どのを再び狙うかもしれぬ。また毒を使うかもしれぬし、別の手を用いるかもしれぬ。とにかく、和兵衛どのの身の安全を図るために、俺は用心棒を頼むようにいったのだ」

「なぜおとっつぁんが用心棒を雇ったのか、不思議でなりませんでしたが、先生のお話をうかがい、合点がいきました」

お芳が感謝の眼差しを向けてくる。

「和兵衛どのに毒を盛ったのは、店の中にいる者だ。そのことは、すでに見矢木どのには話してある。探索を進めてくれているはずだ」

お芳を見つめて仁平は告げた。

「店の中の者……。そ、そんな……」

口を震わせてお芳が絶句する。

「家族の仕業ということは、まずあり得ぬ。お芳、奉公人で和兵衛どのにうらみを持つ者に心当たりはないか」

下を向き、お芳が少し考える。

「ございません」

戸惑ったような顔でお芳がかぶりを振った。

「私がいうのもなんですが、店に五十人ほどいる奉公人の誰もが、おとっつぁんのことを慕っているはずにございます」

その通りであろう、と仁平は思った。和兵衛は人望がある。阿漕(あこぎ)なことなど、しそうもない人物だ。

――大店のあるじゆえ、裏ではいろいろあるのかもしれぬが、奉公人に感謝されこそすれ、うらみを買っているようなことは、まずあるまい。

毒を盛った者の狙いは金かもしれぬ、と仁平は思った。和兵衛を殺すことで利益を得る者がいるのではないか。

お芳、と仁平は呼びかけた。

「よいか、店の中に下手人がいるのはまちがいない。和兵衛どのに危害を及ぼす者がおらぬか、家にいるあいだは、さりげなく目を光らせていてくれぬか」

「わかりました。私がおとっつぁんを守ります」

きっぱりとした口調でお芳がいった。それにしても、と仁平はつぶやいた。

「和兵衛どのが頼んだ用心棒はもう来たのか。早すぎるくらいだな」

「おとっつぁんから聞きましたが、その用心棒の方はすごい腕の持ち主らしく、引く手あまたなのだそうです」

「それなのに、和兵衛どのの急な頼みを引き受けてくれたのか」

相当の大金を積んだのだろうか、と仁平は思った。

お芳がどんないきさつがあったのか、説明をはじめる。

「おとっつぁんは昵懇(じっこん)にしている口入屋を店に呼んで、腕のよい用心棒をよこしてくれるよう頼んだらしいのです。実はその用心棒のお方には先約があったそうなのですが、それが急に取り消されたらしく、今日からおとっつぁんの警固(けいご)に来てもよいことになったそうにございます」

「それは運がよかった」

「はい、まことに」

だが、お芳はあまりうれしそうに見えなかった。

「どうした、お芳」

はい、といってお芳が気がかりのありそうな顔で話し出す。

「おとっつぁんが口入屋から聞いた話では、先約があった人は、どうも亡くなったようなのです」

「まさか殺されたのではなかろうな」

「それが病死らしいのですが……」

もし仁平がいなかったら、和兵衛も病死の扱いになっていたはずだ。

「その人が毒を盛られたというようなことはないのか」

「銭湯(せんとう)の湯船から出て、すぐに倒れたとのことなのでございますが……」

「風呂から出たあと、ふらりとめまいがすることがあるが、それがひどいと意識を失い、命を落とすことがある。風呂上がりに高齢の者が死に至るのは決して珍しいことではない。その人は年寄りだったのか」

「六十五とうかがいましたが、それなら、やはり病死でございましょうか」

「俺が検死をすれば、はっきりしたであろうが、今からでは望みようもないな」

「はい、まことに……」

仁平は湯飲みの茶を飲み干し、膳の上に置いた。

「用心棒で腕のよい者は限られていよう。引く手あまたの用心棒に来てもらえたなら、それ以上のことはない」

「刺客だけでなく、毒からも守っていただけましょうか」

「腕利きの用心棒なら、我らとは目の付けどころがちがおう。きっと守ってくれるはずだ」

仁平がいったとき、来客があった。お芳が立ち上がり、戸口に向かう。

お芳とともに姿を見せたのは、町方同心の見矢木牧兵衛だった。

「おはよう、仁平」

右手を上げて牧兵衛が挨拶してきた。用件があるのをその顔つきから見て取った仁平は、牧兵衛を居室に通した。

「なにかあったのか」

向かい合って座るや仁平は牧兵衛にきいた。

「とぼけるな」

いきなり頭ごなしに牧兵衛にいわれ、仁平は面食らった。

「なんのことだ」

「襲われたそうではないか」

そこにちょうど茶を持ってきていたお芳が、ええっ、と驚愕する。正直、仁平も驚きを隠せなかった。

「なにゆえ、そのことを見矢木どのが知っている」

「丸腰の仁平が槍を持った男に襲われ、退けるまでの一部始終を見ていた者がいる。ここで診てもらったことがある者だ」

確かに路地に何人かの通りすがりらしい者がいたが、そのうちの一人が仁平の患者だったというのか。

「その者が見廻りの最中だった俺に、話したのだ。それで俺はあわててやってきた」

軽く咳払いをして、牧兵衛が姿勢を正した。

「それで仁平、誰に襲われた」

「それがまったくわからぬ。見当もつかぬ」

「よし、ならば俺が調べてやる」

腕まくりをするような勢いで、牧兵衛がいった。

「見矢木どの、その前によいか。和兵衛どのの調べは進んでいるのか」

それを聞いた牧兵衛が、そばにいるお芳を気にする素振りを見せた。

「お芳には先ほどすべてを話したゆえ、なにも遠慮することはない」

「ああ、そうであったか」

牧兵衛が納得の顔になる。

「むろん、和泉屋のことも調べる。今も調べている最中だ」

「そうであろうな。それで、なにか手がかりはあったか」

「今のところはなにもない」

牧兵衛が悔しそうに唇を歪めた。

「ただし、和泉屋が狙われた件とおぬしが襲われた件は、関係しているのかもしれぬ」

「俺もまったく同じ考えだ」

「おぬしの医者としての腕を邪魔だと感じた者が、おぬしを狙ったのであろう」

その通りだ、と仁平は賛意を示した。

「仁平がいなかったら、和泉屋はまちがいなく死んでいたであろうからな」

和泉屋の中の者が下手人なら、和助の病を治したことなど、仁平についてよく知っていたはずだ。だが、その者は仁平の腕を甘く見ていたのではないか。

和助は治せても、まさか車伽等草の毒に侵された和兵衛を死の淵から呼び戻せるはずがないと高をくくっていたのだろう。

「それで仁平、どのような者が襲ってきた」

襲撃者の風体を牧兵衛がきいてきた。

「頭巾をかぶっていたから、はっきりとはわからぬが、歳は五十前後ではないだろうか。痩せていた。身の丈は五尺五寸ほどだったように思う。俺より少し高かった。頭巾は黒で、男からは抹香のようなにおいがした」

「抹香か。坊さんだろうか」

「さあ、わからぬ。槍といえば宝蔵院流槍術が有名だが……」

「槍の腕はどうだった」

「かなりのものだった。あれは相当、鍛錬を積んでいる」

「それなら、槍の道場を当たってみることにしよう。怪しい男が浮かんでくるかもしれぬ」

　それにしても、といって牧兵衛が感嘆の目で仁平を見る。

「相当の槍の腕を持っていた者を丸腰で退散させたおぬしも、すさまじい腕の持ち主だな。いったいどんな技を使ったのだ」

「幼い頃から教わっていた体術だ」

「沼里に伝わっている体術か。おぬしはかなりの達人なのだな」

「師匠は人のつぼについてとても詳しかった。俺は医家に生まれたゆえ、師匠の知識を医術に役立てようとして習っていたに過ぎぬ」

「そうか、おぬしは代々医術の家の出か。さもありなんという感じだな」

　襲撃者について、牧兵衛がさらに問いを重ねてくる。

「その者は頭を丸めているように見えたか」

「さあ、わからぬ。見えぬこともなかった程度だ」

「よし、質問はここまでだ。必ず捜し出してやるゆえ、待っておれ」

力強く請け合って牧兵衛が出ていった。それを戸口で見送った仁平はお芳に語りかけた。

「よし、今から用心棒に会いに行こう」

「医療所を開けずとも、よろしいのでございますか」

「午後から開くことにいたそう」

戸締まりをして仁平はお芳とともに和泉屋に向かった。

店に入り、和兵衛の寝所に赴く。

「ああ、先生、よくいらしてくださいました」

布団の上であぐらをかいていた和兵衛が姿勢を正した。妻の高江と貫慮も姿勢を改めた。

「いや、和兵衛どの、そのままでよかったのだが」

仁平は和兵衛のそばに端座した。お芳が隣に座す。

まず仁平は和兵衛の顔をじっと見た。確かに斑点はきれいに消えており、頬は桃色がかっていた。

——すっかりよくなっているな。

「もう心配はいらぬ」

厳かな声で仁平は和兵衛に伝えた。

「はい、ありがとうございます。手前も体の軽さを心の底から感じております」

「うむ、そうであろうな」

ところで、と仁平は和兵衛に問いかけた。

「警固のお方はどこにいる」

寝所に用心棒らしき者の姿はなかった。そばについているのは、高江と貫慮だけである。

「里村さま」

隣の部屋の襖に向かって、和兵衛が声を放った。するすると襖が横に動き、精悍な顔つきをした男が出てきた。

その物腰を見た瞬間、仁平は腰を抜かしそうになった。この浪人風の男が、とんでもない遣い手であるのがわかったからだ。

里村と呼ばれた用心棒が、布団をはさんで仁平の向かいに座る。

「里村さま、こちらが手前を治してくださったお医者の仁平さまでございます」

にこやかな顔で和兵衛が仁平を紹介した。

「仁平と申します。どうぞ、お見知り置きを」

「里村半九郎でござる」

胸を張って名乗ったが、聞いていて心地よくなるような朗々とした声音をしていた。

――これだけの声を出せるとは、よほどの鍛錬を積んでおるのであろう。常にありたけの力を出せるよう、日々の努力を怠っておらぬのだな。

その一事だけで半九郎が用心棒という仕事に命を懸けており、信用できる人柄であるのが知れた。

これまでにかなりの場数も踏んできているようで、自信に満ち溢れている。

――和兵衛どのは、よい人を引き当てた。やはり運がよい。

「里村どの、この家の中で、なにか異様な気は感じますか」

居住まいを正して仁平はたずねた。

「いや、今のところはなにも感じぬ」

半九郎があっさりと首を横に振った。

「和兵衛どのが誰かに狙われているような気配はまったくない」

「さようですか……」

とにかくこの里村半九郎という用心棒に任せておけば、和兵衛どのは大丈夫だろう、と仁平は安心することができた。

――よし、午後から医療所を開けるぞ。

胸がどうにも高鳴ってくるのを、仁平は抑えきれなかった。

第三章

一

息苦しさを覚え、仁平は、なんだこれは、と戸惑いを覚えた。

目を向けると、黒い影が覆いかぶさっていた。仁平の両肩を膝で押さえつけているらしく、体の自由が利かない。

こやつはいったい何者だ、と仁平は目を大きく見開いた。

「幹太郎……」

幹太郎は脇差を手にしており、怒りに満ちた形相で仁平をにらみつけていた。

生きておったか、と仁平は幹太郎の顔を目の当たりにして、むしろうれしかった。

「俺を殺しに来たのだな」

問うた途端、そうだ、というようにうなずき、幹太郎が脇差を高々とかざした。逆手に持ち替えるや、仁平の体を突き通さんばかりの勢いで一気に落としてくる。

仁平は幹太郎の手を、がしっ、とつかんだ。寝巻きに届く寸前で切っ先が止まる。

「黙って殺される気ではなかったのか」

幹太郎が信じられぬという思いを表情に刻んだ。済まぬ、と仁平は心で謝った。手が勝手に動いてしまっていた。

「放せっ」

幹太郎が怒号し、脇差を振り回そうとした。その弾みで切っ先が仁平の右眉の上をかすっていった。

鋭い痛みがあり、血が出てきたのを仁平は感じた。それで逆に冷静さを取り戻し、おとなしく殺されようという気になった。体から力を抜き、脇差から手を放す。

「きさまにしては、よい覚悟だ。死ねっ」

幹太郎が脇差を仁平に突き通そうとする。その声を聞いて、仁平は覚った。こやつは幹太郎ではない。

声がちがう。それに幹太郎なら、仁平のことを、きさま呼ばわりしない。

よく見ると、のしかかってきているのは、あの頭巾の男だった。得物も脇差ではなく槍だ。男は槍を短く持っていた。

なぜ急に幹太郎が頭巾の男に変わったのか。

このとき初めて仁平は、自分が夢を見ていることに気づいた。

ならばこやつは幻も同然ではないか。そう思った瞬間、頭巾の男が一瞬でかき消えた。同時に、息苦しさからも解放された。

仁平は、重いまぶたを持ち上げた。

部屋は暗い。見慣れた天井も目に入ってこない。

――いま俺は夢を見ていたな。なんの夢だったのか……。

仁平は、たいていの夢は見た直後には忘れてしまう。百回に一回くらい、覚えていることがある程度だ。

まだ夜は明けていないようだが、近くで一番鶏らしい甲高い鳴き声がした。朝が近いのはまちがいない。七つ半という頃合いか。

仁平は、不意に右眉の上に痛みを感じた。手をやってみたが、別に怪我をしている様子はない。そういえば、と仁平は幹太郎の夢を見ていたことを思い出した。

夢で見た脇差が傷つけるわけがないから、おそらく夢を見ている最中、自分の手で引っかいたのではないだろうか。

――そういえば、あの頭巾の男も出てきたな……。

それにしても、と仁平は思い、奥歯を嚙み締めた。

――幹太郎は今どこにいるのか。なにをしているのか。

旅籠の飯田屋から消えて以来、幹太郎は姿をあらわしていない。あれからすでに二十日たった。

――まことに生きているのか……。

最悪の想像が脳裏をよぎり、仁平はぎゅっと目を閉じた。

――生きているに決まっている。

幹太郎は若い。そうたやすく、くたばりはしないはずだ。仁平は目を開けた。

――今ここで俺がくよくよ思い悩んでいても仕方ない。人生はなるようにしかならぬ。

仁平は勢いよく上体を起こした。ぱん、と両手で頰を叩き、自らに気合を入れた。

今日も仕事に励むのだ。寝床でぐずぐずしてはいられない。すでに眠気はなかった。

家の中は静謐さが支配している。お芳はまだ来ていないようだ。

手を伸ばし、仁平は行灯を引き寄せた。この行灯は取っ手つきで、持ち運べるようになっている。

手際よく行灯に火を入れると立ち上がり、簞笥から手ぬぐいを出して懐にしまった。行灯を持って、寝所をあとにする。

厠に行き、用を足した。手水場で顔を洗い、房楊枝で歯を磨く。

すっきりした気分で寝所に戻り、行灯の明かりを頼りに着替えを済ませた。

再び行灯を持って寝所を出た仁平は、医療所として使っている部屋に入った。和兵衛がしつらえてくれた薬棚のかたわらに行灯を置き、静かに座した。

引出しを次々に開けて、不足のある薬種がないか、確かめていく。

この作業は昨日、患者が途絶えた暮れ六つ過ぎにも行ったが、繰り返し確認することの大切さを、仁平は身にしみて知っている。

仁平が立てる物音を聞きつけたか、貫慮が姿を見せた。仁平は貫慮に一室を与え、そこを自由に使わせている。

「先生、おはようございます」

「おはよう。起こしてしまったか」

貫慮はまだ寝巻き姿である。

「いえ、とうに目覚めていましたが、すぐに起きる気にならず、寝床でぐずぐずしておりました」

「もう起きなければならぬのに目を閉じて、とろとろしているのは気持ちがよいからな。俺はもう歳で、そのような気にならなくなったが……」

「いえ、先生はお歳に見えません。とてもお若い」

にこりと笑んだ貫慮が仁平の隣に座し、同じように薬棚を調べはじめる。

「貫慮、厠に行かずともよいのか」

「これを終えたら、まいります」

四半刻もかからずに、仁平と貫慮は薬棚の在庫を調べ上げた。

「よし、すべて揃っているな」

「はい。今日もどれほど患者が来ても、薬種が不足することはないと存じます」

元気よく貫慮が答えた。ふと戸口から、がちゃがちゃと錠前を開ける音が響いてきた。

「お芳どのが来たようですね」

戸口のほうへと目をやり、貫慮がうれしげに笑った。うむ、と仁平はうなずいた。

「腹が減ってきたゆえ、お芳のつくる朝餉が待ち遠しくてならぬ」

「お芳どのは気立てがよく、その上、包丁が達者ですね。和泉屋という大店のお嬢さまにもかかわらず、まことに大したものです」

「人の喜ぶ顔が見たくて料理をつくっているというからな。その思いが、お芳の包丁の上達を促しているにちがいない。自分ではなく人のためだからこそ、腕前が滞ることなく上がっていくのだろう」

「それは、医術にも通ずるものがありますね」

「確かにな」

貫慮を見て仁平は同意した。

「金儲けのためでなく、病が治ったときの患者の喜ぶ顔を目の当たりにしたい。その思いこそが、医者としての技術を向上させていくのだろう」

そこにお芳があらわれ、敷居際で両手を揃えた。

「先生、貫慮さま、おはようございます。なにやらお話が弾んでいらしたようでございますが、なにを話していらっしゃったのですか」

「お芳のことだ」

えっ、とお芳が目を丸くする。

「私の噂話をされていたのでございますか。まさか悪口ではないでしょうね」

「もちろん悪口に決まっている。お芳は大店の娘とは思えぬほど気立てがよいと、二人でいい合っていた」

「それは悪口なのでございますか」

首を傾げてお芳がきいてくる。

「いや、立派な褒め言葉であろう。気立てだけでなく、包丁の腕も素晴らしいともいっていた」

「なんてうれしいお言葉でしょう。では、さっそく自慢の包丁を振るってまいります」

「楽しみにしておる」

仁平が微笑むと、お芳も微笑を返してきた。

「お任せください」

低頭してお芳が台所に向かった。

仁平と貫慮が医療部屋の掃除や用具の支度などに勤しんでいると、いつしか飯の炊けるにおいと味噌汁の香りが漂ってきた。

これはたまらぬな、と仁平は腹を押さえた。空腹が耐えがたいものになっている。

足音も軽やかにお芳があらわれた。

「朝餉の支度ができました。どうぞ、お越しください」

助かった、と仁平は思った。貫慮も同じなのか、ほっとした顔をしている。

仁平たちは台所横の部屋で朝餉をとった。今朝は鯖の塩焼が主菜だった。よく脂がのっており、美味としかいいようがなかった。

満足して食事を終えた仁平は、貫慮とともに医療所に入った。五つの鐘が鳴り、それを合図にお芳が表の戸を開けに行った。

すぐに、隣の待合部屋が一杯になったのが知れた。最初の患者を貫慮が招き入れる。

おはようございます、と頭を下げて入ってきたのは、近所に住む吟吉という老人である。腹をくだした、頭がずきずきと痛む、胸がどきどきして眠れない、などといってはよく顔を見せる。

「吟吉、今日はどうした」

吟吉を正面に座らせて仁平はきいた。

「それが、足がひどく痛むんですよ」

「足がな。よし、見せてくれ」

仁平にいわれて、吟吉が布団の上に右足を投げ出す。

「足のどこが痛い」

「ここです」

吟吉が指し示したのは右足の甲だ。

「ぶつけたりしなかったか」

「いえ、そんなことはしてませんねえ。なにもしてないのに、痛むんですよ」

「ふむ、そうか……」

仁平は吟吉の甲に手のひらを当てた。むっ、と心中で声を上げる。

──熱を持っておる。どうやら筋が腫れているようだな。足の指を上に向ける働きをする筋が、やられているようだ。

「吟吉、今度はふくらはぎを見せてくれ」

はい、と吟吉が素直に足の向きを変える。

「ちと痛むかもしれぬが、我慢してくれ」

わかりました、と吟吉が答えた。仁平は、ふくらはぎを通る一本の筋を探り当て、軽く力を入れて押した。ぎゃあ、と吟吉が情けない悲鳴を上げる。

仁平はすぐに手を離した。そばにいるお芳が目を丸くしている。

「せ、先生。とても、ちと、では済まない痛みでしたよ」

血相を変えて吟吉が言い募る。

「軽くやったのだが、まさかそんなに痛がるとは思わなんだ」

「吟吉さんは、昔からなんでも大袈裟だから」

吟吉が、笑いをこらえる風情のお芳に顔を向ける。

「先生は、お芳さんを笑わせようとしてやったんじゃありませんか」

「俺がそのようなことをするはずがない。至極まじめにやっている」

真剣な表情をつくって仁平はいった。

「それならいいんですけど……」

ふう、と吟吉が小さく息をつく。

「それで先生、あっしの甲がなぜ痛いのか、わかりましたか」

「ああ、わかった。だが、それについてはあとで話す。吟吉、足を元に戻してくれるか」

はい、と吟吉が足の向きを直した。

「また足を触るが、今度はそんなに痛くないはずだ」

手を伸ばし、仁平は吟吉の親指を反らせた。

「痛いか」

「いえ、痛くありません」

吟吉は平然としている。

「では、人さし指はどうだ」

仁平は親指と同じように反らせてみた。

「こっちも痛くありません」

「ならば、中指は」

仁平が中指を反らせた途端、いててて、と吟吉が声を上げた。今度は悲鳴というほどではない。

仁平が中指を戻すと、首筋に汗が浮いたか、吟吉がそれを拭うような仕草をした。

仁平は足の甲の真ん中に触れた。

「ここに中指を持ち上げる筋が走っているのだが、それが腫れているようだ」

「えっ、腫れているって、なんでそんなことになっちまったんですか」

「吟吉は左足を怪我したことはないか」

「右足でなくて左足ですか。怪我なんかしたこと、あったかな……」

顎に手を当て、吟吉が考える。

「ああ、思い出しました。ありますよ。でも、あれはずいぶん前のことですよ。十年以上はたっていると思うんですが……。あのときはなんの拍子か、柱にしたたか左足をぶつけちまったんです。痛かったですねえ」

「医者にかかったか」

「いえ、小指がひどく腫れましたけど、骨が折れたとは思えなかったんで。それに、医者にかかれるほどの稼ぎもなかったんで……」

「痛みや腫れが引いたあと吟吉は、自分では意識しないまま、左足をかばうような歩き方をずっとしてきたのだ。それが右足に知らず知らず負担となり、ついに症状となってあらわれたのだ」

「えっ、十年以上も前の怪我が……。はあ、そういうことですか。あのとき左足をぶつけていなかったら、右足がこんな風にはならなかったのか……」

「むろん、歳を取ったことも関係ないわけではない。齢を重ねると、いろいろなところに障りが出てくるからな」

「ええ、ええ、それはよくわかりますが……。でも、先生はどうしてふくらはぎを押したんですか」

「指を持ち上げるための筋は、ふくらはぎにつながっている。左足の怪我による右足への負担はふくらはぎにも悪い影響を与え、それゆえ筋にしこりができたりするのだ。俺は、指を持ち上げる筋がやられているかどうか、確かめるために押してみた」

「ふくらはぎに、しこりができているんですか。そりゃ、押されたら痛いのも当たり前ですねえ。それで先生、治りますか」

「今から薬を処方するが、それをしっかり飲み続ければ、必ず治る。安心してよい」

「ああ、ありがとうございます。でも先生、また苦い薬を飲まなきゃいけないんですか」

げんなりした顔で吟吉がきいてきた。

「今度のは苦くないな。どちらかといえば、甘い」

「えっ、甘いんですか」

吟吉が目を輝かせた。

「それを聞いて安堵しました」

筋の腫れを治すなら、和兵衛のときにも用いた唐双が、最もよいのではないかと仁平は思う。なにしろ、内臓のただれを治すほどの力を持つ薬種なのだ。

だが、残念ながらこの医療所に在庫はない。和泉屋には注文してあるが、まだ入ってきていないとのことだ。

――それに、吟吉ほどの年寄りには、唐双は強すぎるかもしれぬ。

仁平は貫慮に、冊乾（さっけん）を煎じるよう命じた。

「承知いたしました」

冊乾は、体内のただれにまで効く唐双に比べれば、効き目はかなり弱い。

唐双と同様の効き目を期待して、冊乾の薬湯をいくら濃くして飲ませたとしても、和兵衛が車伽等草の毒に打ち勝つことは、まずできなかっただろう。

ただ、その効き目の弱さが吟吉のような老人にはちょうどよい。老いた体に悪さをほとんどせず、筋の腫れにだけ効いていくからだ。

ただし、効き目が弱いために、少なくとも一月は飲み続けなければ、快方には向かわないはずだ。

貫慮が薬棚から冊乾を取り出し、水の張ってある薬缶に入れた。それを火鉢にのせる。

「貫慮、冊乾を一月分、用意してくれ」

「わかりました」

すぐさま貫慮が作業にかかる。仁平は吟吉に顔を向けた。

「吟吉。痛いではあろうが、できるだけふくらはぎを揉むようにするとよいぞ。さすれば、筋の腫れも早く引く」

「わかりました。痛いのを我慢して揉むようにします」

「それでよい。ただし、長くやることはない。せいぜい四半刻の半分ほどで十分だ。

毎日少しずつ揉んでやるのが大切だ」

「わかりました」

仁平は、できた薬湯を吟吉に飲ませてみた。

「ああ、本当に甘いや」

吟吉がうれしそうに笑った。

「これなら続けられますよ」

こちらをどうぞ、といって貫慮が冊乾の入った袋を吟吉に持たせた。

「ありがとうございます」

吟吉がうやうやしく受け取る。吟吉さん、と呼んで、貫慮が説明をはじめた。

「これを匙一杯分、朝と晩に煎じ、毎日飲み続けてください。袋が空になったら、もらいに来てください」

「わかりました。ありがとうございます」

礼をいって吟吉が部屋を出ていった。すぐに次の患者が待ちかねたように入ってきた。

二

仁平は、貫慮とお芳とともに次々に患者を診ていった。

患者の診察と治療が一段落し、ようやく一息つくことができた。すでに七つ近くになっていた。

仁平たちは四刻ものあいだ、食事もとらず、ぶっ通しで働き続けたのである。

それでも今日はまだましだな、と仁平は思った。これまで、医療所を閉める暮れ六つまで休みなしということも、珍しくなかったのだ。

台所に立ったお芳が、朝につくった味噌汁を温め直し、冷や飯で手早く握り飯をこしらえた。山盛りの握り飯がのった皿が、仁平たちの前に置かれる。

「お芳も疲れているだろうに、済まぬな」

「いえ、私など先生と貫慮さまと比べたら、疲れているうちに入りません」

「そんなことはない。もしお芳がいなかったら、俺と貫慮はてんてこ舞いで、倒れてしまっていただろう」

「それは、吟吉さん並みに大袈裟な物言いではありませんか」

「そんなことはないさ。俺と貫慮はお芳にとても助けられている」

仁平たちは、握り飯と味噌汁をありがたくいただいた。

「ああ、なんておいしいんだろう」

握り飯を一つ食べ終えた貫慮が顔をほころばせる。

「うむ、まことにうまいな」

「先生、おにぎりというのは、いつからあるのでしょう。誰が考えたのですか」

お芳が握り飯を頬張りながら仁平に話しかけてきた。

「握り飯自体は太古からあるようだ。古くは握飯（にぎりいい）といったらしい。『常陸国風土記（ひたちのくにふどき）』という昔の書物に、握飯が出てくると聞いた覚えがある」

「その『常陸国風土記』というのは、いつ刊行されたのですか」

これは貫慮がきいてきた。

「平城京（へいじょうきょう）の時代だ」

ええっ、と貫慮が目を大きく開けた。

「今から千年以上も前の書物ですね。そんなに古い書物に、握飯とあるのですか」

そうだ、と仁平は首肯した。

「おそらく『常陸国風土記』に記されるよりずっと前から、握り飯は食べられていたはずだ。それこそ、米の栽培がはじまった頃から、この国の者は食していたのではないだろうか」

「では誰がおにぎりをつくりはじめたか、わからないのでございますね」

「そういうことだ。握り飯はどこに持っていくのにも便利だし、しかも飛び抜けてうまい。腹持ちもなかなかよいから、大勢の者が考えついたにちがいない」

「おにぎりは、よいところだらけでございますね」

結論を下すようにお芳がいった。

結局、仁平は三つの握り飯を腹におさめた。貫慮も同様である。

「もっと食べたいところだが、今日はこのくらいにしておこう。食べ過ぎは体によくないからな」

皿の上にはまだ二つの握り飯がのっている。

「この二つは取っておきます。先生、夜食にでもお召し上がりください」

お芳に勧められたが、仁平に夜遅くに食べる習慣はない。

「貫慮、おぬしはどうだ。夜食にするか」

「よろしいのでございますか」

貫慮が喜色を浮かべる。

「もちろんだ。夜が更けるまで、熱を入れて書物を読んでいるようではないか」

えっ、と貫慮が驚く。

「ご存じだったのですか」

「当たり前だ。書物を繰る音が聞こえてくるからな」

「さようでしたか。うるさくありませぬか」

「うるさいはずがない。書物を繰る音は俺も好きだ。貫慮の医術に懸ける思いが伝わってくるしな」

「先生を見習おうと思いまして……。なにしろ先生は知識が豊富すぎて、手前はいつも圧倒されています。少しでも追いつきたいと考えたのです」

「なにがきっかけであろうが、医術に打ち込むのは、とてもよいことだ」

味噌汁を飲み干した仁平は、お芳が淹れてくれた茶を喫した。

――腹が満たされると、さすがにほっとするな……。

そのとき、またしても幹太郎のことが脳裏によみがえってきた。少しでも気が緩むと、どうしても幹太郎のことを思い出してしまう。患者を診ている最中は忙しさに紛れ、幹太郎のことが脳裏をよぎることはない。

――いまなにをしているのだろうか。食事はとれているのか。

うつむいた仁平を見て、お芳が気がかりそうにしている。それに気づいた仁平は、お芳に問いかけた。

「お芳、和兵衛どのの様子はどうだ」

車伽等草の毒がほぼ完全に抜け、体調が元に戻っているのは仁平も知っている。だが今も、和兵衛は何者かに命を狙われているはずなのだ。

仁平は町方同心の牧兵衛に何度か会って話を聞いたが、和兵衛を狙った者について、探索が進んでいるとは、いいがたいようだ。仁平を襲ってきた抹香くさい男に関しても、寺や槍の道場を巡って調べたらしいが、これという手がかりは得られなかったという。

牧兵衛は決して無能ではない。むしろ有能で、仕事のできる男だ。

それにもかかわらず探索がはかばかしくないのは、下手人がうまく立ち回り、証拠をまったく残さずにいるからであろう。

「おとっつぁんの身の回りは、平穏そのものでございます」

仁平を見つめ返してお芳が答えた。

「怪しい気配や眼差しなどについて、里村どのはなにかいってておらぬか」

「里村さまによれば、おとっつぁんを狙っているような者の気配など、まったく感じぬそうにございます」

そうか、と仁平はつぶやいた。

「俺が用心棒に来てもらうよう和兵衛どのに勧めたのは、無用なことだったのだろうか」

「そんなことはありません」

強い口調でお芳が否定した。

「里村さまがそばについていらっしゃるからこそ、おとっつぁんを害そうとしている者は、手出しできないのではないでしょうか。ですから、無用なことだったということは、決してございません」

お芳が凜としていったとき、庭のほうから訪いを入れる声がした。

「あれは、養一ではないでしょうか」

養一といえば、お芳と一緒に時業冬と減覇裏を探しに出た和泉屋の丁稚だ。

「養一が来るなんて、店のほうでなにかあったのでしょうか」

不安そうに立ったお芳が部屋を出て、座敷のほうへ向かう。

「先生っ」

悲鳴のような声を上げて、お芳が駆け戻ってきた。

「どうした」

仁平は膝立ちになった。

「おとっつぁんが倒れたそうです」

「なにっ」

仁平は素早く立ち上がった。貫慮も一瞬で腰を上げた。

「和兵衛どのは店で倒れたのか」

「そのようでございます」

仁平たちはあわてて家を出た。戸に施錠しているところに、杖をついた老人がやってきた。あのう、と声をかけてくる。

「申し訳ないが、今日はこれから休みにしなければならぬ」

済まぬ、と老人に謝ってから仁平は和泉屋へ急いだ。

「養一、和兵衛どのになにがあった」

駆けつつ仁平は、前を行く養一に質した。養一が途方に暮れたように首をひねる。

「それが、手前にもよくわからないのでございます。旦那さまが倒れたから先生を呼んでまいれ、と番頭さんにいきなり命じられまして……」

仁平は和泉屋に到着した。閉店の刻限にはまだ間があるのに、すべての雨戸が閉てられていた。

くぐり戸の前で、番頭の清五郎が仁平を待っていた。

「旦那さまは寝所におられます」

わかった、と応じ、仁平はくぐり戸から店に入った。土間は、雨戸が閉まっているせいか、薬くささがひときわ増していた。

店座敷に上がった仁平は内暖簾を払い、廊下を足早に抜けた。和兵衛の寝所に足を踏み入れる。

布団が敷かれ、和兵衛が横になっていた。ごう、ごう、と大きないびきをかいて眠っている。

枕元には妻の高江が座り、心配そうに和兵衛を見つめていた。横に和助が端座しており、すがるような目を仁平に向けてきた。

和助の斜め後ろに控えるようにして用心棒の半九郎が座していた。沈痛そうな面持ちをしている。

三人が仁平に辞儀してきた。仁平は一礼を返して高江の向かいに座り、和兵衛をじっくりと見た。顔は白いが、徐々に紅潮してきているように感じた。

仁平は和兵衛の手を取り、脈を測った。まるで太鼓が打たれているかのように、大きく脈打っている。

和兵衛をのぞき込み、仁平は呼びかけてみた。しかし、いびきをかくばかりで目を覚まさない。

――これは卒中の症状だな。和兵衛どのは、毒でやられたわけではないのだろうか。

卒中では正直、手の施しようがない。それでも、やれることはやらなければならない。

仁平は尻に敷いていた座布団を折りたたみ、和兵衛の足の下に入れ込んだ。和兵衛の足のほうに移動し、ふくらはぎを揉みはじめる。

「仁平どの、和兵衛どのの具合はどうかな」

眉根を寄せて半九郎が問うてきた。手を動かしながら仁平は答えた。

「前回倒れたときとは、症状はまるで異なっています。この前はそれがしが駆けつけたとき、和兵衛どのと話ができましたが、今回は意識がありませぬ。卒中のように見えます」

さらにふくらはぎを揉みながら仁平は半九郎を見やった。

「里村どのは、今日も和兵衛どのについていたのですね」

うむ、と半九郎が顎を引いた。

「決して目を離すことなく、そばにいた」

「和兵衛どのが倒れる前、なにか異変がありませんでしたか」

それらしきものはあった、と半九郎が苦い顔で口にした。

「和兵衛どのは昼の八つ過ぎ、散策に出た。むろん、俺は離れずついていった。半刻ばかり近所を歩き回った和兵衛どのは最後に小さな神社にお参りしたのだが、疲れたように本殿の階段に座り込んだ」

「それで」

「右手と右足がしびれていると俺に話しかけてきたのだが、そのとき呂律が回らなくなっていた。頭の痛みも訴えていた。和兵衛どの自身、手前は卒中に襲われるかもしれません、と危ぶんでいた」

「確かに、いま里村どのがおっしゃったのは、卒中の前触れそのものです」

薬種問屋の主人なら、卒中が起きる前にどのような症状があらわれるか、知らないはずがない。

「和兵衛どのが神社にお参りしたのは、いつのことです」

「ほんの四半刻前だ。和兵衛どのをおぶって、俺はここに戻ってきた。布団を敷いてもらい、寝かせようとしたとき和兵衛どのがいきなり、ううっ、とうなって頭を抱え、倒れ込んだのだ。それからずっといびきをかき続けている」

「里村どの、和兵衛どのに卒中の前触れがあったのは、謦固について初めてでしたか」

「うむ、初めてだ。それゆえ俺も驚いた」

「よくわかりました」

なおも手を動かしつつ仁平は和兵衛の顔を見た。

――ふむう、こたびは毒にやられたわけではないのだろうか……。

いや、と仁平は胸中でかぶりを振った。

――やはり毒であろう。何者かに命を狙われていた和兵衛どのが、急に倒れたのだ。卒中に見せかけることのできる毒を、盛られたのではあるまいか。

これまでそのような毒など、見たことも聞いたこともない。だが車伽等草だけでなく、金迅、駱転涼、当麻蜜草という薬種も知らなかったのだ。

仁平の知らない症状を呈させる毒薬がこの世に存在しても、なんら不思議はない。

――本物の卒中なら、寿命だとして割り切るしかないが、毒でやられたのなら、なんとかできるかもしれぬ。

高江どの、と仁平は呼びかけた。

「最近、和兵衛どのは自ら薬を処方して飲んでいたか」

いえ、と高江が首を横に振った。

「自分で調合することに懲りたのか、お芳や貫慮さまが持ってきてくれるお薬のほかは、なにも飲んでおりません」

毅然さを感じさせる声音で高江が答えた。ならば、と仁平は思った。この家ではなく、よそで毒を盛られたのではないだろうか。

「このところ和兵衛どのは他出していたか」

仁平はさらに高江にきいた。あまり強くならないように注意しつつ、和兵衛のふくらはぎを揉み続ける。

「先生、手前が代わります」

貫慮が申し出てきたが、仁平は断った。

「いや、よい。俺は和兵衛どのに、とても世話になっている。その恩を少しでも返したいのでな」

わかりました、といって貫慮がすぐに引っ込んだ。高江が、先ほどの質問でございますが、といった。

「和兵衛は散策が好きで、日に一度は必ず一刻ほど歩いておりました」

「そのたびに馴染みの茶店によるというようなことはなかったか」

「ありません。和兵衛は茶店など、滅多に寄ったことがございません。うちで飲む茶が一番おいしいからと……」

仁平は、高江の言を確かめるように半九郎を見た。半九郎がかすかに首を上下させた。

「和兵衛どのは、散策以外で他出することはなかったか」

高江にきくと、すらすらと答えた。

「車伽等草の毒から解き放たれて、体が元に戻ったことがうれしくてならなかったようで、ここぞとばかりによく外に出ておりました。もちろん、常に里村さまがついてくださっていましたが……」

「和兵衛どのはどこへ行っていましたか」

仁平は半九郎にたずねたが、この問いにも高江が答えた。

「和兵衛には妾が一人おりますが、そこによく足を運んでおりました」

ほう、と仁平は声を漏らした。

「和兵衛どのには妾がいたのか……」

それは知らなかった。老成しているとはいえ、和兵衛はまだ四十代である。色欲が失われているはずがない。

むしろ強いくらいではないか。しかもふんだんに金を持っている。妾を囲わないほうがおかしいくらいだ。

さらにふくらはぎを揉みつつ仁平は和兵衛の顔をのぞき込んだ。一時はだいぶ濃くなっていた赤みがだいぶ取れてきている。

――よし、この調子だ。

「その妾の家には何度くらい行っていた」

「この二十日のあいだに五、六度は行ったものと……」

「正しくいえば六度だ」

これは半九郎がいった。かなり足繁く通っていたのだな、と仁平は思った。再び高江に問う。

「その妾は信用できるのか。和兵衛どのに毒を盛るような真似はせぬか」

ええっ、と高江が高い声を上げる。

「和兵衛は、こたびも毒にやられたのでございますか。卒中ではないのでございますか」

「この症状からして、卒中としか思えぬ」

いったん言葉を切ってから、仁平はすぐに言葉を続けた。

「ただし、医者の俺から見ても、ここ最近の和兵衛どのは健やかで、卒中を起こすような兆しはなかった。顔色もよく、体も軽そうだった。実際、散策をよくする者は、卒中になりにくいものだ。俺には、和兵衛どのが卒中を起こすとは、とても思えぬのだ。それゆえ、こたびも毒にやられたと考えざるを得ぬ」

「体に残っていた車伽等草の毒が、卒中を招いたとは考えられませんか」

「もちろん考えられる」

仁平は頭ごなしに否定しなかった。

「だが、和兵衛どのは別の毒を盛られたのではないだろうか」

「さようにございますか……」

仁平の言葉に、高江は納得したわけではないようだ。

「妾はお崎と申しますが、私は信用できる者だと思っています。和兵衛が気に入ってもう五年も続いておりますし、お崎に立派な家を与え、女中もつけております。和兵衛を殺してしまっては、今のゆとりある暮らしを捨てることになります。毒を盛るような真似はしないのではないかと……」

妾はほぼ二月ごとに契約を更新するらしいから、五年も続いているというのであれば、和兵衛はお崎を、よほど手放したくないのであろう。気を許してもいるはずだ。

「お崎はどんな性格だ」

和兵衛のふくらはぎを、緩急をつけて押しながら仁平はさらに高江に問うた。

「歳は二十三で、優しい気性をしております。よく気がつきますし。もともと江戸の者で、出戻りとのことでございますが、うちが昵懇にしている口入屋の周旋により、和兵衛の妾になりました。口入屋は里村さまを紹介してくれた店で、川村屋といいます」

お崎のことを信用できると見極めたからこそ、川村屋は大事な客であるはずの和兵衛に仲立ちしたのだろう。お崎が和兵衛に毒を飲ませたというのは、高江がいうように考えにくいかもしれない。

――いや、それは俺が判断すべきことではない。お崎については、見矢木どのに探ってもらうのがよかろう。

「お崎以外のところにも、和兵衛どのは出かけていたのか」

仁平は新たな問いを高江にぶつけた。

「三味線のお師匠のところに、二度ばかりまいりました」

「その三味線の師匠はどのような人物だ」

「今は一人で暮らしているようですが、もともと妾をしていた人だそうです」

妾だったときに三味線など技芸を習いつつ金を貯め、妾をやめた際、独り立ちして師匠になる者は少なくないと聞く。

「和兵衛どのは、その師匠について長いのか」

「お師匠はお豊さんといいますが、和兵衛が通いはじめて、もう三年はたっています。ですので、お豊さんも信用の置ける人だと思います」

――三味線の稽古に行けば、茶くらい出されるだろう。それに毒を仕込むというのは、たやすいことだ……。

「ほかに、和兵衛どのが出かけていたところはないか」

「和兵衛には、このところ特に贔屓にしている料理屋がございまして、そちらには四度、まいりました」

ございます、と高江がいった。

「なんと、そんなに……」

「和兵衛は、そこの料理をことのほか好んでおりまして……」

料理屋は藤別屋といい、薬膳料理で知られる名店らしい。滋養のある食物に漢方の生薬を加え、体のために考えられた献立が供されるとのことだ。

藤別屋の薬膳料理は、体内に溜まった毒を取り除く働きが強いと評判らしく、車伽等草の毒を残らず取り去りたいと望んだ和兵衛は、倒れる前以上に足繁く通うようになったのであろう。食事自体、生薬くささは感じられず、とても美味だという。

――薬膳料理屋か……。毒を盛るなら、これ以上の場所はあるまい。料理に毒を混ぜても、まず気づく者はおらぬだろう。

「和兵衛どのが出かけたところが、ほかにまだあるか」

仁平にきかれ、高江が思案する。

「いえ、もうないものと存じます」

半九郎もうなずいている。

「わかった」

――妾、三味線の師匠、薬膳料理屋のいずれかで、和兵衛どのが毒を盛られたのは、疑いようがあるまい。

この中では、薬膳料理の藤別屋がやはり最も怪しい。だが、そうだと決めつけるのは、まだ早い。

お崎やお豊が信用できる者だとしても、大金を積まれたり、家族などを種に脅されたりしたら、果たしてどうだろうか。犯行に及ぶ可能性がないとはいえないのではないか。

「和兵衛どのが妾の家に最後に行ったのは、いつだ」

仁平はさらに高江にきいた。

「二日前でございます。昨日の朝には戻ってまいりました」

「三味線の師匠のところは」

あれは、といって高江が考え込む。

「三日前だ」

助け船を出すように半九郎が答えた。

「あの日は昼の八つにお豊どのの家に行き、七つには三味線の稽古を終えていた」

わかりました、と仁平は応じた。

「では、藤別屋はいかがです」

「昨夜だ。五日前にも行ったが……」

昨日の夜に行ったのか、と仁平は思った。もし藤別屋でそのときに毒を盛られたとしたら、今日の八つ半過ぎに前触れがあらわれ、その四半刻後に和兵衛は倒れたことになる。

――また、すぐには効き目をあらわさぬ毒が使われたのか。それとも、少しずつ累積していく毒が用いられたのだろうか。

和兵衛は、都合四度、毒を仕込まれたかもしれないのだ。そして今日、ついに毒の効き目があらわれたということか。

仁平の中で、藤別屋への疑いはひじょうに濃くなった。

不意に、失礼いたします、という声が耳に届いた。見ると、かたい顔をした番頭の合之助が敷居際に座していた。

「見矢木さまがいらっしゃいました」

牧兵衛が合之助の後ろに立ち、軽く頭を下げてきた。敷居をまたぎ、先ほどまで仁平がいた和兵衛の枕元に座る。

「高江どの、使いはもらった」

高江が南町奉行所に使いを走らせ、和兵衛が倒れたことを牧兵衛に知らせたようだ。

「仁平、和泉屋の具合はどうだ」

厳しい眼差しを仁平に注いで、牧兵衛がさっそくきいてきた。うむ、と顎を上下させて仁平は和兵衛のふくらはぎを揉み続けた。

「今のところはなんともいえぬ。和兵衛どのの症状は卒中にしか見えぬが、こたびも毒にやられたのではないかと俺は考えている」

「そうなのか……」

むう、とうなり声を出し、牧兵衛が唇を嚙む。合之助が驚きの顔で仁平を見た。

「新たな毒に和泉屋はやられたのか」

牧兵衛にきかれ、仁平は、まちがいなくそうだ、といった。

「仁平の知っている毒か」

「いや、知らぬ毒だ」

そうか、と牧兵衛が小さな声でいい、和兵衛に目をやる。

「仁平、和泉屋がいつその毒を盛られたか、わかるか」

「疑いのあるところは三箇所だ。それについてはあとで教えるゆえ、見矢木どのがそちらを当たってくれぬか」

「もちろんだ。それが俺の仕事だからな」

力強く請け合った牧兵衛が妙な顔で仁平を見る。

「ところで仁平、なにゆえ和泉屋の足を揉んでいる」

合之助も興を引かれたような顔で仁平を見ている。

「人の体は、動脈や静脈と呼ばれる血の管が縦横に巡っている。和兵衛どのの顔色を見るに、動脈を流れる血の勢いが強すぎて、頭の血の管が破れたと考えられる」

「血が中から血の管を圧迫しており、耐えきれずに破れてしまったというのか。それは、いかにもまずそうだ」

「ひじょうにまずいことだ」

強い口調で仁平は断じた。

「こうしてふくらはぎを揉んでやると、足のほうの血の流れが格段によくなり、全身にもその影響は及ぶ。なにもせずに倒れたままにしておくと、血の流れが滞り、昏睡から目が覚めたときに麻痺（まひ）が残り、半身が動かなくなるかもしれぬ。ふくらはぎを押したり、揉んだり、さすったりすることで、麻痺を防げるのではないかと俺は考えている」

では、といって貫慮が横から問うてきた。

「卒中の前触れとして頭が痛くなるのは、勢いよく流れようとする血によって、頭の血の管に相当の無理がかかっているからですか」

「どういう仕組みになっているのか、俺にもよくわからぬが、そういうことではないかと思う」

それからさらに四半刻ほど、仁平は和兵衛のふくらはぎを揉み続けた。すると、不意に和兵衛からいびきが消え、静かになった。

死んでしまったのかと仁平はどきりとした。寝息が穏やかになったに過ぎないのがわかり、胸をなでおろす。

「仁平、これはよい兆しなのか」

目をみはって牧兵衛がきいてきた。

「もちろんだ」

大きくうなずいて仁平は断言した。いびきが消えたことがよいことなのか、正直、確信はなかったが、ここで弱気なところを見せるわけにはいかない。

「よし、揉むのはここまででよかろう」

軽く息をついて仁平は手を止めた。体がほてり、かなりの汗をかいていた。

これをどうぞ、とお芳が手ぬぐいを渡してきた。かたじけない、と受け取り、仁平は汗を拭いた。

「貫慮、しばらく和兵衛どのを見ていてくれ。もしまたいびきをかきはじめたら、ふくらはぎを揉んでやってくれ」

「承知いたしました」

神妙な顔で貫慮が答えた。

――いや、ちがうのかもしれぬ。毒でやられたなら、和兵衛どのは卒中ではないのだ。卒中に見せかけられているだけだ。ふくらはぎを揉むことで血の流れがよくなれば、逆に毒を体中に回してしまうことにならぬか。

しくじったかもしれぬ、と仁平はほぞを噛んだ。なんとしても和兵衛を助けたく、気持ちが焦ったのだ。取り返しがつかないことをしてしまったかもしれない。

「いや、貫慮、ふくらはぎは揉まずともよい」

「はい、わかりました」

見矢木どの、と仁平は平静を装って呼びかけた。その上で、和兵衛が毒を盛られたかもしれない三つの場所を伝えた。

懐から小さな帳面を取り出し、腰に吊るした矢立（やたて）を使って牧兵衛が書き留める。

「よし、わかった。妾と三味線の師匠、薬膳料理屋だな。仁平、住所を知っているか」

「いや、知らぬ」

仁平は高江に目を当てた。はい、といって高江が滞りなく口にする。

牧兵衛が住所も帳面に記していった。墨が乾くのを待って帳面を閉じ、懐にしまう。

「さっそく当たってみることにしよう。この手で下手人をとっ捕まえてやる」

意気込んだ顔で立ち上がり、牧兵衛が寝所を出ていった。失礼いたします、と低頭し、合之助も一緒に立ち去った。

——探索のほうは見矢木どのに任せておけばよい。

仁平は和兵衛の治療に集中することにした。

三

薬くささが充満している廊下を歩きつつ牧兵衛は、和泉屋に奉公する包丁人は怪しくないのだろうか、と考えた。あっさりと結論は出た。

——仁平は外で毒を盛られたのではないかといっていたが、やはりこの家の包丁人にも話を聞くべきだな。

着物の裾を翻し、牧兵衛は廊下を戻りはじめた。すぐ後ろにいた合之助が驚きの顔になる。

「合之助、今からこの家の包丁人に会えるか」

「会えるのではないかと存じますが、家のほうのことは正直、手前にはわかりかねます」

「まあ、そうであろうな」

牧兵衛は一人で和兵衛の寝所に行き、再び高江の前に座った。高江や和助、仁平などそこに居並ぶ面々が、牧兵衛を訝しそうに見る。

「高江どの、この家の包丁人に会いたいのだが、よいか」

牧兵衛が申し出ると、えっ、と高江が意外そうな顔になった。

「あの、夏之助(なつのすけ)が怪しいのでございますか」

「いや、そうではない。話を聞きたいだけだ」

「夏之助はうちに二十年も奉公している者ですので、和兵衛に毒を盛るような真似は決してしないものと……」

「だが、やはり最も毒を盛りやすい者といえよう。探索を業とする者としては、いくら二十年も奉公している者とはいえ、話を聞かぬわけにはいかぬ」

牧兵衛を見る仁平が納得したような顔をしている。

「わかりました。お引き合わせいたします」

高江が立ち上がろうとして、ふらりとよろけた。それを和助が横から支える。

「おっかさん、大丈夫」

ええ、と高江が答えた。

「大丈夫よ。ずっと座っていたせいで、少しめまいがしただけだから」

「私が見矢木さまに夏之助を紹介してくる」

高江の返事を待たず、お芳が勢いよく立ち上がった。

「見矢木さま、まいりましょう」

牧兵衛はうなずき、お芳のあとに続いて廊下を歩きはじめた。

廊下が切れた先に広い台所があった。包丁人とおぼしき四人の男が立っていた。台所には出汁の香りが漂っており、空腹の牧兵衛にはかなりこたえるものがあった。

お芳に続いて牧兵衛も下駄を借りて土間に降りた。心配そうな顔で、四人の男がお芳に寄ってくる。その中に夏之助はいない。

「お嬢さま、旦那さまはどのような具合でございますか」

代表するように一人の男がお芳にきく。確か早蔵(はやぞう)というはずだ。

「それがあまりよいとはいえないの。今は仁平先生にお任せするしかない。でも仁平先生が必ずおとっつぁんを治してくれるから、なにも心配はいらないわ」

台所を足早に横切り、お芳が裏手の戸を開ける。牧兵衛が外に出ると、お芳も敷居を越えて戸を閉めた。

「今の四人が、和兵衛の食事をつくることはないのか」

「四人とも奉公人の食事をつくる包丁人でございます。ですので、私たちの食事をつくることはございません」

「ふむ、そうか……」

「夏之助は、おとっつぁんに毒を盛るような男ではございません」

牧兵衛をじっと見てお芳が断言した。

「夏之助は誇りを持って仕事に勤しんでいますから、人に毒を盛るような者でないことは、私にはよくわかります。しかし、見矢木さまは夏之助から、じかにお話を聞きたいのでございますね」

「その通りだ」

裏庭を歩き出したお芳の行く手に、離れらしい建物がある。これまでに何度も目にしてきたが、夏之助の住処ということで、牧兵衛が足を踏み入れたことは一度もない。

「こちらでございます」

離れの前で足を止めたお芳が、夏之助、と中に声をかける。間を置くことなく戸が開き、一人の男が顔をのぞかせた。

牧兵衛はまじまじと男を見た。久しぶりに顔を目にしたとはいえ、見まちがうはずなどなかった。夏之助である。

「ああ、お嬢さま。旦那さまのお加減は、いかがでございますか」

挨拶抜きで夏之助が問う。

「あまりよくないわ。でも心配はいらない」

「さようでございますか」

夏之助、とお芳が呼んだ。

「こちらのお方は、定町廻り同心の見矢木さまよ」

お芳が夏之助に牧兵衛を紹介した。外に出てきて、夏之助が深くこうべを垂れる。

「夏之助と申します。どうか、よろしくお願いいたします」

初めて会ったわけではないが、初対面のように夏之助が辞儀してきた。見矢木だ、と返して牧兵衛は夏之助を改めて見やった。

歳は五十をいくつか過ぎているだろう。まっすぐな瞳をしているように感じた。

「見矢木さまは、おまえに話を聞きたいそうなの。きかれることには、正直に答えるのよ」

「承知いたしました」

殊勝な顔で夏之助が答えた。

「立ち話もなんですから、入ってくださいませ」

夏之助が牧兵衛とお芳をいざなう。失礼する、と断って牧兵衛は敷居をまたいだ。お芳が入ると、夏之助が戸を閉めた。

広すぎるほどの台所がそこにあった。十本近い大ろうそくが惜しむことなく灯され、目に眩しいくらいだ。

三つの竈（かまど）がしつらえられ、流しも立派である。水がたたえられているらしい大きな瓶も置かれていた。数え切れないほどの包丁が、壁際につくられた包丁掛におさまっていた。

「こいつはすごい」

目をしばたたかせて、牧兵衛は台所を見回した。

「ここは十二、三年前、おとっつぁんが夏之助のために建てたのです」

まだ木のにおいがしている。よほど質のよい材木をふんだんに使用しているのだろう。料理人にこれだけの住まいを与えるとは、和泉屋がいかに夏之助を厚く遇しているか、ほどが知れるというものだ。

「ここで夏之助はお芳たちの食事をつくっているのだな」

はい、と夏之助が点頭した。お芳が説明を加える。

「私も最近までは朝昼晩、一緒につくっていました。医療所の手伝いをするようになってからは、夏之助だけになりましたが」

お芳が続ける。

「夏之助が奉公して間もない頃は、先ほどの台所で、あの四人と一緒に家族と奉公人の分までつくっていたらしいのですが、どうしても腕の差が出てしまい、互いにやりづらくなったようで、早蔵の助言によって、こうして分かれてつくるようになったのです」

「では、和兵衛の口に入るのは、夏之助がつくった食事だけということだな」

「さようにございます」

わかった、といって牧兵衛は細長い式台に腰を下ろした。

「どうか、畳にお上がりください」

夏之助にいわれたが、ここでよい、と牧兵衛は断った。

「夏之助。これからいうことは、すべて他言無用にするのだ。承知か」

「承知いたしました」

腰を折り、夏之助がかしこまる。

「実は、和泉屋は何者かに毒を盛られたのかもしれぬ」

声を忍ばせて牧兵衛は伝えた。

「ええっ」

驚愕の表情になったが、すぐに夏之助は平静さを取り戻したようだ。

「では、旦那さまの包丁人ということで、手前が疑われているのですね」

「疑いというほどのものではない。俺は、毒を盛る機会があった者すべてに話を聞かなければならぬ。ただそれだけのことだ」

牧兵衛は、和兵衛が車伽等草の毒にやられたとき、和泉屋の包丁人について、ほとんど調べることはなかった。常に台所におり、和兵衛の居間に立ち入ることなど、まったくないというのが理由だった。

離れで暮らしている夏之助のことも、ろくに調べなかった。お芳が夏之助に厚い信頼を寄せていたし、母屋の台所の戸は夜になれば心張り棒が支われ、出入りができなくなるということもあった。離れにいる夏之助は夜間、忍び込むことはできない。

久しぶりに夏之助の顔を見て牧兵衛が特に感じるのは、いかにも実直そうで、包丁一筋に生きてきたのだろうと思わせるところだ。和泉屋に奉公してすでに二十年もたっており、これまでお芳に料理を教え続けてもいる。

和泉屋に毒を盛るわけがないな、と思ったが、牧兵衛は最初の問いを発した。

「夏之助、おぬしは和兵衛のことをどう思っている」

「心から尊敬しております」

腰を屈(かが)めた夏之助が間髪を容れずに答えた。

「とてもお優しいお方で、大勢の方から慕われております。むろん、手前もその一人でございます」

「うらみ、つらみはないのか」

「あるはずがございません。旦那さまには返しきれない恩はございますが……」

和泉屋に強い忠誠心を抱いているようだな、と牧兵衛は思った。

「いくら金を積まれようと、和泉屋を裏切るような真似はせぬか」

「決していたしません」

迷いのない口調で夏之助が断言した。

「ところで、和泉屋から受けた恩とはどんなものだ」

はい、と夏之助が頭を下げる。すこしためらいらしきものを見せたものの、ゆっくりと話しはじめた。

「二十数年前のことでございますが、手前はひどく荒れておりました」

なにゆえ荒れたのだ、と思ったが、牧兵衛はそれを口にしなかった。

「手前は以前、とある料亭に奉公していたのでございますが、主人に腕を認められ、八年ほどで板前になることができました。主人の死後、その店が食中り（しょくあた）を出したのですが、すべての責任を手前が負うことになりました」

その頃、夏之助はまだ二十代後半ではないだろうか。板前としては若く、生意気なところがあったのかもしれない。他の包丁人に妬（ねた）まれ、すべての責任を負わされたのではあるまいか。

「それで」

「料亭を馘（くび）になった手前は、なにもかもがつまらなくなりました。やる気が起きず、新たな奉公先を探そうという気もなく、朝から酒を浴びるように飲んでおりました。昼間から賭場に通うようになり、莫大な借金をこさえました。借金を払えず、見せしめにやくざ者に指を切り落とされそうになったところを、旦那さまが救ってくださったのでございます」

ほう、と牧兵衛は嘆声を漏らした。

「では、和泉屋が借金をすべて払ってくれたのか」

「おっしゃる通りにございます」

大きくうなずいて夏之助が続ける。

「その後、旦那さまは新たに手前の請人になってくださり、店に住み込みで働くようおっしゃいました。あのときもし指を切り落とされていたら、手前は包丁を握ることもできず、その後の人生はいったいどうなっていたか……。考えるだに恐ろしいことでございます」

身を震わせて夏之助がいった。

「そのようなことがあったのか」

夏之助にとって和兵衛とは、まさに人生を変えてくれた大恩人ではないか。

「指を落とされそうになったとき、初めて和泉屋と会ったのか」

いえ、と夏之助が打ち消した。

「旦那さまは、手前が鹹になった料亭によく足を運んでいらっしゃいました。手前は旦那さまに呼ばれ、何度か客座敷に挨拶にうかがったことがございます」

二人は顔見知りだったのか、と牧兵衛は思った。

――客座敷にわざわざ呼ぶなど、和泉屋は夏之助の料理を気に入っていたのだな。

「食中りを出した上におぬしを追い出した料亭は、その後どうなった」

「一年ほどは続いておりましたが、再び食中りを出しまして……。店は潰れ、あるじは夜逃げしたそうにございます」

最初に食中りを出した際、放り出すべきは夏之助ではなく、他の包丁人だったのだろう。

とにかく、と牧兵衛は思った。夏之助が和兵衛に対し、深い思いを抱いているのは明らかだ。和泉屋で料理人として暮らしていられることに、心から感謝しているように見えた。

夏之助が和泉屋を害し、充実している境遇を手放すような真似をするはずがない。

——仁平がいっていたように、怪しいのはやはり妾、三味線の師匠、薬膳料理屋の藤別屋であろう。特に、和泉屋が四度も足を運んでいた藤別屋だな。

「最後にきくが、和泉屋はなにゆえおぬしが指を切り落とされる場に、居合わせることができたのだ」

まさか金を目当てに、やくざ者が和兵衛を呼んだわけでもあるまい。

「なんでも旦那さまは、料亭を馘になった手前のことをずっと気にかけてくださっていたそうで……。博打で借金まみれになっていることも、人を使ってお調べになったようでございます」

その頃の夏之助はすでに、そこまでしても惜しくないほどの腕前だったのだろう。

気にかけるどころか、和兵衛は力を尽くして消息を知ろうとしていたのではないか。

「調べさせていた者から手前がやくざ者に連れていかれたと聞き、旦那さまは急いで一家に乗り込んでこられたそうでございます」

その後、夏之助の借金をすべて引き受け、おそらくさらに上積みをして、身柄を引き取ったのだ。

「これが顚末（てんまつ）にございます」

まるでその場に和兵衛がいるかのように、夏之助が深々と腰を折った。

「御恩は、死んでも返しきれるものではございません。ですから、手前が旦那さまを害するような真似を、するはずがないのでございます」

――これ以上、夏之助に問うべきことはないな……。

「よくわかった。すべて話してくれて、かたじけない」

牧兵衛は夏之助に礼を述べて、腰を上げた。

「では手前の疑いは晴れたのでございますか」

「晴れたもなにもない。端から疑っておらぬ。一件に関与しておらぬと考えても、害された者と深い関わりのある者には話を聞かねばならぬ。それが俺の務めだからな」

「よくわかりましてございます」

辞儀した夏之助に、ではまたな、といって牧兵衛は離れを出た。ついてきたお芳に、前を向いたまま語りかける。

「お芳のおとっつぁんは、まことに大したものだ。いくら肝が据わっているとはいえ、やくざ者のところに乗り込んでいくのは、やはり相当恐ろしかったであろう」

「おとっつぁんがそこまで夏之助のことを買っていたとは、私も知りませんでした。ただの食いしん坊が、夏之助をなんとしても招き入れたかっただけのことかもしれませんが」

「濡衣(ぬれぎぬ)も同然に店を追われた才能ある包丁人を、潰したくなかったのであろう」

牧兵衛とお芳は台所を通り抜け、燭台の明かりに照らされた廊下を進んだ。二人は和兵衛の寝所に入った。

そこに仁平の姿はなかった。高江にきくと、仁平は和兵衛の体を侵している毒がなんなのか、治療の手立てがあるのか、ということをいったん家に戻り、書物で当たってみるそうだ。貫慮だけでなく、和助も連れていったらしい。

寝床で和兵衛は苦しそうな顔をしている。相変わらず容体は芳しくなさそうだ。

――俺にはなにもできぬ。すべて仁平に任せるしかない。

高江に辞去の挨拶をして牧兵衛は和兵衛の寝所をあとにした。

四

牧兵衛が廊下に出てきたのを、柱の陰にいた合之助は目にした。背後に置いてあった取っ手つきの行灯を持ち、素早く歩み寄る。

「お見送りさせていただきます」

牧兵衛に向かって合之助は辞儀した。

「そうか、済まぬな」

合之助は牧兵衛の前を歩き出した。

店座敷は無人で暗く、空虚さに満ちていた。内暖簾を払い、牧兵衛を先に行かせた。

店座敷を横切った牧兵衛が、よっこらしょ、といって沓脱石に置いている雪駄を履き、土間に降りた。合之助もそれに続き、牧兵衛の前に出て、くぐり戸を開けた。

「かたじけない」

礼をいって牧兵衛がくぐり戸を抜ける。行灯を持って、合之助も外に出た。暮れ六つはとうに過ぎ、あたりはすっかり暗くなっている。

牧兵衛の戻りを待っていたらしい中間が、近づいてくる。それを見て合之助は牧兵衛に向かって腰を折り曲げた。

「では見矢木さま、手前はここで失礼させていただきます」

うむ、と牧兵衛が返してきた。また深く頭を下げてから、合之助は身を低くして店内に戻った。

「見矢木さま、お疲れさまでございました」

牧兵衛に声を投げて、合之助はくぐり戸を閉めた。

その瞬間、おっ、と牧兵衛が声を上げたような気がした。合之助は、どうかしたのか、といぶかったが、わざわざくぐり戸を開けてまで質すことではなかろう、と判断した。

沓脱石で雪駄を脱いだ合之助は、行灯を持って店座敷に上がった。和兵衛の寝所に行こうとしたが、不意に疲れを覚え、その場に座り込んだ。ふう、と大きく息をつく。

――お頭によれば、新たな毒を飲ませるとのことだった。和兵衛は卒中の症状を呈しているが、結局のところ、やはり町方の手が入ることになってしまったな……。

前に合之助は、誰が和兵衛に車伽等草の毒を飲ませたか、牧兵衛が店の中を調べたのを知っている。今も普段通りの振る舞いをするよう心がけてはいるが、自分が疑われているのではないかとの思いは、どうしても拭い去れない。

いま牧兵衛に近づいてみたのは、自分を怪しんでいないか、先導しながら言動から感じ取ろうとしたのだ。しかし牧兵衛にそんな素振りはなく、探るような妙な問いかけもしてこなかった。

牧兵衛は俺のことを疑っておらぬのではないか、と合之助は考えるしかなかった。

――だが和兵衛に二度目の毒が仕込まれた今、俺が疑われるのは避けようがあるまい。

いくら金とときをかけてきたとはいえ、車伽等草の毒で失敗したとき、和泉屋から手を引くべきだったのだ。和泉屋の身代を手に入れられないのは確かに痛いし、惜しくてならないが、命を失うよりよほどいい。

それに、金儲けなら、これまで十分してきたではないか。それでもう満足すべきだろう。

――お頭は判断を誤った……。

しかも、天斎のしくじりはそれだけではない。前に仁平を始末するために自ら槍を持って襲ったらしいのだが、丸腰の相手にほとんど返り討ちにされたようなのだ。

そのために、今度は腕利きの殺し屋を雇ったと、半月前に合之助が高千院に行ったとき、天斎はいっていた。

しかし、今も仁平は生きている。ぴんぴんしており、殺し屋に襲われたような形跡はどこにも見いだせない。

——いったいどうなっているのか。

仁平は、和兵衛の手当に有効な手立てを見つけるため、貫慮たちを連れていったん家に戻っている。もしかすると、こたびも和兵衛を生き返らせるかもしれない。

つまり、と合之助は思った。

——仁平を殺るなら、もっと早く殺るべきだったのだ。

殺し屋は、これから襲いかかるつもりなのか。それではあまりに遅すぎる。和兵衛が倒れる前に仁平を殺すべきだった。

——今も殺し屋は、仁平を狙っているのだろうか。

和兵衛が昏睡している今、仁平など放置しておけばよいのだ。

——下手に手出しをすれば、身を滅ぼすもとになると、なにゆえお頭はわからぬのか。

天斎はへまが続いている。この分ではきっと捕まるだろう。

――その前に、和泉屋から逃げ出すほうがよかろうな。

血のにじむような努力をして番頭にまでなった。正直いえば、合之助は和泉屋で働くことに、生き甲斐を覚えていた。このままずっと和泉屋で働き、隠居して女房をもらい、子をなして一生を終えるという図が頭にあったのだ。

――だが、それももう無理だな。もはや叶わぬ夢だ……。

天斎のせいで、すべてが水の泡になった。

逃げ出したあとどうするか、合之助は考えてみた。

――上方に行くしかあるまい。

すでに金はかなり貯まった。上方に行く途中、伊勢参りをするのもよい。伊勢の近くで温泉に浸かり、のんびりするのも悪くない。

これまで働き詰めだったのだ。骨休めするのもよいのではないか。ひたすらがんばってきた褒美である。

伊勢参りのあとは、上方で働けばよい。和泉屋で番頭になれたのだ。ほかの店でもまた同じ成功を手にできるのではないか。きっと難しいことではあるまい。

新しい人生が開けるようで、合之助はここから逃げ出すことが、むしろ楽しみにすらなってきた。

五

牧兵衛は、おっ、と声を上げた。くぐり戸を閉める直前の合之助の顔が、どす黒く見えたからだ。

——今のはなんだ。合之助も何者かに毒を飲まされ、体を侵されているのではないか。

それとも、と牧兵衛は思った。今のは悪人の相なのか。

——まさか合之助が、こたびの一件に関わっているということはあり得ぬのか……。

すべての者が疑わしいのだ。和兵衛が特に目にかけている合之助といえども、決して例外ではない。

——合之助の動きをよく見ておくほうが、よいだろうか。

考え込んだ牧兵衛のことを気にしたらしく、中間の善三が声をかけてきた。善三は牧兵衛の戻りを、店の外で待っていたのだ。

「旦那、どうかされましたかい」

「ちと考え事をしていた。善三、待たせたな」

「いえ、大して待っておりませんよ」

元気よく答えて善三が提灯をつける。とうに日は暮れ、すっかり暗くなっている。それでも、行きかう人はまだまだ多い。

「旦那、どちらへまいりますかい」

「薬膳料理屋の藤別屋に行く。この刻限なら店を開けていよう。三島町にあるらしいが、善三、道はわかるか」

「藤別屋という店は存じませんが、三島町はわかります」

善三が牧兵衛の前に立ち、歩きはじめた。牧兵衛の足元がよく見えるよう提灯を照らす。

「善三、こんなに遅くまで働かせて済まぬな。家に帰りたかろうに」

「いえ、なんということもありません。あっしも旦那に負けず、働くのが大好きでございますから」

にこやかにいって善三が言葉を継ぐ。

「それで、和泉屋さんの容体はいかがでございましたか」

「仁平によると、またも毒を盛られたらしい」

「えっ、用心棒がついていたのに、やられちまったんですかい」

「刀剣で襲われたのならともかく、毒が相手では、いくら並外れた技量を持つ用心棒でも防ぎようがあるまい」

「ああ、そうかもしれませんねえ」

「和泉屋は卒中のような症状を呈し、昏睡している。だが仁平がいるゆえきっと大丈夫だ」

自らにいい聞かせるように牧兵衛は善三に語った。

「卒中のような症状ですかい。ということは、前とは異なる毒が使われたんですね」

「車伽等草とはちがう毒だと、仁平はいっていた」

「毒を盛った者は、和泉屋さんに仁平先生がついていらっしゃることを知らないのでしょうか」

「知らぬはずがない。仁平が治療に当たることを承知の上で、あえて和泉屋に新たな毒を盛ったのであろう」

でしたら、と善三がいった。

「毒を盛った何者かは、仁平先生に挑戦しているってことでしょうか」

「挑戦か。確かに、こたびの毒をきさまに打ち破れるか、と仁平に勝負を挑んでいるように思えぬこともない」

——だとするとその何者かは、どれほどの名医をもってしても治せぬと、絶大なる自信を抱いているのではないか。ふむう、仁平でも手こずるかもしれぬ……。

和兵衛が再び狙われることを、牧兵衛たちは覚っていた。そのことを知った上で、何者かは再び和兵衛に毒を盛ったのだ。和兵衛の体を侵し、死に導くものが毒だと、証明しようがないと踏んでいるのではないか。

和兵衛は毒にやられたと牧兵衛がいくら声高に叫んだとしても、証拠が出なければ、下手人を捕らえようがない。

——そこまで考えて和泉屋に毒を用いたのだな。なんという狡猾さ、周密さだ。

なんとしても毒だという証拠をつかまねばならぬ、と牧兵衛は決意した。

やがて三島町に着いた。善三が、そばを通りかかった男に藤別屋の場所をきこうとしたが、牧兵衛はそれを制した。

常夜灯の淡い光に照らされ、五間ほど先の建物に掲げられた看板が目に入ったからだ。看板には『薬膳』と記されていた。

牧兵衛は善三を引き連れるようにして近づき、店先に立った。

「どうもやっていないようですね」

吊り下げられた軒行灯にも火は入っておらず、建物は闇に沈んでいた。人の気配はまったく感じられず、ひっそりとしていた。

「もう店を閉めたのか、それとも今夜は休みだったのか……」

「旦那、どういたしますかい」

善三にきかれ、町奉行所に戻るかと考えたが、牧兵衛は和兵衛の妾のお崎の家が、ここからかなり近いことに気づいた。

――お崎は、和泉屋が倒れたことはもう聞いているだろう。和泉屋のことが気が気でならず、今も起きているのではないか……。

「和泉屋の妾に会いに行く。神田花房町だ」

「神田花房町といえば、筋違橋の近くでございますね。ほんの四、五町でございましょう」

頭を下げて善三が牧兵衛の前に出た。

神田花房町に着いたときには刻限はすでに六つ半を過ぎ、五つ近くになっていた。

お崎の家はすぐに知れた。さして広いとはいえない町内を進んでいくと、いかにも和兵衛が好みそうな瀟洒な平屋が、提灯の明かりに浮かび上がってきたのである。

「そこだな」

歩きながら牧兵衛は指さした。ええ、と声を上げ、善三が足早に近づいていく。

「いかにも、お妾さんが住んでいそうなお家でございますね。そこはかとなく色気が漂っているというか……」

ほんのりとした明かりが、こぼれ落ちるように灯っていた。江戸では灯油代を惜しんで日暮れとともに寝に就く者が多いが、お崎はまだ起きているようだ。

枝折戸が設けられており、善三がそれを開けた。

「枝折戸一つ取っても、ちがいますねえ。品がよいというか、軽くて音もしねえ」

そんなことをいいながら善三が短い石畳を踏んで戸口に近づいた。戸口のすぐそばに枝振りのよい松の木が生え、牧兵衛たちの足元に影を投げかけていた。

善三が戸口に立ち、どんどん、と頑丈そうな板戸を叩く。

すぐには応えがなかった。家の中は静まり返っている。

善三がまた板戸を叩いた。今度は、はーい、と甲高い女の声が聞こえ、かすかな物音が響いてきた。

「どちらさまでございますか」

警戒するような声が板戸越しに届く。それも当たり前であろう。訪客が和兵衛でないのは明らかで、この刻限に誰がやってきたのか、不審に思わないわけがない。

善三が、牧兵衛の名と身分を告げた。

「町方の御同心……」

心張り棒が外される音がし、戸がゆっくりと開いた。五十前後と思える女が顔をのぞかせ、善三と牧兵衛の人品を確かめるような目つきをした。お崎づきの女中であろう。

「こんな刻限に済まぬ。ここはお崎の家だな。お崎に会いに来たのだが」

前に出て牧兵衛は来意を告げた。

「あの、お崎さまにどのようなご用事でございましょう」

「和泉屋が倒れたことは、すでに聞いているだろう。その一件で、お崎に話をききたいのだ」

「わかりました。どうぞ、お入りください」

ここで待っておれ、と善三にいい置いて牧兵衛は土間に足を踏み入れた。

善三に頭を下げてから戸を閉めた女中が式台に置いてあった行灯を持ち、短い廊下を歩き出す。その後ろを牧兵衛は進んだ。

足を止めた女中が膝を揃え、腰高障子を開ける。

「お崎さま、町方の御同心がお見えです」

行灯が灯った六畳間とおぼしき部屋に、若い女が座布団を敷いて座していた。

「ええ、聞こえておりました。見矢木さま、どうぞ、お入りください」

柔らかな声が牧兵衛の耳にすんなりと入り込む。会釈して牧兵衛は敷居を越えた。お崎の向かいに座布団が用意されているのを見て、遠慮なく座した。

「こんな刻限に済まぬ」

謝してから牧兵衛は改めて名乗った。お崎が名乗り返してくる。

女中が、お茶を持ってまいります、というのを牧兵衛は断った。

「せっかくだが、夜に茶を飲むと眠れなくなるゆえ、なんの構いもなしでけっこうだ。お崎と二人きりにしてくれぬか」

よろしいでしょうか、というような目で女中がお崎を見る。お崎が小さくうなずいた。

一礼して女中が部屋を出、そっと腰高障子を閉めた。

牧兵衛はお崎に目を当てた。ほっそりとしており、顔も小さい。二十三とのことだが、もっと若く見える。

芯の強さを感じさせる光を瞳に宿しているが、意外なほど平凡な顔立ちだ。和兵衛ならもっと美しい女を妾にすることなどたやすいはずだが、なにゆえお崎を選んだのか。

「見矢木さまのことは、旦那さまからうかがっております。とても頼りになるお方で、よくしてくださっていると……」

「よくしてもらっているのは俺のほうだ」

「あの、旦那さまのことで、見矢木さまはいらしたのでございますね」

そうだ、と牧兵衛は肯んじた。

「和泉屋が倒れたことは知っているな」

一応、牧兵衛は確認した。

「はい、存じております。お店から使いをいただきました」

痛ましそうな顔でお崎が答えた。

「それなら話は早い。今から話すことは他言無用にしてもらうが、よいな」

少し身を乗り出し、牧兵衛は念を押した。

「わかりました」

お崎が居住まいを正した。あの、と声を発する。

「その前によろしいでしょうか。旦那さまのご容体はいかがか、見矢木さまはご存じでございますか」

「知っておる。あまりよいとはいえぬ」

渋い顔をして牧兵衛は答えた。

「あの、旦那さまが亡くなってしまうというようなことはございませんか……」

心細そうな顔でお崎がきいてきた。

「正直わからぬ。仁平という医者がかかりきりになっているが……」

「仁平先生はこのあいだ旦那さまを救ってくださっただけでなく、その前には和助さまも助けてくださったお医者でございますね。素晴らしい腕をお持ちとうかがっておりますが」

「すごい医者であるのは疑いようがない。しかし、こたびはどう転ぶか、まことにわからぬのだ。仁平なら、なんとかしてくれると思っているのだが……」

牧兵衛は自らの願望を述べた。さようでございますか、とお崎がうつむく。

咳払いしてから牧兵衛は口を開いた。

「和泉屋は毒を飲まされたようだ」

「ええっ」

白い喉がはっきりと見えるほど、お崎が大きくのけぞった。

「ま、また毒を……」

信じられないという顔で、お崎が唇をわななかせる。

「仁平によると、このあいだとは異なる毒が使われたらしい。俺は、和泉屋に毒を飲ませる機会がある者すべてに話を聞いている。この家に和泉屋が訪れたとき、食事の支度は誰が行う。先ほどの女中か」

「私でございます」

お崎が昂然と顔を上げた。

「旦那さまがいらしたときだけは、女中任せにせず、私がすべてやるようにしています。そのほうが、旦那さまがお喜びになるので」

こんなことをいえば、自分が不利になることをお崎は承知しているはずだ。

——それでも口にしたか……。

「おぬしは包丁が得手なのか」

「いえ、さほどでもありません。心を込めてつくってはおりますが……」

見矢木さま、とお崎が呼びかけてきた。

「私は旦那さまに毒を盛るようなことは、いたしておりません」

牧兵衛はなにもいわず、黙ってお崎を見つめた。

「それに、毒など、手に入れる術もございません」

「毒は、誰かに渡されたかもしれぬ」

「いえ、そのようなことは決して……」

あの、と控えめにお崎がいった。

「もし私が毒を飲ませたのでしたら、旦那さまはこの家で倒れていなければおかしいのではございませんか」

どのような毒を和兵衛が盛られたか、仁平の推測を牧兵衛は話した。

「ゆっくりと効いていく毒を飲まされた……」

お崎は戸惑い、混乱しているようだ。

おぬしは、と牧兵衛はお崎にいった。

「和泉屋のことをどう思っている」

「心の底から愛おしく思っております。今も旦那さまのもとに駆けつけたい一心でございます」

牧兵衛はお崎の目をじっと見た。真摯さが感じられた。この女は嘘をついておらぬ、と牧兵衛は判断した。

「和泉屋とは、もう五年になるそうだな」

「さようにございます」

お崎がどこか誇らしげに胸を張った。

「旦那さまは、契約をずっと更新してくださっています。まことにありがたく、感謝してもしきれません」

「五年のあいだ、おぬしはこの家に住み続けているのだな。居心地はどうだ」

「最高でございます」

迷いのない口調でお崎がいった。

「ですから、この暮らしを手放すような愚かな真似を、私がするわけがないのでございます。できるなら旦那さまのお子を生み、ここに一生、住み続けたいと願っております」

確かにこれだけ恵まれた境遇など、そうそう得られるものではない。妾は娘たちの人気の職業らしいが、その中でも最上のものといってよい。手に入れられるのは、よほど運がよい者に限られる。

旦那さまは、とお崎が口を開いた。

「味噌汁がおいしい、漬物がうまい、ご飯の炊き方が上手だと、よく褒めてくださいます。それだけで私は幸せを感じます。旦那さまがお店へお帰りになるたびに、私は悲しくて寂しくて……」

和泉屋に戻っていく和兵衛を見送るたび、涙を流しているのかもしれない。

このお崎という女は、と牧兵衛は思った。和兵衛に惚れきっている。

お崎を見つめて牧兵衛は問うた。

「和泉屋とは、どのような縁で知り合った。口入屋か」

「さようにございます。ご存じかもしれませんが、私は出戻りでございまして、手に職もありません。妾で食べていくしかないと思い定め、近所の口入屋に、よい人を紹介してくれるよう頼みました」

「それで和兵衛に出会い、気に入られたというわけか。おぬしの実家はどこだ」

「市谷(いちがや)でございます。父母は、とある御家人のお屋敷で下働きをしております」

「今も健在なのだな」

「だいぶ年老いてはまいりましたが……」

「つつがなく暮らしているのか」

「はい、私も仕送りをしておりますので」

ところで、と牧兵衛はいった。

「一度は他家に縁づいたおぬしが、なにゆえ出戻ることになった」

踏み込みすぎだろうか、と牧兵衛は思ったが、お崎はすんなりと答えた。

「私は十六のときに、主家のお屋敷に出入りしていた大工に嫁いだのでございますが、亭主は酒に酔うとひどい乱暴をはたらく人でございました。普段はおとなしいのに、酒を飲みはじめるや私を罵り、殴ったり、蹴ったりしたのでございます」

それを聞いて牧兵衛は眉をひそめた。

「そのような者がやはりいるのだな。懲らしめてやりたくなる」

「もしその頃、見矢木さまを存じ上げていたら、訴え出ていたでありましょう」

少し悔しそうな顔で、お崎が言葉を続ける。

「亭主は酔い潰れて眠り込み、そのあとで目を覚ますと、土下座して私に謝り、もう二度と酒は飲まないと誓うのでございますが……」

「結局は同じことが繰り返されたのだな」

はい、とお崎がこくりとする。

「亭主の乱暴に耐えきれなくなった私が仲人をしてくださったお方に相談したところ、かなり揉めたのでございますが、最後は離縁という運びになりました。去り状もいただきました」

去り状は離縁状ともいうが、それさえあれば、女は再婚することができる。

「亭主運が悪かったのだな」

同情の思いを込めて牧兵衛はいった。

「でもその分、今は幸せでございます」

帳尻は合ったということか、と牧兵衛は思った。

「離縁してよかったと、心から思います。あのとき思い切って仲人の方に相談してよかった。そうしていなければ、旦那さまに出会うどころか、私は殺されていたかもしれません」

「それほど元亭主の乱暴がひどかったのだな」

はい、とお崎がうなずいた。

「ですから、旦那さまのことはこの世で一番大事に想っております。旦那さまが快復されるのでしたら、どのようなことでもいたします。力惜しみはいたしません」

決意を感じさせる表情で、お崎が言い切った。その顔を見て牧兵衛は、切り上げどきだな、と思った。

長年、悪人と対峙してきた牧兵衛は、悪事に手を染めている者は悪意の衣をまとっていると感じることがある。振り返ったときやうなずいたときなど、ふとした仕草に衣から黒い煙が立ち上るような気がするのだ。

もちろんすべての悪人に対して、そう感じるわけではない。だが、少なくとも、お崎は悪意の衣をまとっていないように思えた。

――むしろ、善良さの塊のような女にしか見えぬ。

悪気をまったく持たない女など、そうそう巡り会えるものではない。性格がよいと思える女でも、どこかに意地悪なところがあったりするものだ。

だが、お崎からは邪悪な心など、一切感じ取れない。この一事をことのほか気に入り、和兵衛はお崎を大事にしているのではあるまいか。

「よし、これで終わりだ」

「お帰りでございますか」

宣して牧兵衛は腰を上げた。

そうだ、と牧兵衛は首肯した。

「話は済んだゆえ」

「私の疑いは晴れたのでございますか」

「もとより疑ってはおらぬ。高江もおぬしのことを信用できる者だといっていた」

「お内儀さまが……」

「俺はただ、町方同心としての手順を踏んだに過ぎぬ」

腰高障子を開けて部屋を出た牧兵衛は廊下を歩いて土間に降り、雪駄を履いた。

「では、これで失礼する」

見送りに来たお崎に軽く頭を下げ、牧兵衛は戸を閉めた。

「善三、番所に戻るぞ」

松の木のそばに所在なげに立っていた善三に声をかける。

「わかりました」

あたりの静けさに遠慮したような声で返事をし、善三が提灯に火を入れた。その明かりは牧兵衛の足元に明るさをもたらした。

「まいりましょう」

善三が前に立ち、枝折戸を開けた。道に出て牧兵衛の先導をはじめる。

「旦那、お崎さんの手応えはいかがでしたか」

「下手人ではない」

「やはりそうでしたか」

「やはり、とは。善三はお崎が下手人でないとわかっていたのか」

「和泉屋さんのお妾ということは、選び抜かれたお人ということでございましょう。そういう人はやはり犯罪に荷担するようなことはないのではないかと、考えておりました」

「家族を脅されたら、どうかわからぬぞ」

「ああ、さようにございますね」

「だが、家族はつつがなく暮らしているようだ。お崎は仕送りをしているともいっていた」

「それはうらやましいですねえ。あっしも仕送りしてくれるような娘がほしいですよ」

「その前に女房を見つけなければな」

まったくで、と善三が合いの手を入れた。

「旦那、今日はもうどこにもいらっしゃらないんですね」

「今宵はこのくらいにして、明日にするほうがよかろう」

それがよろしゅうございましょうね、と善三が相槌を打った。

「五つはとっくに過ぎていますから。四つまでは、まだ間があると存じますが……」

「もうそんなになるのか」

ときがたつ早さに牧兵衛は驚くしかない。

「善三、さぞ腹が空いたであろう。夜鳴き蕎麦(そば)でも食べてから、帰るとするか」

「旦那、まことでございますかい」

振り返った善三が破顔する。善三は蕎麦切りが大好物で、牧兵衛がまずいと感じた蕎麦切りでも喜んで食べる。

――俺も和泉屋を見習って、善三や他の者を大事にせねばならぬ。生きる上で、とても大切なことだからな……。

いずれ我が身に跳ね返ってくることでもあるのだ。情けは人のためならず、と『太平記』もいっているではないか。

夜鳴き蕎麦の客寄せの声や笛の音がせぬか、と牧兵衛は耳を澄ませた。

今のところなにも聞こえてこないが、夜鳴き蕎麦の屋台など珍しくはない。すぐに見つかるだろう、と牧兵衛は楽観している。

六

文机に置いた書物を、和助が必死に読んでいる。その姿に仁平は健気さを覚えた。

手をこまねいて容体を見ているだけでは、和兵衛はよくならない。なにか手を打たなければ、死んでしまう。また書物に頼るしかあるまい、と仁平は意を決し、高江の許しを得て和泉屋からいったん家に戻ることにした。

その際、貫慮を連れ、牧兵衛を案内していたお芳はあとから呼ぶつもりでいたが、手前も行ってはいけませんか、と和助が申し出てきたのだ。

書物が読めるか、と仁平がきいたところ、読めます、と和助が自信ありげにいい切った。和助は神童といってよい。読めるというのなら、本当に読めるのだろう。

高江も行ってもよいと認めてくれ、ならば一緒にまいろう、と仁平は和助も家に連れてきたのである。

書庫にずらりと並ぶ書物を綿密に調べたのち、仁平は貫慮、和助にそれぞれ数冊の書物を与え、卒中と同様の症状を呈する毒や薬種の記述を見つけ出すよう命じた。

仁平自身、一冊の書物を懸命に読んでいる最中である。

二十日前に同じように目を通した書物には、今回の卒中のような症状を呈する毒や薬種に関する記載は一切なかったから、いま仁平たちが読んでいるのは、すべて未読のものだ。

仁平たちはときがたつのも忘れ、眼前の書物を徹底して読み進めていった。その最中、お芳がやってきて、和助の隣に端座した。

「先生」

四人で書物を読み出して、どれくらいのときが経過したか、仁平の隣に座る貫慮が不意に声を上げた。

「見つかったか」

はい、と興奮した顔の貫慮がうなずく。

「どれ、見せてくれ」

貫慮が『毒属妙草（どくぞくみょうそう）』という書物を横に滑らせてくる。仁平は、貫慮の指が当てられている箇所に目をやった。

「卿琳草（きょうりんそう）……」

これも仁平が初めて目にする薬種である。『毒属妙草』を手に取り、仁平は卿琳草の記述を読みはじめた。

『毒属妙草』によると、卿琳草の毒を体に入れた者は、およそ半日から一日後、卒中によく似た前兆を見せて意識を失い、いびきをかいて昏睡するという。

――まさに和兵衛どのの症状ではないか。

一筋の光明を見た思いだ。仁平はさらに卿琳草の解説を読み進めた。

卿琳草の毒はかなり強く、少量でも誤って口にした場合、昏睡をはじめてほぼ一日で死に至るとのことだ。

――たった一日だと。

ときがあまりにない。和兵衛は今日の七つ頃に倒れたのだ。

「今は何刻だろうか」

叫びたいのを抑え、仁平は冷静にいった。

「じき深夜の九つになるのではないかと思います」

平静な声音で貫慮が答えた。

「もうそんなになるのか」

和兵衛が絶命するまで八刻ほどしかない。

「先生、その書物には解毒の手立ては載っておりますか」

息急くようにお芳がきいてきた。

「ちょっと待ってくれ」

仁平は、『毒属妙草』の卿琳草の記述をさらに読んだ。

むっ、と声が出、自分でも目が険しくなったのがわかった。

「先生、どうなさいました」

お芳にいわれて、仁平は面を上げた。

「卿琳草に解毒の薬はないそうだ。ここにはっきりと記してある」

「ええっ」

お芳が絶望の声を発する。和助と貫慮は呆然としている。

仁平も、望みが失せたと感じた。

――このことを知っていたからこそ、和兵衛どのを狙った者は卿琳草を用いたのか……。

やられたな、と仁平は肩を落とした。無力感が全身を包み込む。

――くそう、俺の負けか……。

しばらくうなだれていたが、お芳と和助がこちらをじっと見ていることに気づいた。二人は仁平を、まだ頼りにしているのだ。

力になれずに済まぬ、と仁平は謝ろうとしたが、喉が干からびたようになっており、声が出なかった。

仁平、と不意に誰かに呼ばれた気がした。

――ここで屈してよいのか。

今のは、と仁平は顔を上げた。若殿ではないだろうか。

――若殿がそばにいらっしゃるのか。

きっと今も見守っていてくれるのだ。そう思うと、仁平は力が湧くのを感じた。

──このままでは、若殿の死が無駄になってしまう。二年前と同じことを繰り返して、よいのか。

「よいはずがない」

いきなり大声を出した仁平を見て、お芳と和助、貫慮が驚きの目を向けてくる。両頬をぱしんと叩いて、仁平は自らに気合を入れた。

──若殿のおっしゃる通りだ。この程度のことで屈するなど、あってはならぬ。めきめきと音を立てるように闘争心が頭をもたげてきた。それにここで負けたら、前回、和兵衛を救ったことが無駄になってしまう。

──和兵衛どのは強運の持ち主だ。救う手立ては必ずある。ないわけがない。

その手立てを見つけ出すにはどうすればよいか、と仁平は頭を絞った。そうだ、とひらめくものがあった。

仁平は『毒属妙草』の最後の頁を見て、この書物がいつ出版されたのか、当たってみた。今から百四十年ほど前に刊行されたことが知れた。

そんなに前なら、と仁平は思った。そのあとこの世に出た書物に、卿琳草の解毒の手立てが載っているのではないか。医術は常に進歩していくものだからだ。

『毒属妙草』を閉じ、仁平はお芳、貫慮、和助の三人に強い眼差しを注いだ。

「よいか、卿琳草の毒を消す手立ては必ずある。ないはずがない。この書庫にある書物に、必ず載っているはずだ。これからは、卿琳草のことに的を絞って読んでいってくれ」

「承知いたしました」

三人が声を揃えた。仁平は一冊の書物を手元に引き寄せ、目を落とした。お芳たちがそれに倣う。

ふと和助のことが気になり、仁平は向かいに座る小さな影に目を当てた。眠くはないか、と声をかけようとしたが、やめておいた。

和助の顔には眠気など微塵も浮かんでいなかったからだ。和兵衛を救いたい一心で、書物を読んでいる。それだけ集中しているのだ。邪魔しないほうがよい。

心中でうなずいて、仁平は改めて書物を読みはじめた。

それからどれだけときがたったか、ありました、と和助が声を上げた。

「まことか」

勢いよく仁平はたずねた。

「はい、ここに」

それまで読んでいた書物を仁平に渡し、和助が記述のあるところを指さす。

書物を持ち直し、仁平はその箇所を読んでみた。確かに卿琳草に関することが書かれ、その毒には仙龍渓が効くと記されていた。

「仙龍渓か……」

つぶやいた仁平は、裏返して書物の題名を見た。『救草能毒薬袋』とある。

いつ出版されたのか調べてみると、『毒属妙草』の百年後に出た書物であることがわかった。

――百年もたてば、卿琳草の毒を除く手立てを見つけ出す人がいても不思議はない。

解毒法を発見した人に、仁平は感謝するばかりである。なんという人物なのか、と思い、著者を見た。神薙十吾と記されていた。

――今もご存命だろうか。

『救草能毒薬袋』は、今から四十年前の書物である。今も神薙十吾が存命の可能性は十分にある。もし生きているのなら、会ってみたい。

横にいる貫慮が『救草能毒薬袋』をのぞき込むようにして見ている。

「確かに、仙龍渓が効くと書かれていますね」

貫慮が納得したような声を出した。

「先生はこの仙龍渓という薬をご存じですか。手前はまったく知らなかったのですが……」

「知っている」

気負うでもなく仁平は答えた。

「手に入りやすい薬種ですか」

「いや、そうでもない」

胸をふくらませ、仁平は大きく息をついた。

「仙龍渓は滅多に目にせぬ薬種だ。和泉屋にすらあるとは思えぬ。江戸の薬種問屋すべてを当たっても、果たして見つけられるかどうか……」

「それでは……」

間に合わないという言葉を、貫慮はのみ込んだようだ。お芳と和助が、そんな、といいたげな顔を並べている。

「でも先生は、なんとかなると思っていらっしゃるのではございませんか」

必死の面持ちでお芳がいった。仁平はお芳に顔を向けた。

「先生はあまり焦っているように、見えませんから」

その通りだ、と仁平はうなずいた。

「俺は仙龍渓がどこにあるか、知っている。おそらく今の江戸で唯一の場所ではないだろうか」

「先生、それはどこですか」

目をみはってお芳がきいてきた。

「沼里家の上屋敷だ」

迷いのない口調で仁平は答えた。

「あの屋敷には、前に俺が長崎から取り寄せたものがまだ残っているはずだ」

「長崎から……」

「二年半前、俺は参勤交代で江戸にいた。殿さまが腹の痛みを訴えられ、駆けつけた俺は腹部を手でゆっくりと探ってみた。どうやら、胃の腑に腫瘍（しゆよう）らしきものがあるのが知れた」

「胃の腑の腫瘍ですか……」

それが一筋縄でいかない病であることを熟知している貫慮が渋い顔をする。

「確かにまことに厄介な病だが、俺は仙龍渓のことを知っていた。阿蘭陀（オランダ）渡りの書物に、胃の腑の腫瘍を溶かし流すようにして取るという仙龍渓のことが記してあったからだ」

「仙龍渓とは、そのような働きをする薬種でございますか……」

貫慮は感嘆の思いを隠せずにいる。うむ、と仁平は顎を引いた。

「この世にはすごい薬があるものだと思い、俺は江戸中の薬種問屋を探してみた。だが、仙龍渓は江戸にはなかった。上屋敷に出入りの薬種問屋にきいたところ、長崎の薬種問屋にあるのが知れた。とんでもなく高価であったし、取り寄せるのに二月もかかるのがわかったが、注文したのだ。実際、二月後に仙龍渓は届いた」

「手に入れるまで二月もかかって、殿さまの病に間に合ったのですか」

威儀を正して貫慮が問うてきた。

「間に合った。実は、俺が仙龍渓を注文したのは、殿さまのお腹を診るより一月ほど前のことだ。仙龍渓のことを知ってすぐ、これは取り寄せておくほうがよい、と判断し、実行に移していたのだ」

「先見の明があったのでございますね」

「なんとなく勘が働いたに過ぎぬ。仙龍渓が届いたとき、殿の腫瘍はかなりの大きさになっていた。おそらくぎりぎりだっただろう」

「では、もし先生が仙龍渓を注文していなかったら、間に合わなかったのですね。すごいお話でございます」

「御典医ならば、もっと早く腫瘍に気づいておらねばならなかった……」

そのときのことが思い出され、腹のあたりに怒りが満ちてくる。

「先生、今から沼里家の上屋敷にいらっしゃるのでございますか」

真剣な面持ちをお芳が向けてくる。

「いや、今からというのは無理だ。行ったところで、中に入れてはもらえまい」

「ああ、今は真夜中だった……」

目を落としてお芳が落胆する。

「お芳、焦らずともよい。ときはまだある」

はい、とお芳がうなずいた。それにしても、と仁平はいった。

「仙龍渓に、まさか解毒の力があるとは思わなんだ。しかし、胃の腑の腫瘍を溶かして流すという効き目があるのは、毒素を体の外に出す働きが強いからであろう。もっとも、胃の腑の腫瘍だけで、仙龍渓は他の腫瘍にはまるで効き目を表さぬらしい」

「先生がなんという書物で仙龍渓を読まれたのか存じませぬが、やはり先生の知識はすごいとしかいいようがありません」

「読書はとても大切なことだ」

貫慮だけでなくお芳、和助にもよく伝わるように仁平は語りかけた。

「それまで知らなかった知識を得られるからな。それだけでなく知識は人を助けてくれる」

「おっしゃる通りです。手前はもっと読書に励まねばなりませぬ」

きっぱりといって貫慮が、先生、と呼びかけてくる。

「沼里家の上屋敷にある仙龍渓は、二年半前に手に入れられたとのことですが、効き目は失われていないのでしょうか」

「大丈夫だろう。腐るものではないし、二年や三年で効き目が失せるような薬種でもない」

「家中の御典医に、使われてしまったということは」

「それはあり得る。だが、仙龍渓を使いこなせる者がおらぬのではないだろうか。難しい薬種ゆえ」

「難しいとは、どういうことですか」

前のめりになるように貫慮がきいてくる。

「一か八かになるのだ」

「一か八かというのは、量でしょうか」

その通りだ、と仁平はいった。

「仙龍渓は量を少しでも誤ると、毒になるのだ。その逆で、少な過ぎると、まったく効かぬ。しかも効き目があらわれるまで、かなりときがかかる。効かぬように見えるからといって、追加で処方するわけにもいかぬ。それでは、やり過ぎになってしまうかもしれぬゆえ……」

「やり過ぎになれば、患者は仙龍渓の毒で死に至るのでございますね。それはまことに扱いが難しい……」

仙龍渓の難儀さを実感したように貫慮がいった。仁平は深くうなずいた。

「患者の症状をよくよく見極めた上で、与えなければならぬ。とにかく、話は仙龍渓を手に入れてからだ」

眉を曇らせて貫慮が仁平を見る。

「あの、差し出がましいことを申し上げますが、先生はなにかわけがあって、沼里家を飛び出されたのではありませぬか」

「そうだ。それゆえ行きにくいのは確かだ。だが、和兵衛どのを救うためだ。ほかに手はない」

——ためらってなどおれぬ。

明け六つまであとどのくらいあるのか。

「今、何刻かな」

「じき七つになるのではないでしょうか」

明け六つに上屋敷の門前にいるには、ここをいつ出ればよいか。四半刻で着くはずだが、七つ半には出ておくほうがよい。

それまでじっと待たなければならない。仁平は和兵衛の容体を見に和泉屋へ向かうことにした。

第四章

一

和泉屋に戻って和兵衛の容体を診たところ、それまでとなんら変わるところはなかった。悪くなっているようにも思えなかった。

だが、それは単に見た目に過ぎない。今日の夕刻七つまでに仙龍渓を飲ませないと、和兵衛は確実に命を失う。

必ず助けるゆえ待っていてくれ、と和兵衛に心で告げて仁平は一人、和泉屋を出た。

初夏だというのに風がひどく冷たい。季節が春先にでも戻ったかのようだ。仁平は歩きながら襟元をかき合わせた。

——寒さなどに負けておれぬ。

提灯を舞い踊らせる風に抗して、仁平は大股で歩んだ。

家から沼里家の上屋敷まで、およそ八町。仁平は、以前お芳が連れていってくれた坂之上という海鮮料理屋の前を通り過ぎた。

あのときは、と思い出す。沼里家中の鈴山三郎兵衛を店内で見かけた。三郎兵衛は江戸留守居役という重職を担っている。

坂之上はかなり高価な料亭ではあるが、料理はさすがに素晴らしく、雰囲気もひじょうによかった。沼里家の上屋敷と三町ほどしか離れておらず、江戸留守居役が他家の留守居役との会合に頻繁に使っていても、なんら不思議はない。

国元の勘定方が江戸留守居役のことを、湯水のように金を使う、と非難し、嫌っているのも当たり前であろう。

高価といえば、仁平が入手した仙龍渓も相当のもので、一袋で二十両もした。

だが、あの薬は主君を死の淵から救った。二十両で殿の命を買ったようなものだ。

それを考えれば、むしろ安い買物だったのではないだろうか。

あの頃はたまにしか会えなかったが、仁平は殿の顔色に不安を覚えていた。胃の腑がお悪いのではないか、と考えていたが、殿には算源という御典医筆頭がついており、若殿の勝太郎担当になっていた仁平は手出しはおろか、助言すらもできなかった。御典医筆頭の座を脅かす者として、算源に忌み嫌われていたからだ。

万が一を案じた仁平は高価なことを承知で、仙龍渓を沼里家出入りの薬種問屋万修屋に注文することに決めた。二十両という大金の支出は勘定方の許可が必要だが、その前にまず上役の決済をもらわなければならなかった。

だが、算源が難癖をつけて仁平の申し出を却下するのは目に見えていた。

そのために仁平は、仲のよかった次席御典医の景完を通じ、算源に仙龍渓購入の裁可をもらうことにした。出世欲がまるでない景完は如才なく世辞をいったり、仕事ぶりを褒めたたえたりして、気難しい算源に気に入られ、うまく付き合っていた。

その目論見は見事に嵌まり、仁平はその二月後に仙龍渓を手にすることができたのだ。

いつしか風がやんでいた。そのことに気づいたとき、仁平は沼里家の上屋敷の間近に迫っていた。どきどきと動悸が激しく打ち、胸が痛いほどになっている。足取りが重かった。

――俺は捕まるかもしれぬな。

無断で出奔した罪で、上屋敷に足を踏み入れた途端、目付に捕縛されるのではないか。

　そうなったときどうするか。

　――死の病に侵された人を救いに行かなければならぬことを、言葉を尽くして説けば、なんとかなるのではないか。しかし、ほかに手段はない。仙龍渓を手に、和泉屋に戻らなければならないのだ。

　歩き進んだ仁平は門前に立った。風さえなければ、寒さは感じない。まだ六つには間があるようで、表門は開いていなかった。

　やがて東の空が白み、明け六つの鐘の音が尾を引くように響いてきた。それを機に、表門が音を立てて開いた。まだあたりは暗かったが、仁平は提灯を吹き消した。

　提灯を手にした二人の門衛らしき侍が外に出てきた。

　門前に立つ仁平に気づき、二人が提灯を掲げてじろりと見る。両者とも、胡乱(うろん)な者を見るような目つきをしていた。

　右側の門衛が、あっ、と驚きの声を発して、その場でかたまった。信じられぬ、といいたげに目を大きく開いている。

「御典医……」

ようやく声を絞り出した。仁平は左側の若い門衛に見覚えはなかったが、右側の歳のいった者は国八(くにはち)といい、顔馴染みといってよい。

五年ほど前のこと、出先から帰ってきた国八が左足を引きずっていることに仁平は気づいた。道で転んで膝を打ったらしいのだが、放っておけず、門衛の詰所で手当をしたのだ。それをきっかけに門を出入りする際、話をするようになった。

「その節はありがとうございました」

気持ちが落ち着いたようで、国八が感謝の言葉を述べる。

「その後、足は大丈夫か」

「はい、おかげさまでなんともありませぬ」

もしろくな手当もせずに放っておけば、知らずに左足をかばうようになり、医療所によく顔を見せる吟吉と同様、右足まで痛めることになっていただろう。

「今永先生は、江戸にいらしたのでございますか」

国八にきかれ、仁平は、うむ、と首肯した。

「この二年、江戸で気ままに過ごしていた」

さようでございましたか、と国八が安堵したようにいった。

「ご壮健そうで、なによりでございます」

仁平が沼里家を出奔したことはむろん知っているはずだが、そのことに触れるつもりはないようだ。

「おぬしも元気そうでよかった」

頬に笑みをたたえて仁平はいった。国八が苦笑してみせる。

「年を経てだいぶ弱ってまいりましたが、なんとか生きております」

「顔色はとてもよい。この先も、長く門衛を務められるであろう」

「今永先生からそのようなお言葉を賜り、安心いたしました」

「それと国八、弱ってきたなどと気安く口にしてはならぬ。体がそういうものかと思い込み、病になりやすくなるからな。病は気からというのは、まことのことだ」

「さ、さようにございますか。よくわかりました。できるだけ弱気なことを口にせぬよう、肝に銘じておきます」

隣の若い門衛が、感心したように仁平と国八のやり取りを聞いている。

やや高くなった朝日が向かいの武家屋敷の屋根を乗り越え、国八の顔を明るく照らし出す。気づいたように国八が提灯を消した。背筋を伸ばし、今永先生、と呼びかけてくる。

「本日は、どのような御用でいらしたのでございますか」

「御典医の算源さまに、お目にかかりたい」

「算源先生でございますね。では、今永先生がいらしたと伝えてまいりますので、しばしお待ち願えますか」

一礼して国八がその場を去り、玄関のほうへ走るように向かう。若い門衛はその場に残り、道を行きかう者たちに、油断のない目を当てている。

——算源さまは俺に会うだろうか。まさか追い払うような真似はせぬと思うが……。

さして待つほどもなく国八が戻ってきた。

「お待たせいたしました」

頭を下げて国八が仁平に告げる。

「お目にかかるそうでございます」

最初の関門は抜けたな、と仁平は小さく息をついた。門をくぐり、国八の先導で脇玄関を目指す。

冷気が居座っているような脇玄関に入ると、いきなり、今永、と声がかかった。

十徳（じっとく）を羽織った男が式台に仁王立ちになり、仁平をにらみつけていた。

「これは算源さま」

仁平は足早に近寄り、深く辞儀した。

「今永、きさま、よくものうのうと顔を出せたものよ」

腹を立てた犬のような顔をした算源が大声でいった。

「若殿を死なせ、出奔した男が……」

仁平は、なにもいわなかった。

「なにしに来たのだ。きさまは勝手に出奔した罪で、首を打たれてもおかしくないのだぞ」

「まことにおっしゃる通りです」

仁平はこうべを垂れた。

「まさかまた御典医として雇ってほしいなどと、厚顔なことをいうのではなかろうな」

仁平は顔を上げて算源を見た。

「いえ、そのようなことを申し上げるつもりは、いささかもありませぬ。今日は算源さまにお聞き届けいただきたい儀があり、罷り越しました」

「わしにだと……。どのようなことだ」

語気荒く算源が質す。

「ここで申し上げるより、場所を改めるほうがよろしいかと」

脇玄関の近くには家中の士が何人かおり、朝っぱらからなんだろう、という目で仁平と算源を見ていた。あれは御典医だった今永さまではないか、生きておったのか、とひそひそい合っている声も聞こえてきた。

「よし、ついてまいれ」

仁平は雪駄を脱ぎ、式台に上がった。先に行く算源の背中を見つつ廊下を進む。

「ここでよかろう」

算源が襖を開け放ったのは客座敷の一つで、御典医たちが出入りの薬種問屋の者とよく話をする部屋だ。

算源が座布団を敷いて上座に座り、襖を閉めた仁平は畳にそのまま端座した。

「それで頼みの儀とはなんだ」

体を乗り出して算源がきいてきた。はっ、と仁平はかしこまった。

「仙龍渓を頂戴したく、謹んでお願い申し上げます」

まっすぐ算源を見て仁平は用件を述べた。

「なんと、仙龍渓をよこせというのか」

驚きの顔で算源が仁平を見る。

「今永、なにゆえそのようなことをいうのだ」

低頭し、仁平は理由を語った。

「というわけで、それがしは和泉屋の主人を救わねばなりませぬ」

「きさま、この二年、和泉屋ほどの大店に世話になっておったのか」

そうではありませぬ、と仁平は否定した。

「世話になりはじめたのは、つい最近のことです」

「それまでなにをしておった」

「江戸で気ままに過ごしておりました」

「気ままとは、よい身分よな……」

忌々しそうに算源がつぶやいた。それで、と腹立たしげに仁平にきく。

「仙龍渓があれば、和泉屋のあるじは助かるのか」

「もし助けられるとしたら、仙龍渓こそが唯一の手立てです」

決して死なせはせぬとの覚悟を、仁平は全身にみなぎらせた。

「だからといって、わしがなにゆえきさまに渡さなければならぬ」

「算源さまには貸しがあります」

静かな口調で仁平は話した。

「貸しだと」

　憤然として算源が仁平をねめつける。

「算源さまは二年半前のことをお忘れですか」

「二年半前……。もしや殿のことか」

　さようです、と仁平はうなずいた。

「きさまがわしになにをしたという。借りなど覚えがないぞ」

「殿が名指しくだされたことでそれがしは算源さまに代わり、殿の治療に当たりました。そして、殿に仙龍渓をお飲みいただきました」

「景完がわしに取り寄せるよう頼んできた薬を、なにゆえきさまがしたり顔で使ったのか、妙に思っていたのだ……」

「仙龍渓はそれがしが景完さまにお願いし、長崎から取り寄せてもらえるよう計らったのです」

「あれは、きさまの差金だったか。聞いたこともない薬種を景完がほしがるとは、おかしいとは感じたが……」

「もし算源さまが仙龍渓の効き目をご存じだったら、長崎から届くのを今か今かと心待ちにされていたはずです。しかし、残念ながら仙龍渓のことはおくびにも出されな仙龍渓のことをまったく知らなかったからだ。そのことを認めたくないのか、算源が黙り込んだ。

「のちに殿の近臣から聞きましたが、殿は胃の腑の調子の悪さをずっと訴え続けていらしたそうではありませぬか。それにもかかわらず、腫瘍の存在に気づかず、お命が危うくなるまで手をこまねいていた責任は、御典医筆頭として途轍もなく大きなものだと、それがしは勘考いたします」

「きさま、なにをいう。わしに責任などあるはずがない」

目を怒らせて算源が仁平を見据える。

「ないはずがござらぬ」

算源を見返して仁平は言い放った。もう遠慮することはない、と思った。

「本来なら算源さまはあのとき責任を取って、今の地位を辞されるべきだった。しかしながら、仙龍渓を殿がお飲みになって快復なされたことで、その責めを負うことはなくなった」

「貸しとはそのことか」

気づいたように算源が問うてきた。

「おっしゃる通りです」

しばらく仁平を見つめていたが、算源が、ふう、と疲れたように息を漏らした。

「わかった」

意外にあっさりと算源が認めた。

「渡そう。といいたいところだが、仙龍渓はもうないのだ」

なに、と仁平は思い、腰を浮かせかけた。

「なにゆえ」

「使ってしまったのだ」

「誰が使ったのです」

「このわしだ。むろん独断ではない。殿のお許しをいただいた上で使った」

しかし、算源が仙龍渓を使いこなせるわけがない。

「患者はどうなりました」

気になって仁平はきいた。

「亡くなった」

やはりな、と仁平は胸が痛むのを覚えた。

「誰が亡くなったのです」

「わしの叔父上だ。半年前に叔父上の胃の腑に腫瘍があるのがわかったゆえ、使ってみたのだ。だが、殿のように効き目はあらわれず、叔父上はあっけなく逝ってしまった」

算源は量をまちがえたのだろう。貫慮にもいったが、仙龍渓はとにかく量が難しいのだ。算源の叔父は過分な量の仙龍渓を処方され、命を絶たれてしまったにちがいない。

「仙龍渓はまったく残っておらぬのですか」

「きれいさっぱりない」

しらっとした顔で算源が答えた。

「万修屋に注文してはおりませぬか」

「あのような高価な薬種、そうそう注文できるはずもなかろう」

いくら高価といえども、あれば必ず役に立つ薬種を注文しないとは、御典医として怠慢以外のなにものでもない。殿の病が再発したら、どうするつもりなのか。

――自分では使いこなせぬゆえ、注文しても仕方ないと考えたのではないだろうか。

それとも、と仁平は思った。

──俺に仙龍渓を渡したくないがゆえに、嘘をついているのでは……。

だが算源の右の眉はまったく動かない。嘘をつく際、算源のそれはぴくりと動くのだ。

──本当にすべての仙龍渓を使ってしまったのだな……。

なんということだ、と仁平は落胆した。くそう、と畳を殴りつけそうになる。

──このままでは和兵衛どのを死なせてしまう……。

仙龍渓と同じ働きをする薬種を、探し出さなければならないのか。だが、あと五刻ばかりの猶予しかない。

書物を調べて代替の薬種を見つけ、江戸中の薬種問屋を当たるとしたら、どのくらいのときがかかるのか。

──和兵衛どのは運がよい。きっと五刻以内に見つかろう。

ここに仙龍渓がないのなら、探し出すしか手はないのだ。とにかく、もうこの場にいる必要はなかった。仁平は、これで失礼いたします、と算源に暇を告げた。

「今永、このまま帰れると思うておるのか」

いきなり算源がそんなことをいって、ぱんぱんと手のひらを打ち合わせた。なんの真似だ、と仁平は算源をじっと見た。

どやどやと廊下をやってくる足音が仁平の耳を打った。

くっ、と仁平は奥歯を噛み締めた。

――憂いがうつつのものになったか……。

「失礼する」

廊下から声がかかり、襖がからりと開いた。敷居際に、目つきの鋭い二人の侍が立っていた。仁平に目を留めるや敷居をまたぎ、近づいてくる。

「今永、出奔の罪で引っ立てる。立て」

仁平を見下ろして、一人が冷酷な口調で命じた。その侍を見つめて仁平は、やはり目付が来たか、と思った。

――ただで帰れるはずがないと考えてはいたが……。

逆らうことなく、仁平は立ち上がった。これから、上屋敷の穿鑿部屋に勾留されるのはまちがいない。

しかし、この屋敷に留め置かれては、和兵衛を救えなくなる。この二人を叩きのめし、逃げ出すのはさほど難しくないように感じた。

だが、もしそんな真似をすれば、主家は公儀に訴え出るだろう。仁平はお尋ね者として町方に捕らえられ、今度は人足寄場ではなく、伝馬町の牢屋敷に入れられるはずだ。

——ここで下手なことをすれば、医療所も続けられなくなってしまう……。

両側から目付に腕をがっちりとつかまれて、仁平は客座敷を出た。

——これから俺がしなければならぬことを誠心誠意説き、わかってもらうしかなかろう。

いい気味だというような顔で、こちらを見ている算源の顔が目に入った。

だが仁平には、すでに算源に関心はなかった。狭く小さな世界でうごめくように生きている者としか、見ることができなかった。

二

朝の五つの鐘が聞こえてきた。牧兵衛は善三とともに、三島町に足を踏み入れたところだった。

町奉行所を出たとき、まず浅草福井町三丁目に行って三味線の師匠のお豊に会うことも考えたが、最も疑いが濃い場所に最初に足を運ぶことにしたのである。

牧兵衛は藤別屋の前に立った。つややかな朝日を浴びている建物は、闇にひっそり

沈んでいた昨夜とは異なり、どこか生き生きしているように見えた。人が発している
らしい物音が耳に届く。

「誰かいるようでございますね」

さっそく善三が訪いを入れる。物音が途切れ、響きのよい声が返ってきた。

「青物はいつものように勝手口に運んでくれ」

「八百屋ではない。御用の者だ」

中に向かって善三が声を張り上げる。

「ち、ちょっと待ってください」

あわてたような声がし、心張り棒が外される。軽やかな音を立てて戸が滑ってい
く。

下がる善三と入れちがって牧兵衛は前に出た。五十代半ばと思える男が顔をのぞか
せた。

「本当に八丁堀（はっちょうぼり）の旦那でございますね……」

牧兵衛を認めた男が瞠目し、怯（ひる）んだような顔を見せる。これは町方同心と相対した
とき誰もが見せる反応でしかない。

「あの、なにか……」

おずおずと男がきいてきた。

「和泉屋のことで話を聞きに来た」

「和泉屋さんなら存じ上げておりますが、なにかございましたか」

知っていてしらを切っているのではあるまいな、と牧兵衛は男を見据えた。男が体をかたくした。だが、少しは気持ちが落ち着いたようで、口を開いた。

「八丁堀の旦那がいらした以上、なにかあったに決まっておりますね。——ああ、ここではなんですから、お入りになってください」

男が牧兵衛をいざなう。善三に外で待っているようにいい、牧兵衛は四畳ほどの広さの三和土に足を踏み入れた。横の壁に沿って、大きな靴箱が備えられている。

「どうぞ、お上がりください」

式台の先に延びる廊下を男が指し示した。

「いや、部屋まで行かずともよい」

断った牧兵衛は式台に座り、隣を指で軽く叩いた。

「おぬしも座れ」

はい、と素直にいって男が草履を脱いで式台に上がり、端座した。

「和泉屋さんは贔屓にしていただいている大事なお客さまでございますが、まことになにかあったのでございますか」

一刻も早く事情を知りたいという顔で男がきいてきた。

「おぬしはこの店のあるじか」

はい、と男がかしこまった。

「孫四郎(まごしろう)と申します。どうか、お見知り置きを」

牧兵衛も名乗り返した。

「やはり見矢木さまでございましたか。よく存じております」

「俺と会ったことがあったか」

「ございません。和泉屋さんから、とても立派なお方だと、たびたびうかがっております。感謝もされているようで……」

「感謝だと」

「『和助の病を治してくださったのは仁平先生だが、うちに仁平先生を連れてきてくださったのは見矢木さまだ』と。だから、見矢木さまには足を向けて寝られないとのことでございます」

悪い気はむろんしない。孫四郎に他言無用を命じてから、牧兵衛はこの店を訪ねてきた理由を語った。

聞き終えた孫四郎が、ええっ、と大きな声を出す。

「和泉屋さんが倒れた。しかも、それが毒を盛られたため……」

孫四郎の驚きぶりに、不自然なところは感じられなかった。

「それで、和泉屋さんは大丈夫なのですか」

案じ顔で孫四郎がきいてくる。

「仁平がつきっきりになっているが、大丈夫とはいえぬ。危篤に陥っている」

「危篤……。一昨夜にいらしたときは、とてもお元気そうだったのに……」

言葉を切った孫四郎が、はっとして牧兵衛を見る。目に険しい光が宿っていた。

「まさか見矢木さまは、手前どもが、和泉屋さんに毒を盛ったと疑っておられるのでは」

「疑ってはおらぬ。毒を飲ませる機会があった者すべてに、話を聞いているに過ぎぬ」

探索の際の常套句を牧兵衛は口にした。

「あの、もし手前どもが毒を飲ませたとするなら、和泉屋さんは店の中で倒れなければ、おかしいのではありませんか」

「毒殺によく用いられる毒なら、そういうことになろう」

その言葉を聞いて、孫四郎が訝しげな顔になる。

「和泉屋さんには、よくある毒が使われたわけではないのですね」

「ありふれた毒ではない。卒中に見せかけることができる毒らしい」

なんと、と孫四郎が仰天する。

「手前の父親は、卒中で亡くなったのです。お医者が駆けつけたときには、もはや手の施しようがなかったのですが、あの症状に見せかけられる毒がこの世にあるなんて、とても信じられません……」

「正直にいえば、俺もだ。だが、仁平がそういっている。まちがいない」

断じて牧兵衛は話題を変えた。

「ところで、おぬしは包丁を扱うのか」

「はい、板前も兼ねておりますので」

「包丁に誇りを抱いているのか」

「もちろんでございます」

胸を張って孫四郎が答えた。

「包丁は、手前の命といってよいものでございます」

「おぬしが包丁を握ってから、どのくらいになる」

「追廻(おいまわし)の頃を含めますと、かれこれ四十年になるものと……」

そんなに長く料理の世界にいる者が、人に毒を盛るような真似をするとは、やはり思えない。

「ここに店を出したのは、いつのことだ」

「十五年前になります」

「なにゆえ薬膳料理屋という業体(ぎょうてい)を選んだ」

「先ほども申し上げましたが、手前の父親と関わりがございます。卒中に襲われて父親は三十半ばであの世に行ってしまいました。酒が大好きで、医者にやめるように強くいわれていたにもかかわらず、耳を傾けようとしませんでした」

「酒は毒水だと、仁平がよく口にしている」

「まさに仁平先生のおっしゃる通りでございましょう」

間髪を容れずに孫四郎が同意する。

「手前は、父親の酒の飲み過ぎが卒中につながったと考え、店を開くなら、人さまの心身の健やかさを保つための料理を出そうと心に決めたのでございます」

「それは素晴らしい考え方だ」

ありがとうございます、と孫四郎が頭を下げる。

「そのような料理がないか調べてみたところ、漢方薬の材となるものを加えてつくり上げる料理が唐土(もろこし)にあると知りました。ただし、いくら体によくても、味がよくなくてはお客さまが離れていってしまうでしょうから、おいしくて体によいものを供せるよう、ずっと努力を重ねてまいりました」

目を輝かせて孫四郎がいった。

「今もその気持ちは変わっておらぬのだな」

「変わっておりません」

真摯な顔を孫四郎が向けてきた。

「その証というわけでもないのですが、うちでは酒を出しておりません」

「ほう、料理屋で酒を出さぬとは、思い切ったことをしたものだ」

「この世には、下戸の方もたくさんいらっしゃいます。酒を飲まずとも済む店ということで、そういう方々に特にご贔屓いただいております。ついでに申し上げれば、店では煙草もご遠慮いただいております」

「それはなにゆえだ」

「煙を体に入れることが体によいとはとても思えませんし、煙草を吸いながら食事をしても、ちっともおいしくないからでございます」

「俺は煙草をのまぬゆえよくわからぬが、そういうものなのか」

はい、と孫四郎が大きく点頭する。

「煙草は口の中がまずくなり、料理の味をわからなくいたします」

ここまで徹底しているものなのか、と牧兵衛は思った。

――それに、父親を卒中で失った男が、卒中の症状を呈する毒を飲ませるとも思えぬ。父親の話が偽りなら、それもあり得るかもしれぬが、調べればすぐにわかるような作り話はするまい。

「孫四郎、他の包丁人にも話を聞きたいのだが、会えるか」

「すでに顔を揃えております。いま呼んでまいります」

いったん姿を消した孫四郎が、四人の男を連れて戻ってきた。三十代とおぼしき者が三人に、四十代の者が一人である。

孫四郎によると、最も歳がいった者が板前で、あとの三人は脇板、煮方、焼方だそうだ。

四人ともきりっとした顔つきをし、瞳がきれいな輝きを帯びていた。ひと目見て、犯罪者の顔ではないな、と牧兵衛は思った。

すぐに話を聞いていったが、四人とも怪しいところはまったくなかった。孫四郎の志に強く共感しているらしく、味がよく体にもよい料理をつくることに、自らの持つ力量のすべてを注いでいるように感じた。

四人とも藤別屋という名店で働いていることが、誇らしくてならないようだ。

これから支度もあるだろうから、と牧兵衛は四人を解き放った。その場に残ったのは孫四郎だけだ。

——ならば、誰が和泉屋に毒を盛ったのだ。まさか仁平の見立てちがいということはあるまい。仁平が毒というからには毒なのだ。

料理に毒を入れる機会を持つ者は、包丁人以外に誰がいるのか。追廻や洗い方の者にも機会はあるのではないか。

しかし、この店の下っ端の者たちも、孫四郎や板前の薫陶を受けているだろう。どう考えても毒など盛りそうもない。

——逆をいえば、薫陶を受けておらぬ者なら、毒を盛っても不思議はないか……。

「ここ最近、調理場に入ってきた者はいるか」

「最近はおりません。最後に入った者は、もう六年になるのではないかと……」

「調理場に身元の怪しい者はおらぬのだな」

「おりません。そのあたりはきっちりと調べてから、雇っております。すべて信用の置ける者ばかりでございます」

「調理場以外の者を雇うとき、例えば配膳の者だが、おぬしはじかに会って話をするのか」

「確かな人物なのか、見極めるために会って話はします。しかし採用するかどうか、そのあたりのことは女中頭に任せております」

そういうやり方なら、毒を盛るという目論見を抱いた者が店に入り込むことは十分に考えられる。

配膳の者が人けのない廊下などで椀に毒を仕込むのは、さほど難しいことではないだろう。しかも配膳の女中は、武家奉公の中間のように渡りの者が多いはずだ。

「一昨夜は誰が和泉屋に配膳した」

牧兵衛は孫四郎に新たな質問をぶつけた。

「配膳でございますか……」

眉根を寄せ、孫四郎が詰まった。

「申し訳ございません。手前はそこまで存じません」

そうであろうな、と牧兵衛は思った。誰がどこの部屋に食膳を届けているか、あるじが把握しているはずがない。

「誰ならわかる」

「女中頭なら」

「会えるか」

きかれて孫四郎が当惑の顔になった。

「申し訳ないのでございますが、まだ来ておりません」

「いつ来る」

「普段ならもう来ているのでございますが、今日は実家に用事があるとのことでございまして……」

「休みではないのだな」

「昼の八つには来るものと……」

「女中頭は、この近所に住んでいるのか」

「二町ほど離れた長屋で暮らしております」

「実家に用事があるということは、その長屋は留守にしているのであろうな」

はい、と孫四郎がうなずいた。

「今は出かけておりましょう」

そうか、と牧兵衛はいった。

「八つにならなければ会えぬか……」

まだ四つにもなっていない。八つまで二刻半以上あるのではないか。

「ほかの女中はどうだ。配膳について詳しい者がおらぬか」

「それが、女中たちはだいたい八つに来るようになっておりまして、まだ一人も来ておりません」

わかった、と牧兵衛はいった。

「八つにまた来るとしよう」

「申し訳ございません」

済まなそうに孫四郎が腰を折った。

「なに、気にせずともよい」

自ら戸を開けて牧兵衛は敷居を越えた。

「忙しいところ、ときを取らせて済まなかったな」

外に出てきた孫四郎に牧兵衛はいった。

「いえ、とんでもないことでございます。こちらこそお役に立てず……」

「ところで、藤別屋という名は誰がつけた」

「手前でございます。開店が間近に迫っているにもかかわらず、なかなかよい名が見つからずにいたのですが、その頃ちょうど藤の花が終わりかけでして、それでそんな名を思いつきましてございます」

「藤に別れを告げるという意か。うむ、きれいな名だ」

ではな、といって牧兵衛が孫四郎に背を向けると、少し間を置いて戸がするすると滑っていく音がした。

「待たせたな」

店の横にある天水桶のそばにいた善三に、牧兵衛は声をかけた。

「いえ、大して待ってなどおりません」

近づいてきた善三が牧兵衛にきいてきた。

「旦那、なにかわかりましたか」

「この店のあるじや板前などは、こたびの一件に関わっておらぬのがわかった。あとは女中頭に話をきかねばならぬ。ただし、女中頭は八つにならなければ来ぬ」

「では、またその頃に来ればよろしいんですね。でしたら旦那、次は三味線の師匠のお豊さんのところへまいりますかい」

「さっそく行くぞ」

気合を込めて牧兵衛が手をさっと振ったとき、かたわらの路地から一人の男が出てきた。おや、と牧兵衛はその男に目を留めた。

「幡造(ばんぞう)ではないか」

幡造と呼ばれた男が、あっ、と声を上げて立ち止まり、牧兵衛に挨拶する。

「これは見矢木さま。こんなところでお目にかかるとは……」

幡造は、牧兵衛の縄張内にある八百屋鶴見屋(つるみや)の番頭である。質のよい野菜を扱っている店で、料理屋からの信頼が厚い。たまに牧兵衛も、屋敷に野菜を届けてもらうことがある。

「藤別屋にも品物を納めていたのか」

「さようで。もうずいぶん長くお付き合いをさせていただいております」

それなら藤別屋の内々の事情に詳しいかもしれぬな、と牧兵衛は思った。

「忙しいところを済まぬが、幡造、ちと話を聞かせてもらってよいか」

「お話でございますか。はい、なんでございましょう」

こっちに来てくれ、と手招き、牧兵衛は幡造が出てきた路地に入った。この路地は藤別屋の裏口に通じているようだが、今は人影がなかった。

路地の半ばで足を止め、牧兵衛は幡造に話しかけた。

「俺は和泉屋のことで藤別屋に話を聞きに来たのだ。幡造は和泉屋のことは知っているな」

「存じております。薬種問屋の大店でございますから」

「あるじの和兵衛が藤別屋で食事をした翌日、倒れた」

「えっ、和泉屋さんが。病でございますか」

「卒中の症状を呈していてな、腕利きの医者が治療に当たっている」

「さようでございますか。しかし、また卒中とは……」

いかにも不思議そうに幡造がいった。

「今、また、といったか。それはどういう意味だ」

聞き逃さず、牧兵衛は食いついた。

「これまで藤別屋で同じことがあったように聞こえたが」

「実は、あったのでございます」

「話してくれ」

はい、といって幡造が唇をなめた。

「藤別屋さんで食事をした翌日に卒中で倒れた馴染み客は、和泉屋さんで三人目ではないかと思うのです。もしかすると、ほかにもいらっしゃるかもしれませんが……」

「その二人が倒れたのは最近か」

ちがいます、と幡造が否定した。

「最初のお方が倒れたのは、もう八、九年前のことではないでしょうか。二人目は四年前のことだったように記憶しております」

「ほう、そうか」

牧兵衛は小さく首をひねった。

「その二人について、あるじの孫四郎はなにもいっておらなんだが……」

「藤別屋のご主人は、おそらく二人の馴染み客が倒れたことをご存じないのでしょう。なにしろ藤別屋さんには大勢の馴染み客がおりますし、お店で倒れたのならともかく、お二人とも家で倒れたそうでございますから。それに、卒中にやられる方は多うございます。江戸では珍しいことではありませんので……」

確かにその通りかもしれぬ、と牧兵衛は思った。

「その二人は死んだのか」

「倒れた翌日に亡くなったと聞いております」

そうか、と牧兵衛はつぶやいた。となると、和泉屋は今日、危ういことになる。

――仁平、頼むぞ。和泉屋をなんとか救ってくれ。

「しかし、幡造はその二人のことをよく覚えていたな」

「お二人とも、うちの取引先のご主人でございましたので。今も野菜を入れさせていただいておりますが……」

そういう縁で覚えていたのか、と牧兵衛は思った。

「その二軒は何者だ」

「多賀野屋さんと横野屋さんでございます」

両方とも大店で、大勢の奉公人を抱えている。食事に使う野菜は、かなりの量に上るだろう。

「二軒とも繁盛している店だな」

「今も以前と変わらず盛っております。いえ、先代がご健在の頃より繁盛ぶりは今のほうが上かもしれません」

和兵衛の前に、大店の馴染み客が二人、卒中で死んだ。これは偶然なのか、と牧兵衛は考えた。だが、この世に偶然などあり得ない。すべては必然だ。

――その二人も和泉屋同様、藤別屋で卒中の症状を呈する毒を盛られたのであろう。

「二軒とも、先代の主人が死んだのだな」

さようにございます、と幡造が肯定した。

しかも、と牧兵衛は気づいた。下手人は決して怪しまれないようにするために、四年から五年という間を空けて、大店の主人に毒を盛っている。

藤別屋の馴染み客で、大店のあるじはいくらでもいるだろう。その中で、なにゆえ多賀野屋と横野屋が狙われたのか。

それ相応の理由があったはずだ。おそらく和兵衛にも当て嵌まるものではないか。

――それを探り出せれば、きっと下手人に近づけよう。

幡造に礼をいい、牧兵衛は神田佐久間町二丁目にある多賀野屋にまず向かった。

三

ひんやりとした廊下を歩いていくと、穿鑿部屋の前で、一人の侍が待っていた。

――目付頭の荒浪どのではないか。

荒浪どのが調べに当たるのか、と仁平は思った。名を鹿之助といい、常に落ち着いており、物事に動じないという評判がある。

「入れ」

いかにも頑丈そうな板戸を開けて、鹿之助が仁平に命じた。

背中を押されるようにして、仁平は穿鑿部屋に入った。そこは、すべて板張りの六畳間になっていた。

四方は、厚みを感じさせる板壁で固められている。天井は高く、跳び上がっても手が届きそうにない。

鹿之助が仁平のあとに続き、板戸を閉める。仁平をここまで連れてきた二人の目付は、廊下に控えたようだ。

「座れ」

冷徹な口調で鹿之助がいった。むろん、罪人として扱われている以上、座布団など出るはずもない。

座ると、床板の冷たさがじかに足に伝わってきた。

向かいに鹿之助が座布団を敷いて座った。瞬きのない目で、仁平を凝視してくる。

早く和泉屋に戻らなければならない。気は急いているが、周りの物音はよく聞こえている。どういうわけなのか、屋敷内が、かなり騒がしくなっているのがわかった。

鹿之助も、なにかあったのか、という顔をしていたが、すぐに仁平に目を戻した。

「今永、よく戻ってきたものだ」

凄みを感じさせる声で鹿之助がいった。

「会うのは二年ぶりだな」

「さようにございます」

そのとき、隣の間に人が入ったらしい物音が耳に届いた。誰なのか定かではないが、穿鑿部屋でのやり取りを聞きに来たのではないだろうか。

——算源さまではないか。

先ほどの、いい気味だといいたげに仁平を見ていた顔が思い出される。

「今永、これまでなにをしていた」

腕組みをして鹿之助がきいてきた。それには答えず、荒浪さま、と仁平は呼びかけた。焦りの汗が背中を濡らしている。

「それがしには、やらなければならぬことがございます」

「ほう、それはなんだ」

興味もなさそうに鹿之助がきいてきた。仁平は力説した。

ふむ、と鹿之助が馬鹿にしたように鼻を鳴らした。

「おぬしは、これから和泉屋という大店のあるじ和兵衛を救わねばならぬのか。若殿を死なせて逃げ出したおぬしが、そのような大役を担っておるとは、笑止以外のなにものでもない」

「それがしが戻らぬと、和兵衛どのは死んでしまいます」

「だが、算源さまは仙龍渓とやらを、持っていらっしゃらなかったのであろう。ならば、今さら和泉屋に戻っても、しようがないではないか」

「江戸中の薬種問屋を当たり、仙龍渓を探し出すつもりでおります」

「だが和泉屋には、七つまでに仙龍渓を煎じて飲ませなければならぬはずだ。今から探したところで、それほど貴重で稀な薬種が刻限までに見つかるわけがなかろう」

「必ず探し出します」

　鹿之助が、ははっ、と小さく笑った。

「おぬしの和泉屋を救いたいという気持ちはわからぬでもない。だがおぬしは罪人ゆえ、この屋敷を出ていくことは許されぬ」

「どうか、お願いいたします。この通りでございます」

　両手を床につき、仁平は深々と低頭した。

「どんなに懇願したところで無駄だ。罪を償わず罪人が解き放たれることはない」

　顔を上げ、仁平は鹿之助を見つめた。

「和兵衛どのの病を治したら、またこちらに戻ってまいります。そのときに、ご存分に仕置されてくださいませ。今はどうか、解き放ちをお願いいたします」

仁平は再び両手を床に揃えた。

「そのようなたわ言、信じられるものか」

憎々しげにいって、鹿之助がにらみつけてくる。

「首尾よく和泉屋を治したとしても、おぬしがこの屋敷に戻ってくるはずがない。そのような者であるなら、若殿を死なせて主家から逃げるような真似をするはずがない。卑怯者は、いつまでたっても卑怯者だ」

仁平には返す言葉がなかった。どうすれば外に出してもらえるのか。必死に知恵を絞ったが、答えは出そうになかった。

——もはや手は一つか。

鹿之助に襲いかかり、一瞬で倒す。

もしそんなことをすれば、お尋ね者になるが、今はもう仕方がない。仙龍渓を探し出して和兵衛を助けたのち、この屋敷に出頭すればよい。それしか手は残されていない。

——出頭すれば、この屋敷内で打首になるかもしれぬが、和兵衛どのを救えるのなら、それでよい。

悲壮な決意を仁平はかためた。丹田に力を込め、大きな呼吸を一つした。

――よし、やるぞ。

鹿之助に飛びかかろうとしたとき、廊下から畏れ入ったような声がし、次いで重い音を立てて板戸が開いた。

敷居際に立つ男を見て、あっ、と仁平は声を上げた。

「と、殿」

いきなり姿をあらわしたのは、沼里家のあるじ信濃守真幸である。こんなときだが、主君の顔色がよいことに仁平は安堵した。

「殿っ」

鹿之助にとっても真幸の出現は思いがけないものだったらしい。うろたえつつ平伏した。

――隣の間にいらしたのは、殿であったか。

政務で表御殿にいても、穿鑿部屋のほうまで真幸が来ることは滅多にない。急なお出ましに、屋敷内が騒がしくなったのは当然であろう。

敷居をまたぎ、真幸が仁平の前に、どかりと腰を下ろした。

「殿、これを」

敷いていた座布団を、鹿之助があわてて差し出してくる。いらぬ、といって真幸があぐらをかいた。

「今永、久しいな」

真幸が仁平に柔和に語りかけてくる。仁平を見る目が優しかった。

「はっ、ま、まことに……」

どぎまぎしながら仁平は答えた。

「そなたが来たと近臣から聞いて、ここまで足を運ばせてもらった」

「畏れ入ります」

仁平は恐縮するしかなかった。

「今永、この二年、ずっと江戸におったのか」

真幸にきかれ、仁平はひれ伏した。

「さようにございます」

「できることなら、もっと早く顔を見せてほしかった」

予期せぬ言葉だった。面を上げ、仁平は真幸を見た。

「余はそなたのことを案じていたのだ」

「えっ、それがしのことを……」

てっきりうらまれていると思っていた。

「そなたは命の恩人だからな」

なんと、と仁平は驚きを隠せない。

「ありがたきお言葉にございます。しかしそれがしは若殿を死なせ、御家を捨てて逃げた者でございます」

ふっ、と真幸が苦笑を漏らした。

「そなたは責任を強く感じすぎるのだ」

手を伸ばし、真幸が仁平の肩にそっと置いた。温かみがじんわりと伝わってくる。もったいない、と思ったが、仁平はされるがままでいた。

「そなたがどれだけ必死に勝太郎の治療に当たってくれたか、余は知っておる。あれだけ手を尽くしたにもかかわらず、勝太郎はあの世に行ってしまった。端から助かる命ではなかったのだ。そなたは一睡もせず、勝太郎を助けようと懸命に治療に当たってくれた。あの姿は忘れられるものではない」

仁平はこうべを垂れ、目を閉じた。まぶたの堰を破って涙が出てきた。

「今永」

思いやりを感じさせる声が耳に入り込み、仁平は目を開けた。肩に手を置いたまま真幸がじっと見ていた。

「和泉屋に戻るがよい」

横で鹿之助が、えっ、という顔になる。真幸が鹿之助に目を向けた。

「鹿之助も構わぬな」

迫力のある声でいわれ、はっ、と鹿之助が威儀を正した。

「もちろんでございます」

「今永、目付頭の許しも得た。堂々と出ていくがよい」

「殿、まことに構わぬのでございますか」

「当然だ」

「ありがたきお言葉……」

仁平の目から涙が滴り落ち、床を濡らした。

「今永、さっさと立つのだ。ぐずぐずしている暇はなかろう」

わかりましてございます、と答えて仁平は立ち上がった。

「殿、これにて失礼いたします」

涙を拭った仁平は板戸を開けようとした。

「今永、忘れ物だ」

そんなはずはない。ここには身一つで来たのだ。仁平は振り返り、真幸を見た。

真幸が小さな紙袋を差し出している。

「それは……」

「そなたが最もほしい物が入っておる」

なんのことだ、と仁平は訝しんだが、もしや、と思った。

「まさか仙龍渓ではございませぬか」

「まさにその通りだ」

「しかし、なにゆえ殿が仙龍渓をお持ちなのでしょうか」

頭に浮かんだ疑問を仁平は口にした。

「万修屋に注文しておいたのだ。もし病が再発したときに、仙龍渓がなければ余はあの世行きだ」

「殿が、じかに万修屋に注文されたのでございますか」

「むろん近臣を通じてだ。算源は吝嗇なところがあるゆえ、使った仙龍渓を補充せぬことはわかっていた。それで余が手に入れておいたのだ。今永、さあ、受け取れ」

「殿、まことによろしいのですか」

「当たり前だ。仙龍渓を役立てるのは、今しかなかろう。また新たに注文しておくゆえ、なにも案ずることはない」

「では、謹んで頂戴いたします」

頭を下げて仁平は紙袋を手にした。軽かったが、これ以上重みのあるものを、これまでの人生で手にしたことはなかった。

「今永、急げ」

「この御恩は一生、忘れませぬ」

仁平は敷居をまたいだ。はは、と真幸が快活に笑い、仁平の背中に言葉をぶつけてきた。

「その言葉は余のものだ」

感激しつつ仁平は廊下に出た。戸を閉めると、楽しそうに笑う真幸の顔がゆっくりと消えていった。

温かなものが胸に満ちている。必ず和兵衛どのを助けられる、と仁平は確信を抱いた。

四

今は四つを少し過ぎたくらいで、牧兵衛は少し暑さを感じた。しかし、空は雲が多くなっており、やや涼しさを覚えさせる風も吹きはじめていた。

買物をするにはちょうどよい刻限なのか、神田佐久間町二丁目にある多賀野屋には客がしきりに出入りしていた。多賀野屋は油問屋だが、小売りもしているのだ。

善三に外で待っているようにいってから、牧兵衛は暖簾を払った。土間に入ると、濃厚な油のにおいが立ち込めており、むせそうになった。

それに耐えて、大きな油樽がいくつもしつらえられているのを牧兵衛が物珍しそうに見ていると、手代らしい男が寄ってきた。

「お役人、ご苦労さまでございます」

辞儀し、男が物問いたげな眼差しを向けてきた。

「あの、今日はどのような御用でございましょう。油がご入り用でございますか」

そうではない、と牧兵衛はいった。

「俺は見矢木という者だ」

「はい、もちろん存じ上げております。いつもお世話になっております」

「今日はききたいことがあって、来た。八、九年ばかり前に亡くなった先代のことだ」

牧兵衛にいわれて手代が困惑の顔になる。もしかすると、この男がこの店に奉公をはじめたとき、すでに先代はこの世にいなかったかもしれない。

「おぬしは手代か」

「さようにございます。紀乃七と申します」

紀乃七が深く頭を下げてきた。紀乃七、と牧兵衛は呼んだ。

「先代について詳しく知っている者はいるか」

「でしたら、番頭さんがよろしいかと」

「呼んでくれるか」

「承知いたしました。あの、見矢木さま。お上がりくださいませ」

「いや、ここでよい」

やんわりと断り、牧兵衛はここでも式台に腰を下ろした。

「では、呼んでまいります」

式台から店座敷に上がった紀乃七が内暖簾を払い、奥に向かっていく。

少し待たされたが、紀乃七が戻ってきた。後ろに、四十をいくつか過ぎた男がついてきていた。

何度か話をしたことがあり、牧兵衛は名も知っている。この店の筆頭番頭の守吉である。

守吉だけでなく、二人の見知らぬ男も一緒にいた。まだ二十歳前と思える若い男は、多賀野屋のあるじ京之助であろう。

もう一人は三十代半ばと思えるが、歳からして手代だろうか。あるいは、和泉屋の合之助と同じく若き番頭かもしれない。

「見矢木さま、お待たせして、まことに申し訳ありません」

式台に端座した守吉が恐縮したように低頭する。

「いや、よい。おぬしも忙しかろう。急に訪ねてきて、済まなかった」

守吉たちを連れてきた紀乃七が一礼して去っていった。

「見矢木さま、こちらはあるじの京之助と申します」

守吉が、隣に座る若い男をまず紹介した。

「京之助でございます」

あるじが式台に手をつき、こうべを垂れる。うむ、と牧兵衛はうなずいた。

「京之助、立派になったな。最後に会ったのは、もう十年以上も前のことだが、覚えているか」

泣く子も黙るといわれる八丁堀の同心が怖かったのか、当時の京之助は父親の陰に隠れ、小さな声で挨拶してきた。それがずいぶん堂々としてきたものだ。父親に似たのだろう。

「はい、よく覚えております。見矢木さまにおかれましては、ご壮健そうでなによりでございます」

「京之助はいくつになった」

「十八になりましてございます」

「早いものだな」

それで、と守吉が横から割り込むようにいった。

「こちらは番頭の本一郎でございます」

やはり番頭だったか、と牧兵衛は思った。

「本一郎でございます。どうか、お見知り置きを」

太くて低い声で挨拶し、本一郎が深々と頭を下げた。

この若さで多賀野屋の番頭を務めているとは、かなり有能な男なのだろう。高僧のような雰囲気をたたえており、一廉の人物のように見えた。

「見矢木さま、ご先代のことでお話があるとうかがいましたが」

早く仕事に戻りたいらしく、守吉が水を向けてきた。

「その通りだ。先代の健右衛門が亡くなったのはいつだったかな」

「九年前のことになります……。あの、見矢木さま、なにゆえそのようなことをおききになるのでございますか」

「ちとあってな。先代は卒中で亡くなったと聞いたが、まちがいないか」

「まちがいございません」

牧兵衛を見つめて守吉が言い切った。

「藤別屋で食事をした明くる日に倒れ、その翌日に亡くなったとのことだが、それもまちがいないか」

「いわれてみれば、確かにご先代が倒れる前夜、藤別屋で食事をいたしました。取引先との会食で、手前も一緒におりました」

それは都合がよい、と牧兵衛は思った。

「守吉、そのとき、なにか妙なことはなかったか」

「妙なこと……。いえ、なにもなかったと存じますが」

「藤別屋であまり見かけぬ女中が配膳、給仕をしたようなことはなかったか」

「九年前のことなので、ほとんど覚えておりませんが……。ああ、藤別屋さんに入って、まだ二月ほどの女中が給仕をしてくれましたね。その女中が取引先の吸物の椀をこぼし、少し騒ぎになったのを、いま思い出しました」

——その女中が、多賀野屋の膳に毒を仕込んだのではなかろうか。

「守吉は今も藤別屋に行くことがあるのか」

牧兵衛にきかれ、いえ、と守吉がかぶりを振った。

「滅多に行かなくなりました。すぐ近くに、よい料亭ができたもので、今はそちらを贔屓にしております」

「ならば、そのときの女中が今も藤別屋に奉公しているか、わからぬな」

「はい、わかりません。申し訳ございません」

「なに、謝るほどのことではない。守吉、その女中の顔を覚えておらぬか」

戸惑ったような顔で、守吉が少し考える。

「いえ、まったく覚えておりません」

済まなそうに守吉がいった。よほどのことがない限り、九年前に一度会ったきりの女中の顔を覚えていることはないだろう。

牧兵衛は軽く咳払いをし、話題を変えた。

「それで守吉、商売のほうはどうだ」

「おかげさまで、まずまずうまくいっております」

「まずまずとは謙遜だな」

「いえ、そのようなこともないのでございますが……」

「京之助もがんばっているのではないか。幼い頃から利発そうだったゆえ」

笑顔になった守吉が、はにかむような表情を見せた京之助を見やる。

「旦那さまはまだお若いのですが、本一郎から商売のことをよく学んでおられます。手前は将来が楽しみでなりません」

そうか、と牧兵衛は相槌を打った。

「この店の未来は明るいのだな」

「おっしゃる通りでございます」

我が意を得たりとばかりに守吉が大きくうなずいた。

「店はますます繁盛するものと、手前は考えております」

——まずまずから、ますますになったな。

これ以上、きくべきことはなかった。牧兵衛は守吉たちに辞去の意を告げた。守吉たちが挨拶してくる。

その中で牧兵衛の目は、本一郎に引きつけられた。本一郎も丁寧に頭を下げたが、暗い影を貼りつけたような顔をしているように見えたのだ。

昨夜の合之助と同じだ、と牧兵衛は瞠目しかけた。和泉屋のくぐり戸を出た際、合之助はどす黒い顔をしていた。

これは悪人の相なのか。それとも、体調の悪さがあらわれているに過ぎないのか。

わからぬ、と牧兵衛は思いつつ外に出た。

――合之助と本一郎は悪人なのか。

二十日ばかり前に和兵衛が毒を盛られて倒れたのは、合之助が和兵衛の薬棚に車伽等草を入れたからか。合之助なら、誰にも見られずそのくらいのことはしてのけよう。

昨夜は合之助に話を聞いてみるかと軽く考えていたが、そんなことをしたら、用心させるだけだ。

なにもいわずに合之助の動きをそれとなく見張るほうがよいのではないか。そうしよう、と牧兵衛は決意し、外に出た。

「旦那、大丈夫ですかい」

近づいてきた善三が心配そうに声をかけてきた。

「いや、なんでもないが、なにゆえそのようなことをいう」

「ちょっと苦しそうなお顔をしているように見えましたよ」

「ああ、少し油にむせただけだ」

「それならよいのですが……。旦那、なにか手がかりはありましたか」

「九年前、藤別屋には怪しい女中がいた。おそらく、その女中が多賀野屋に毒を盛ったのだろう」

「その女中は今も藤別屋にいますかね」

「いれば、しめたものだ。八つに藤別屋に来たらよいのだが……」

望み薄だろうな、と牧兵衛は思い、次の目的の場所を善三に伝えた。

「わかりました」

元気よく答えた善三の先導で、牧兵衛は横野屋に向かった。

風は冷たくなっており、今にも雨が来そうな雲行きだ。太陽の姿はどこを探しても見当たらない。

横野屋は神田久右衛門町二丁目に店を構えており、美雪香という白粉が看板商品である。

横野屋は大勢の女客で大層な賑わいを見せており、暖簾の休まる暇がなかった。

店内に入った牧兵衛はさっそく式台に腰かけ、筆頭番頭の照之助に来てもらい、話を聞いた。

先代の千兵衛が四年前、藤別屋で食事をした翌日に倒れたのはまちがいなく、藤別屋に奉公して間もない女中が配膳、給仕をしたのも確かなようだ。

「照之助、その女中の顔を覚えておらぬか」

照之助が困ったような表情になる。

「申し訳ないのでございますが、まったく覚えておりません」

なぜ牧兵衛がそんなことをきくのか、照之助は不思議そうだ。

「照之助たちは、今も藤別屋を贔屓にしているのか」

「いえ、ご先代が亡くなり、藤別屋さんに行くことはほとんどなくなりました。跡取りはまだ若すぎるほど若く、薬膳料理には、とんと興を示しませんし……」

怪しい女が四年前も藤別屋にいたということがはっきりした。それだけで収穫だ。

「跡取りの八太郎(はちたろう)は十二歳だったな」

おっ、と照之助が目を丸くする。

「よくご存じで……」

「そのくらい覚えておる」

畏れ入ります、と照之助が低頭した。

「千兵衛が亡くなってからも、商売はことのほかうまくいっているようだな」

「おかげさまで……。相変わらず美雪香の売れ行きがよろしゅうございます」

「まだ十二歳では、八太郎は商売に関わっておらぬか」

「商売について、若い番頭に付いてがんばって学んでおりますが、まだこれからでございます。しかし、ご先代の才能を受け継いでおられるのは、まちがいございません。将来がまことに楽しみでございます」

「ならば、いま店の舵を取っているのはおぬしか」

「手前だけでなく、他の番頭と力を合わせております。特に、最も若い番頭の織之助という者が力を発揮しております」

言葉を切った照之助がすぐに続ける。

「織之助は淑徳香という新たな白髪染めを考えつきました。これがよく売れております」

「それはすごいことだな」

はい、と照之助が首を縦に振った。

「美雪香にはまだ遥かに及びませんが、いずれ肩を並べる日が来るかもしれません。淑徳香にはそれだけの勢いがございます」

「織之助の歳は」

「三十二でございます」

ほう、と牧兵衛は嘆声を漏らした。

「番頭にしてはかなり若いな」

「淑徳香の功により一気に番頭になりました」

「八太郎に商売のことを教えているのも、織之助か」

「さようにございます。織之助は十五年以上前にご先代が連れてきたのですが、まことに優れた男でございます」

「千兵衛はどこから織之助を連れてきた」

牧兵衛にきかれて照之助が首を傾げる。

「ご先代は学校とおっしゃっていましたが、詳しくは手前も存じません。織之助も自身の出自についてあまり話しませんし、こちらも気にしておりませんので……」

——謎の経歴の男か。

「織之助はどのような人柄だ」

「まことに実直な男でございます。八太郎さまも懐いておられますし……。若き二人の力で、店はさらに繁盛するようになりましょう。手前は八太郎さまと織之助のさらなる成長を、心より楽しみにしております」

——和泉屋には合之助、多賀野屋には本一郎、そしてここ横野屋には織之助か。

いずれの店にも、若くて優秀な番頭がいるという共通点がある。

——これは偶然なのか。

偶然であるはずがない。偶然でないとしたら、いったいどういうことなのか。

それに、合之助と本一郎の暗い影も気になる。もしかすると、織之助も同じ影が顔にあらわれるかもしれない。

「織之助に会わせてもらえるか」

牧兵衛は申し出た。はい、と照之助が快諾する。

「ここで見矢木さまにお引き合わせしておくことは、織之助のためになりましょう。いま呼んでまいりますので、お待ちくださいませ」

一礼して照之助が去った。しばらくしてから戻ってきたが、一人だった。照之助が牧兵衛の隣に力なく端座する。

「申し訳ございません」

済まなそうに照之助が謝した。

「得意先に出かけてしまったようで、どこにも姿が見えません」

「それなら仕方あるまい」

——俺を避けたわけではあるまい。

ところで、と牧兵衛はいった。

「織之助は、徳を積んだ僧侶のような佇まいではないか」

よくわかるなというような目で照之助が牧兵衛を見る。

「おっしゃる通りでございます。歳はまだ若いのですが、まるで高僧のような感じの男でございます」

やはりそうなのか、と牧兵衛は思った。合之助や本一郎と同じだ。

「ですので手前は、どこぞの寺が運営している学校の出なのではないかと、にらんでおります」

合之助、本一郎、織之助という三人は、同じ学校の出身なのではないだろうか。

——三人とも、こたびの悪事に絡んでいるのか。

少なくとも、合之助と本一郎はそんな真似をするようには見えない。店にもかなりの貢献をしているようだ。

だが、あるじが毒を盛られた三軒揃って、若く頼りになる番頭がいるというのは、あまりに奇妙だ。

それに、寺といえば、仁平を襲った坊主らしき槍の遣い手のこともある。

そんなことを思いながら牧兵衛は照之助との話を切り上げた。

五

空を覆っていた雲が厚みを増している。風が冷たさを帯びると同時に、ぱらぱらと雨が落ちてきた。

それも一瞬で、あたりが暗くなった途端、稲妻が空を切り裂き、雨が激しくなった。

いきなりすごい降りになったが、仁平に雨宿りするつもりはない。雪駄を脱ぎ、懐にしまう。

仙龍渓の入った紙包みも、懐に大事にしまってある。仮に濡れたところで、薬効に変わりがないことは知っている。

急な雨のせいで大勢の者が行きかっていた道から、あっという間に人影が消えた。多くの者が軒下に身を寄せている。仁平は構わず道を駆けていった。

そのとき、おや、と思った。後ろから誰かが見ている気がしたのだ。

――まさか、また槍の遣い手が襲ってくるのではなかろうな。

足を急がせつつ仁平は振り返った。しかし、強い眼差しを注いでいるような者はどこにもいなかった。

——だが油断はできぬ。

気を引き締めた仁平は走り続け、あと二町ほどで和泉屋というところまで来た。そのとき、眼前に一人の男が立ちふさがった。

やはりあらわれたか、と仁平は足を止め、身構えた。

雨に打たれながらそこに立っていたのは、せがれの幹太郎だった。生きていたか、と仁平は胸をなでおろした。

——先ほどの眼差しも、幹太郎のものだったのだろうか……。

おや、と仁平は瞠目した。幹太郎が脇差だけしか帯びていなかったからだ。刀はどうしたのか。おそらく売ったのであろう。

幹太郎が差していた刀は、元服したとき仁平が贈ったものだ。名刀というほどのものではないが、万が一のときに売れば十両にはなるはずだと、仁平は幹太郎に教えてあった。

差料を売った金で、幹太郎は今日まで食いつないできたのだろう。着物もこの前とはちがい、きれいなものに改まっていた。

強い雨の中、幹太郎がゆっくりと足を踏み出し、近づいてきた。思い詰めた顔をし、目が血走っている。

幹太郎、と呼んで仁平は手を上げた。

「俺を殺しに来たのだろうが、今は待ってくれぬか」

必死の思いで仁平が訴えると、幹太郎が足を止めた。

「なにゆえ」

低い声で質してくる。どういう事情なのか、仁平は真摯に語った。息をのみ、幹太郎が驚きの顔になる。

「和泉屋のあるじが毒を盛られ、危篤に陥っている……」

「俺は和兵衛どのをなんとしても救わねばならぬ。俺しか和兵衛どのを治せる者はおらぬ。薬種も手に入れた。和兵衛どのの治療を終えたら、煮るなり焼くなり、好きにしてよい。だから幹太郎、今は見逃してくれ」

仁平の必死の願いが通じたか、幹太郎が道を空けるように横にどいた。

「かたじけない」

幹太郎を見つめて仁平は礼をいった。幹太郎はなにもいわず、仁平を見ている。

「幹太郎、どこでなにをしているのだ」

これにも答えはなかった。仁平から目をそらすや、幹太郎がいきなり走り出した。

かたわらの路地に入っていく。背中が小さくなり、あっという間に姿が見えなくなった。

——こんな雨の中、いったいどこへ行くつもりだ……。

気になったが、幹太郎を追いかけるわけにはいかない。今は和泉屋へ行かなければならなかった。

顔の滴を手の甲で拭った仁平は、さらに強くなった雨に打たれつつ和泉屋を目指した。

ほんの半町ほど行ったところで、ばしゃばしゃと水たまりを行く足音が、背後から聞こえてきた。ほとんどの者が軒下を借りている中、この激しい雨に打たれて道を行く者がいることが気にかかり、仁平は振り向いた。

泥を跳ね上げて走る影が、目に飛び込んできた。傘を差しており、それなら雨の中を走っていても不思議はない。

——しかし、よく傘を持っていたものだ。

晴れていたのが一転、急に雨が降り出したから誰もが雨具の用意がなく、雨宿りしているのだ。

降りしきる大粒の雨を弾き飛ばさんばかりの勢いで、男が仁平にまっすぐ近づいてくる。傘を傾けているために顔は見えない。着物の裾をからげており、たくましい脛(すね)がのぞいていた。

仁平は横によけた。そばを通り過ぎようとした男が、いきなり傘をたたみ、仁平に叩きつけてきた。

なにっ、と仁平は目をみはってよけたが、素早く傘の石突が突き出された。石突のところから槍のように刃物が突き出ていた。一尺ほどの長さの刃が、仁平の体を貫こうとしている。

傘に見せかけた得物だ。仁平は初めて見た。この男は殺しを生業(なりわい)にしているのではないか。狙った者を闇討ちにするためなら、こんな得物を所持していてもおかしくはない。

面食らったものの、仁平は冷静さを保っていた。ここまで来て、死ぬわけにはいかない。

仁平は穂先をさっとかわし、傘を手繰るようにして刺客に一気に近づいた。右の拳で顔を殴ろうとしたが、引き戻した傘で刺客がそれを受け止めた。がしん、と重い音が立ち、仁平の拳に痛みが走った。どうやら傘の中棒は鉄でできているようだ。

石突から飛び出す仕組みになっている穂先だけでなく、中棒でも相手を強打できるよう、工夫がなされているのだろう。

姿勢を低くし、刺客が再び傘を突き出してきた。穂先が一瞬で胸に迫る。

仁平はそれをよけるや、踏み込んできている相手の脛に蹴りを見舞った。

がつ、と鈍い音がし、刺客が、うっ、とうめいた。それでも、仁平めがけて傘を刀のように打ち下ろしてきた。

目にも留まらぬ振りだったが、仁平は後ろに跳ね跳んでかわした。刺客がそれに付け込んで足を踏み出し、傘を突き出してくる。

仁平はそれを待っていた。刺客の足がはっきり見えており、すかさず蹴りを入れた。

再び仁平の足がまともに刺客の脛に当たった。かなり痛かったはずだが、刺客がさらに傘を突き出してきた。

だが先ほどまでの鋭さは感じられず、仁平はその突きを左手で払いのけた。同時に刺客の脛をさらに蹴った。

脛を蹴られることに嫌気が差したか、刺客が後ろに下がった。だが、踏ん張りが利かなかったか、刺客の足がずるりと滑り、体勢が崩れた。

脛への度重なる攻撃が効いたのだろう。仁平は突っ込んだ。そこに傘が突き出される。刺客の脛が再び目に入り、仁平はまた蹴りを浴びせた。鈍い音が立ち、ほっかむりをしている刺客が顔をしかめたのがわかった。右の膝が水たまりにつきそうになったが、なんとかこらえてみせる。

仁平は刺客に躍りかかった。また脛に蹴りを入れると見せかけて、今度は手刀を刺客の鎖骨にぶつけていった。

がつ、と十分な手応えがあった。うう、とうめいて刺客が、よろめく。

仁平に容赦する気はなかった。さらに拳で刺客のこめかみを、したたか打った。

ぐえっ、と潰された蛙のような声を上げ、刺客が水たまりに頭から突っ込んでいった。ばしゃん、と音を立て、波となった水が地面に流れ出していく。

刺客は気絶している様子だ。芝居かもしれず、慎重に近づいた仁平は刺客から傘を取り上げた。傘にはかなりの重みがあった。

——こやつは、俺が雨の日に外に出るのを待っていたのか……。

いつ雨が降ってもいいように、傘を常に持ち歩いていたのではないだろうか。

仁平は刺客の着物を探った。匕首(あいくち)などは呑んでいなかった。

刺客のほっかむりを取り、顔を見た。歳は三十代半ばか。頬が削げたように薄かった。

仁平は刺客の帯を持ち、ずるずると体を引きずりはじめた。道はぬかるんでおり、いったん勢いがつくと、引きずるのにあまり力はいらなかった。

大勢の者の好奇の目にさらされつつ仁平は刺客の体を引きずり続けた。

和泉屋の前まで来たところで戸を叩く。臆病窓が開き、二つの目がこちらを見た。

「あっ、先生」

叫ぶようにいったのは丁稚の養一である。

「養一、開けてくれ」

臆病窓がぱたりと閉まり、くぐり戸が開いた。養一に手伝ってもらい、刺客を土間に横たえた。養一がくぐり戸を閉じる。

「こやつは俺を殺そうとした。縛り上げるゆえ、縄を持ってきてくれぬか」

承知いたしました、と答えて養一が姿を消した。すぐに戻ってきて縄を手渡してくる。

その縄で、仁平は男をぐるぐる巻きにした。これだけ縛っておけば、縄を抜けられることはないだろう。

仁平が帰ってきたのを知ったらしく、お芳や和助、高江、合之助が店座敷にどやどやとやってきた。土間に横たわっている刺客を見て、誰もが驚きの声を漏らす。

仁平は、まだ意識が戻っていない刺客を座らせ、活を入れた。

うっ、とうめいて刺客が目を覚ます。なにがあったのかわからないという顔で、あたりを見回した。仁平と目が合った。

「あっ」

刺客があわてて立ち上がろうとしたが、縛めの縄が足に引っかかり、土間に転がった。仁平は刺客を起こした。

「誰に頼まれて俺を襲った」

刺客を見下ろして、仁平は質した。しかし刺客はなにもいわない。仇を見るような目で仁平をにらみつけている。

「よかろう。白状せぬなら痛い目に遭わせる」

刺客はふてくされたような顔で、ぷいっと横を向いた。

「脅しではないぞ。俺はやるといったら、本当にやる」

刺客の後ろに回った仁平は、背中と腰にある二箇所のつぼを人さし指と親指で軽く押さえた。要勘と少鱗というつぼだ。この国では、ほとんど知られていないつぼである。

「覚悟はよいか。今から想像を絶する痛みが走るぞ」

うるさい、といいたげに刺客が首をひねって仁平を見上げてくる。

「では、やらせてもらう」

仁平は二本の指に力を込め、ぐいっと押し込むようにした。次の瞬間、ぐええっ、と声を発し、刺客がえびぞりになった。

この方法は、沼里で体術の師匠に教わった。師匠によれば、唐土で行われた拷問の一つらしく、この痛みに耐えられる者は、まずいないとのことだ。

沼里にいたとき仁平は師匠にやられたことがあるが、あまりの痛みに気が遠くなった。とても耐えられるような痛みではなかった。

仁平はつぼから二本の指を離した。

「どうだ、吐く気になったか」

刺客の顔をのぞき込んで仁平はきいた。

「きさま、殺してやる」

仁平をねめつけて刺客が呪いの言葉を吐いた。こんな脅しになんの効力もあるはずがなく、仁平は再び二つのつぼをぎゅっと押した。

ぐああ、と刺客がだらしない悲鳴を上げた。雷にでも打たれたような顔になり、口からよだれが出てきた。

「わ、わかった」

仁平を見つめて刺客が懇願する。

「い、いうから、や、やめてくれ。頼む」

仁平はいう通りにした。助かったという顔で刺客が、はあはあ、と荒い息をついた。気持ちを落ち着けるためか、しばらく下を向き、背中を丸めていたが、仁平が、おい、と声をかけると、面を上げた。

「誰に頼まれた」

今度はためらうことなく、刺客が答えた。

「天斎という男だ」

「何者だ」

「三河島村にある高千院という寺の住職だ。天斎から俺は、仁平という医者を亡き者にするよう頼まれた」

つまり、と仁平は思った。天斎という男がすべての黒幕なのではないか。

――こやつは、天斎を捕らえるための生き証人だ。

「おまえの名は」

「名など、どうでもよかろう」

「いわぬのか」

仁平は二本の指を刺客に見せつけた。

「わ、わかった。俺は権ノ助という」

できればこの男を町奉行所に連れていきたかったが、今は和兵衛の治療を優先しなければならない。

仁平は店座敷にいるお芳に顔を向けた。

「和兵衛どのが毒を飲まされたのは、天斎という男の指図であろう。町奉行所に使いを走らせ、見矢木どのにそのことを伝えてくれ」

御番所には手前がまいります、と養一が名乗り出た。養一、と仁平は呼びかけた。

「見矢木どのは見廻りに出ているかもしれぬ。もし町奉行所におらなんだら、生き証人を捕らえたと、伝言を頼むのだ」

「承知いたしました」

元気よく答えて、養一がくぐり戸から外へ出ていった。通り雨だったようで、降りはだいぶ弱まっているように見えた。じき雨は上がるだろう。

「こやつは、納戸にでも転がしておいてくれ。見矢木どのが来るまで、どんなことがあろうと、納戸の外に出してはならぬ」

「わかりました」

　刺客を気味悪そうな目で見て、お芳が大きくうなずいた。奉公人たちが刺客を荷物のように運びはじめる。

　こちらをどうぞ、とお芳が仁平に手ぬぐいを差し出してきた。かたじけないと受け取り、式台に腰かけて仁平は顔や手、足を拭いた。懐から雪駄を取り出し、沓脱石に置く。店座敷に上がり、和兵衛の寝所を目指した。

「先生、仙龍渓は手に入ったのですね」

　後ろからお芳がきいてくる。

「うむ、首尾よく入った。お芳、湯を沸かしてくれぬか」

「先生がきっと仙龍渓を持ち帰ってくれると信じ、湯は沸かし続けておりました」

　その言葉通り、和兵衛の寝所では、火鉢の上に置かれた薬缶がしゅうしゅうと勢いよく湯気を上げていた。貫慮のみがそこに座し、和兵衛の様子をじっと見ていた。

　――ここを動かなかったとは、やはり頼りになる男だ。

「貫慮、苦労だった」

　声をかけて仁平は和兵衛の枕元に座った。

「お帰りなさいませ」

貫慮がにこりと笑いかけてきた。

「和兵衛どのに変わりはないか」

「顔色が悪くなってきたようでございます」

仁平は和兵衛の顔をじっと見た。貫慮のいう通り、顔色は確実に悪くなっている。卿琳草の毒が体の隅々まで広がりつつあるようだ。

——急がなければ。

仁平は懐から仙龍渓の紙包みを取り出し、かたわらに置いた。紙包みを開くと、なんともいえない苦いにおいが鼻先をかすめた。

中には唐辛子のような形をした黒い薬種が五本ばかり入っていた。一本、四両である。

だが、和兵衛の命を救ってくれる薬種だ。どんなに高価であろうと安いものではないか。

仁平は薬缶の蓋を取り、中をのぞいた。湯はたっぷり入っている。この湯の量なら、仙龍渓をどのくらい入れればよいだろうか。

——まずは一つまみか。いや、二つまみだ。

仁平は薬研を使い、仙龍渓を一本、砕きはじめた。しばらく作業を続けると、だいぶ細かくなり、さらに強烈なにおいが立ち上った。

——これでよし。

仁平は薬缶に二つまみの仙龍渓を入れた。ぼわっ、と大きな湯気が立った。吹きこぼれないように煎じ続けなければならない。

それから四半刻ほどたって仁平は湯の様子を見た。だいぶ赤黒くなってきている。だが、これではまだだ。湯から赤みが取れ、真っ黒になるまで煎じなければならない。

仁平は薬缶から目を離すことなく、そのときをじっと待った。

それからさらに四半刻が経過したとき、湯が待ち望んだ色になった。仁平は薬缶を火鉢から外し、薬湯を小鉢に少し注ぎ入れた。

気は急くが、薬湯が冷めるのを待たなければならない。熱い薬湯を和兵衛に飲ませるわけにはいかない。

その間も和兵衛の顔色は悪くなり、息も荒くなっていく。

小鉢の薬湯が十分に冷めたのを見計らい、仁平は匙を用いて和兵衛の唇にそっと薬湯を乗せた。

じっと見ていると、口がかすかに動き、薬湯が飲み込まれていった。やった、と仁平は手応えを感じた。小鉢の薬湯が空になるまで、同じことを何度も繰り返す。

結局、小鉢の薬湯が三度、空になるほどの量を仁平は和兵衛に飲ませた。

——これでよかろう。

目を閉じ、仁平は大きく息をついた。

「先生、おとっつぁんは助かるのでございますか」

すがるような目でお芳がきいてきた。

「まだなんともいえぬ」

正直な気持ちを仁平は吐露した。

「だが、やれるだけのことはやった。あとは和兵衛どのにすべてがかかっている。生きたいとの思いが強ければ、必ず目を覚まそう」

「目を覚ますとしたら、いつくらいでございますか」

これは和助がきいてきた。そうさな、と仁平はいった。

「おそらく半日ほど先のことだな」

「では、明け方でございましょうか」

「そのくらいであろう」

和兵衛に再び目を向け、仁平は、頼む、と祈った。和兵衛に、なんとしても目を覚ましてほしかった。

六

途中、強い雨に降られたために、雨宿りを兼ねて牧兵衛は善三とともに蕎麦屋に入った。

蕎麦切りで昼食をとり、雨が上がったのを確かめてから、満足顔の善三とともに藤別屋に向かった。

店に着いたとき八つにはまだ少し間があったが、おときという名の女中頭はすでに来ていた。

盆栽がいくつか置かれた中庭で、牧兵衛はおときから話を聞いた。

おときによると、一昨夜に和兵衛に配膳したのは、お銀（ぎん）という女中とのことだ。お銀は半年ばかり前に口入屋の紹介で入ってきたが、今日はまだ来ていないという。

「今日だけでなく、昨日も来なかったのでございます」

――目的を達し、逃げたのか……。

ます」

「お銀の家に行ってみたか」

「昨夜の仕事が終わったあと、他の女中を行かせましたが、留守だったそうにございます」

牧兵衛はお銀の家がどこなのかきいた。

「近所の長屋で丑右衛門店といいます。大多屋といううどん屋のそばにございます」

「よくわかった」

「あの、お役人はなにゆえお銀のことを調べているのでございますか」

「ちょっとあってな」

「お銀は実は、うちに奉公するのは二度目なのでございます」

「では、前に奉公していたのだな。それはいつのことだ」

「九年前に奉公して、七年ばかり働いておりました」

つまり、と牧兵衛は思った。多賀野屋と横野屋のあるじに毒を盛ったのはまちがいなくお銀であろう。

「お銀の働きぶりはどうだった」

「気が利き、とてもまじめでございました」

「では重宝していたのか」

「さようにございます。ですので、また戻ってきてくれて、私は喜んでいたのでございますが……」

「お銀は二度と戻ってくるまい」

おときから道順を聞き、牧兵衛は善三とともに丑右衛門店に足を運んだ。大多屋というどん屋からは、よい出汁のにおいが漂い出ていた。

丑右衛門店の木戸を抜け、牧兵衛たちはお銀の店の前に立った。善三が、どんどんと障子戸を叩いたが、応えはなかった。

「中を見てみるか」

錠が下りているわけでもなく、戸はあっさりと開いた。

狭い土間で雪駄を脱ぎ、牧兵衛は四畳半に上がってみた。むろん誰もおらず、あるのは布団だけだ。ほかに目ぼしい物はなかった。

「布団は置いていったんですね」

「持っていくにはかさばるし、布団くらい惜しくもなんともないのであろう」

「布団は高いのに……」

なにか身元につながる物が残されているかもしれぬ、と思って来てみたが、当てが外れた。もともとあまり期待していなかったから、落胆などない。

──多賀野屋と横野屋に毒を盛った際、両度とも藤別屋から逃げなかったのに、このたびはどうして逃げ出したのか……。

お銀の店を出た牧兵衛は丑右衛門店の家主と会い、お銀の人別がどうなっているか、問うた。

家主が人別帳を見せてくれた。それによると、人別送りはされていたものの、請人が丑右衛門店を周旋した口入屋になっており、その前どこに住んでいたか、定かではなかった。

丑右衛門店の前にどこで過ごしていたかを知るには、口入屋に行かねばならないようだ。

善三の先導で、牧兵衛は口入屋の判田(はんだ)屋を訪れた。

「いらっしゃいませ」

奥から揉み手をしながら男が出てきた。やってきたのが町方同心だと知って一瞬、怯みのような色を見せた。

「おぬしが主人か」

さようで、と男が頭を下げた。

「田埜吉(たのきち)と申します。どうぞ、よろしくお願いいたします」

田埜吉は五十代の終わりとおぼしき年齢で、目尻のしわがひときわ濃く、頭もだいぶ白かった。

「あの、今日はなにか」

ごくりと喉仏を上下させて、田埜吉がきいてきた。

「おぬしは、藤別屋にお銀という女を世話したな」

はい、と田埜吉が思い出す素振りも見せずに答えた。

「お世話させていただきました。あの、お銀さんがどうかいたしましたか」

「どういう経緯で、お銀を藤別屋に世話することになった」

田埜吉が考え込む。

「お銀さんは、なんとしても藤別屋に奉公したいといっていたのでございます」

「なにゆえか、わけをいっていたか」

「なんでも、おとっつぁんが、藤別屋の料理のおかげで生きる楽しみを与えてもらった、と生前よくいっていたらしく、その感謝の思いから奉公したいとのことでございました」

それで半年前、女中の空きが出、お銀はその後釜におさまった。通うのに便利がよい丑右衛門店も、田埜吉が周旋したとのことだ。九年前に初めて藤別屋に奉公したときは、別の口入屋が周旋したのだろう。

お銀というのは偽名でまちがいない。和兵衛が藤別屋を贔屓にしていることを知って女中として再び店に入り込み、毒を盛る機会をうかがっていたにちがいない。

父親の話は作り話に過ぎまい。お銀は無宿者も同然の身の上ではないか。自分の意志で藤別屋に入り込み、和兵衛に毒を盛ったわけではあるまい。誰かに命じられたのだ。

――お銀を捕らえることができれば、黒幕も知れるのだろうが……。

「お銀は、いくつくらいだ」

「歳でございますか。三十をいくつか過ぎていると存じます」

となると、と牧兵衛は思った。九年前の多賀野屋、四年前の横野屋、ともにあるじに毒を盛ったのもやはりお銀だろう。

「おぬしは請人になったようだが、お銀が前にどこに住んでいたか知っているか」

「それが無宿人でございました」

「だが、父親が藤別屋に通えるほど裕福だったのではないのか」

「父親は神田で商売をしていたそうなのですが、母親ともども火事で焼け死んでしまい、お銀さんは一人残されたそうでございます。それが十七のときと聞きました」

「火事のあと、お銀はどうした」

「何人かの妾になって、暮らしていたそうでございます」

「どこで暮らしていたか、なにかいっておらなんだか」

「最後は四谷のほうで妾をしていたそうにございます」

「妾をしていたのに、なにゆえお銀は無宿人になったのだ」

「なんでも妾宅に強盗が押し入り、旦那が殺されたそうでございます。お銀さんは手引きをしたのではないかと疑われ、町方のお役人に捕まりそうになったらしいのです。それがいやでその家から逃げ出し、無宿人になったそうでございます」

「強盗に入られたのはいつのことだ。お銀はいっていたか」

「一年ほど前のことだと」

一年前に四谷でそんな一件があっただろうか、と牧兵衛は記憶を探った。四谷は他の同心の縄張でもあり、思い出せなかった。もちろん、お銀が適当に話をでっち上げただけかもしれない。

「おぬし、そのような怪しげな女人の請人に、よくなったものだな」

申し訳ございません、といって田埜吉が頭を下げた。

「人柄は信用できるように見えましたし、少しでも無宿人を減らすことが、江戸の安寧につながると考えましたので……」

いけしゃあしゃあと田埜吉がいった。お銀から、少なからぬ金を積まれたに過ぎないのではないか。たぬ吉に名を変えるほうがよい、と牧兵衛は思った。

なんとしてもお銀を捕らえたいが、藤別屋にも丑右衛門店にも、二度と戻ってこないだろう。

今のところお銀の人相書をつくり、江戸中の自身番に配るくらいしか手がない。

牧兵衛は田埜吉からお銀の顔立ちを聞き出し、人相書を描いた。墨が乾いた人相書を懐にしまってから牧兵衛は厳しい口調で田埜吉にいった。

「もし今度同じような真似をしたら、番所に引っ立てるぞ。わかったか」

「よくわかりましてございます」

殊勝な顔で、田埜吉が腰を深く折った。戸をからりと開け放って牧兵衛は路上に出た。

外で待っていた善三が寄ってきた。

「旦那、手がかりはございましたか」

「いや、なにもない」

「それは残念でございました。それで旦那、次はどこに行きますかい」

善三にきかれて、どうするか、と牧兵衛は腕を組んで思案した。

頭に浮かんできたのは、合之助や本一郎、織之助が学んでいた学校のことだ。

――学校について調べるのがよいのではないか。

もしかすると、お銀もそこの出かもしれない。であるなら、学校に戻っているということも十分にあり得るではないか。

横野屋の番頭の照之助も、学校は寺が運営しているのではないか、といっていた。寺なら、寺社奉行所の管轄下にある。

牧兵衛には、寺社奉行所に同心の知り合いがいる。門脇広一郎という男だ。五年ばかり前に、ある寺の賭場の手入れで知り合い、親しくなった。同い年で、今もたまに飲みに行ったりしている。

広一郎は寺が運営している学校について、なにか知っているのではあるまいか。

広一郎の主君は石川讃岐守で、上総で一万六千石を領している。石川家の上屋敷は市谷谷町の近くにある。寺社奉行は、自分の屋敷がそのまま役宅になるのだ。

牧兵衛は善三の案内で市谷谷町に赴き、石川家の門衛に、門脇広一郎と会いたい旨を伝えた。

すぐに手続きは済み、牧兵衛は客座敷で広一郎に面会した。

「門脇どのは、寺が運営している学校について詳しいか」

挨拶もそこそこに牧兵衛は問うた。

「詳しいというほどではないが、その手の学校が江戸にいくつもあることは知っている」

「学校で学び終えた者を、商家に奉公させているようなところはないか」

「どこでも似たようなことはしているな。寺で学問を修めた者は知識が豊富で仕事がよくできるし、礼儀もわきまえている。奉公先には事欠かぬ」

「それでも名の知れた大店に奉公するのはなかなか難しかろう。門脇どのは多賀野屋、横野屋、和泉屋という名を聞いたことはないか」

「横野屋は知っている。妻が美雪香という白粉を贔屓にしているゆえ」

「横野屋には織之助という若き番頭がいるのだが、どこの学校の出か、わからぬか」

「少し待ってくれ。帳面を持ってこよう」

立ち上がって客座敷を出ていった広一郎が一冊の帳面を手に戻ってきた。牧兵衛の前に再び座り、帳面を繰る。

「これには、寺が運営している学校の一覧が載っている。学問を修めた者が、その後どのような身の振り方をしたかも、すべてではないが、記されている」

そんな帳面があるのなら、と牧兵衛は思った。奉公先のあるじを毒殺するのに、殺しに見えないように手を砕くのは、至極当然のことだ。奉公先の主人が殺されたとなれば、奉行所の手が入るのは自明のことで、犯罪を行う者にとって、なんとしても避けたいことだろう。

「ああ、あった」

広一郎が弾んだ声を上げ、帳面を牧兵衛に見えるようにした。

「ここだ」

広一郎が指さすところを牧兵衛は見つめた。

「横野屋に織之助を入れたのは、三河島村にある高千院という寺か。門脇どのは、この寺のことを知っているか」

「存じている。よい学校との評判があるな。六十近い住職が、手塩にかけて若者を育てている」

住職は天斎といい、学僧は身寄りのない者ばかりだが、厳しくしつけられているために、皆、学問ができるとのことだ。

高千院の学校を出た者は、跡継ぎのない寺に望まれて行くことが多いが、もっと優れた才を持つ者は、ときおり大店に職を得ているらしい。

合之助、本一郎、織之助のことも帳面に記されていた。

――こたびの一件の黒幕は、紛れもなく天斎であろう。

天斎は特に優秀な者に、自らの考えを繰り返し吹き込むことで、おのがままに操れるようにしたにちがいない。

――天斎が黒幕であるとの証拠をつかまねばならぬ。

高千院に行き、どんなところなのか様子を見てみたいが、そんなことをすれば、寺の者を警戒させるだけだろう。

門脇どの、と牧兵衛は呼びかけた。

「近いうちに高千院に踏み込むことになるかもしれぬ。そのときは寺社奉行所の助勢をお願いしたい」

「任せてくれ」

胸を叩くように広一郎が請け合った。

「しかし見矢木どの、なにゆえそのようなことをいうのだ」

他言無用を告げてから、牧兵衛は自らの推測を話した。

「なにっ」

それまで平静そのものだった広一郎が色めき立った。

「そのようなことであるなら、助勢するのは当然だ。それに、俺は見矢木どのに報いなければならぬし」

「そんなことは考えずともよい」

「いや、受けた恩を返すのは、人として当たり前のことだ」

強情そうな顔で広一郎が言い張った。

「わかった。とにかく、高千院に踏み込む際はよろしく頼む」

「承知した。その旨、我が殿に伝えておく」

「ありがたし」

笑顔で広一郎に礼をいい、牧兵衛はいったん町奉行所に戻った。

同心詰所に入り、席につくと、同僚の芝池敏蔵（しばいけとしぞう）が寄ってきた。

「四半刻ほど前、和泉屋から使いが来たぞ。生き証人を捕らえたとのことで、おぬしに来てほしいといっていた」

生き証人だと、と牧兵衛は首をひねった。

――誰のことをいっている。合之助だろうか。だが、もし合之助なら、使いが名を口にしそうなものだが……。

使いをよこしたのは仁平にちがいない。和泉屋の中で生き証人を捕らえることができるのは、体術をものにしている仁平だけしかいない。

敏蔵に礼を述べて詰所をあとにした牧兵衛は、表門のところで待っていた善三にわけを話してから、和泉屋を目指した。

「それで旦那、生き証人というのは誰のことなんですかね」

首を傾げて善三がいう。

「合之助かもしれぬ」

「えっ、番頭の合之助さんですかい」

驚いて善三が振り向く。どういうことか、牧兵衛は自らの推測を語った。

「ええっ、合之助さんが和泉屋さんに車伽等草の毒を盛ったんですかい」

「おそらくな」

「それがしくじりに終わったから、今度は藤別屋で和泉屋さんに毒を飲ませたのか……」

やがて和泉屋が見えてきた。一時は激しかった雨の気配はとうになく、今は青空が雲間にのぞいている。湿気がひどく、牧兵衛は首筋に汗が浮き出るのを感じた。汗を手ぬぐいで拭きつつ和泉屋に入った。牧兵衛は、こちらに来てくれ、と一本の傘を手に持つ仁平の案内で納戸に連れていかれた。

納戸の中に、縛めをがっちりされた一人の男が横たわっていた。悔しそうな顔で牧兵衛を見上げてくる。

「こやつが仁平を殺そうとしたというのか」

「こいつが得物だ」

仁平が傘を渡してきた。持ってみたが、ずいぶん重い。石突のところから穂先が飛び出る仕掛になっているのを知り、牧兵衛は心から驚いた。

「町方になって長いが、こんな得物は初めて見たぞ。このような得物を持つとは、こやつは殺し屋であろう」

「その通りだ。この男は天斎という住職に頼まれ、俺を殺そうとした」

なに、と牧兵衛は瞠目した。

「吐いたのか。殺し屋がそんなにあっさり吐くとは、信じられぬ。仁平、どのような手を使った」

「なに、つぼを押しただけだ」

仁平がさらりと答えた。それを聞いて男が顔を歪めた。

「つぼによっては押されると、とんでもない痛みが走るそうだな。おぬしのことだ、殺し屋でも音を上げるようなつぼを心得ているのではないか」

深く息を吸い込んで牧兵衛は、目の前の男を見つめた。

――まさしく生き証人だ。これで天斎を捕らえることができる。

「それにしても仁平を再び狙うとは、天斎はよほど追い詰められたのだな。殺し屋に命を狙わせたことが、まさかおのが命取りになろうとは、考えもしなかっただろう」

心の高ぶりを抑えつけて牧兵衛は、ところで、と仁平にいった。

「合之助はどこにいる」

和泉屋に来て、まだ姿を見ていない。

「いや、俺は知らぬが……」

「高江どの、合之助を呼んでくれぬか」

一緒に納戸に来ていた高江が奉公人に、合之助を連れてくるよう命じた。

しかし、合之助はどこにもいなかった。

――仁平が殺し屋を捕らえたのを目の当たりにし、次は自分だと覚って逐電したか……。

くそっ、と毒づき、牧兵衛は唇を嚙んだ。

――今は逃げておればよい。必ず捕らえてやる。

執念の炎がゆらりと立ち上がったのを、牧兵衛は感じた。次の瞬間、いや、と心中でかぶりを振った。

——逃げたのではないのかもしれぬ。殺し屋が捕まったことを、天斎に知らせに高千院へ走ったのではあるまいか。

そういうことなら、と牧兵衛は思った。

——俺も急ぎ高千院に赴かねばならぬ。

まだ目覚めそうもない和兵衛のことを仁平によくよく頼んでから、牧兵衛は南町奉行所に向かった。

七

五つの鐘が鳴り、星のない夜空を震わせる。火縄のにおいがあたりに立ちこめていた。

——まだなのか……。

高千院から一町ほど離れた裏手の林に身を置く牧兵衛は、気持ちを鎮めるために何度か深い呼吸を繰り返した。一刻も早く境内に乗り込みたくて気が逸るが、指揮を執る与力の栗岡延右衛門の命が下されない。

すでに襷掛けをし、股立を取り、鉢巻をしている。いつでも戦える状態である。ここまでともに来た南町奉行所の捕手はおよそ三十人。寺社奉行所からは二十人ばかりの人数が出て、高千院の正面の林にひそんでいる。

牧兵衛としては高千院の様子を知りたくてならないが、距離がありすぎてわからない。合之助から知らせがなかったのか、高千院が静まり返っているのは確かだ。

——まことに合之助からの知らせが届いておらぬのか。それとも、とうにもぬけの殻なのか。

不意に一人の男が林に入ってきた。まっすぐ延右衛門のもとに進んでいく。

林の中は暗いが、牧兵衛には男の顔が見えた。満治郎といい、探索においてよく諜者を務めている。

——高千院の様子を探ってきたのだな。

高千院の山門や裏門はかたく閉じられているだろうから、ぐるりを巡る塀を越えて境内に忍び込んだのであろう。

これまで延右衛門がじっと動かなかったのは、満治郎の報告を待っていたのだ。

「見矢木」

満治郎の報告を聞き終えた延右衛門が小声で呼びかけてきた。牧兵衛は静かに延右衛門に近づいた。

「学寮には六人の学僧がおるらしい。庫裏にいる天斎は一人で寝に就いているとのことゆえ、いま襲いかかれば、必ず捕らえることができよう」

ささやくように延右衛門がいった。

「学僧はいかがいたしますか」

牧兵衛も小声できいた。

「学僧は和泉屋や多賀野屋、横野屋の件には関わっておらぬ。もし抵抗したら、捕らえればよい」

「わかりました」

「見矢木、そのことを石川讃岐守さまに伝えてくれぬか」

「えっ、石川讃岐守さま御自身がいらしているのですか」

寺社奉行自らが出張ってきていることに、牧兵衛は驚きを覚えた。捕物に寺社奉行本人が出るなど滅多にないことだ。

「ずいぶん張り切っておられるようだ。なにもなければよいのだが……」

延右衛門も浮かない顔だ。

「それで栗岡さま、境内に乗り込む合図は」

「呼子だ。高千院の者に覚られぬよう、呼子を短く一度鳴らす。それを合図に、御用提灯に一斉に火を入れる」

　承知いたしました、と牧兵衛は答えた。

「旦那、あっしも一緒に連れていってください」

六尺棒を持つ善三が申し出てきたが、牧兵衛は首を横に振った。

「おぬしはここで待っておれ」

牧兵衛は高千院の正面の林に向かった。闇夜だが、提灯をつけるわけにもいかず、目を凝らしつつ大きく道を回り込んで林を目指す。

目当ての林に入ろうとしたとき誰何を受けたが、身分と用向きを告げると、石川讃岐守の前に連れていかれた。

　讃岐守の乗馬がいることに牧兵衛は目をみはった。いななかないように枚をふくませてある。

　地面に置かれた床几に腰かけている石川讃岐守は二十代後半とおぼしき歳で、がっしりとした体つきをしていた。武術などで、よほど鍛え込んでいるのではないか。

　顔つきも精悍そのもので、気合満々という風情である。槍持ちが背後に控えていた。

──この様子では、本当に自ら境内に乗り込んでいかれそうだ。やめておくほうがよいのだが……。

危ぶみつつ牧兵衛は讃岐守の前で片膝をつき、高千院の状況を述べた。

「よくわかった。乗り込む合図は呼子だな」

「御意。では、それがしはこれで失礼いたします」

うむ、と讃岐守が深くうなずいた。

「役目、苦労であった」

牧兵衛は一礼して、立ち上がった。讃岐守の近くに広一郎がおり、牧兵衛に目礼してきた。牧兵衛も返して林を出た。

か細い道を歩き、元の林に戻る。延右衛門に会い、復命した。無事に戻ってきた牧兵衛を見て、善三が安堵の息を漏らした。

「よし、これでいつでも行けるな」

意気込みを露わにした延右衛門は、すでに呼子を握り締めている。御用提灯を持つ者たちは火のついた火縄を手にし、いつでも灯せるように準備をしてあった。

もうじきだ、と牧兵衛が緊張に胸を震わせたとき延右衛門が呼子を口に持っていき、短く、ぴりり、と鳴らした。一斉に御用提灯が灯され、あたりが明るくなった。

捕物十手を握り締め、牧兵衛は無言で林を飛び出した。六尺棒や刺股、梯子を持つ中間たちが続く。

捕物十手は通常の十手よりも長く、重みもある。これがあれば、相手の得物が刀や槍でもなんとかなる。

高千院の裏門が迫ってきた。音が立つから、門を破るわけにはいかない。梯子がかけられる門の両側に連なる塀は、飛び越えられそうにない高さがあった。

あっという間に塀を越え、境内に飛び降りた。足が少し痛かったが、大したことはない。善三も飛び降りたが、尻もちをついた。

手を貸して善三を立ち上がらせた牧兵衛は裏門のくぐり戸の閂を外し、素早く開けた。

捕手たちが続々と入ってくる。牧兵衛は善三とともに庫裏を目指した。

境内は今なお静けさを保っていたが、いきなり学寮とおぼしき建物に明かりが灯ったのが目に入った。

学寮から男たちが出てくるのが見えた。数えてみると六人おり、いずれも槍を携えていた。穂先が御用提灯の灯を反射し、きらめく。

六人の学僧がこちらに向かってくる。全身から殺気をみなぎらせているのが知れた。

負けてなるものか、と牧兵衛は闘志を燃やした。捕物十手を高くかざす。

「御用だ。刃向かう者は容赦せぬぞ」

牧兵衛は朗々と声を放ったが、学僧たちは聞く耳を持たぬといわんばかりにまっすぐ突進してくる。

最初に突っ込んできた学僧が槍を突き出してきた。牧兵衛は捕物十手で穂先を叩き落とした。槍が地面を打ち、激しい音が立った。学僧が槍をしごき、再び突き出そうとする。その前に牧兵衛は捕物十手を振り下ろしていた。まともに学僧の肩に当たった。うぅっ、とうめき声をあげて学僧が後ろによろめく。

二人目の学僧も同じように肩を打って倒した。だが、気づくと、牧兵衛は四人の学僧に囲まれていた。

他の捕手はどうしたのか。見ると、牧兵衛を守ろうとしているのは善三だけで、ほかには誰もいなかった。他の者たちは、こわごわと牧兵衛の戦いぶりを遠巻きにして眺めているだけだ。

——嘘だろう。

牧兵衛は善三とともに必死に戦った。だが、さすがに四人の敵というのは手に余り、何箇所か傷を負わされた。

六尺棒を振り回して善三も戦っているが、同じように傷を負っているようで、血を流していた。

——頼む、加勢してくれ。

喉がからからで声が出ない。このままでは死んでしまう。

「見矢木どのっ」

叫び声が耳を打つと同時に、学僧の垣を破るように飛び込んできた者がいた。抜き身を手にしており、学僧の太ももを斬った。斬られた学僧は支えを失ったように、がくん、と地面に崩れ落ちた。

「門脇どの」

助かった、と牧兵衛はへなへなとくずおれてしまいそうだったが、なんとか踏みとどまった。

広一郎が一人倒してくれたおかげで、四対二だったのが三対三になった。これなら負けるわけがない。力を入れ直した牧兵衛は捕物十手を振り下ろし、目の前の学僧の腕を打ち据えた。ぐあっ、と悲鳴を上げた学僧が槍を放り投げ、痛みをこらえるように体をぎゅっと縮めた。

広一郎がさらに刀を振るい、学僧をあっさり倒した。牧兵衛も最後の一人の肩をびしりと打ち、地面に座り込ませた。

六人ともへたり込み、動けなくなっている。

「善三、縄を打て」

へい、と答え、善三が腰に吊るした捕縄を外す。それで一人をぐるぐる巻きにした。

他の中間たちも勢いよくやってきて、残りの五人を縄で縛り上げた。

――これでよし。

「見矢木どの、無事でよかった」

笑みをたたえて広一郎が声をかけてきた。

「門脇どののおかげで命拾いをした」

牧兵衛は頬に浮いた汗を手の甲で拭った。

「なに、恩返しだ」

五年前の賭場の手入れの際、広一郎はやくざの用心棒に押されまくり、窮地に陥った。あいだに割って入り、広一郎を助けたのが牧兵衛だった。

「門脇どの、天斎はどうした。知っているか」

広一郎がにこりとし、向こうに行こうではないか、といざなってきた。牧兵衛はその言葉に従い、一緒に庫裏へと歩いていった。

いくつもの御用提灯に照らされて、庫裏の玄関前に一人の男が座しているのが見えた。頭を丸めた男は縄をがっちりと打たれている。歯嚙みし、苛立たしげに身動きしていた。

――天斎とはこのような男だったか……。

鼠のような顔をしていた。この男が黒幕とは思えない貧相さである。実際に捕らえてみればこの程度の者だったか、ということはよくある。

天斎の横に、愛槍を地面に突き立てた石川讃岐守が誇らしげに立っていた。おそらく讃岐守自ら槍を振るい、天斎を捕らえたのであろう。

――すべてのお膳立ては、門脇どのらがしたのだろうが……。

天斎を捕らえたからこそ広一郎は讃岐守のそばを離れることができ、学僧に追い詰められた牧兵衛を救えたのだ。

讃岐守に聞こえないよう広一郎が小声で謝してきた。

「こたびの一件を探り出したのは見矢木どのだったというのに、手柄を奪う形になってしまい、まことに申し訳なく思っている」

いや、と牧兵衛は笑顔でいった。

「気にせずともよい。別に誰が捕らえようとも構わぬ。石川讃岐守さまが手柄を立てられたのは、まことにめでたい」

牧兵衛が本心からいっていることが伝わったか、広一郎が深く辞儀してきた。

「お気遣い、心から感謝いたす」

「いや、感謝するのは俺のほうだ」

体中にどっと汗が出てきていた。牧兵衛は、生きているという実感を強く抱いた。

八

仁平は夢を見ていた。

若殿の勝太郎が目の前に座している。今永、今永と、いつもの人懐こい口調で呼んでくる。

若殿、といって仁平は涙を流した。

「まことに申し訳ございませぬ。それがしは若殿をお救いできませなんだ」

「それはよいのだ」

勝太郎が鷹揚に手を振った。

「父上もおっしゃっていたではないか。あれは寿命だった。余は七つで死ぬ運命だったのだ」

どこか大人びた口調で勝太郎がいった。

「しかし、それがしがもっと医術に精通しておれば、若殿をお救いできましたものを……」

無念さが胸に満ちた。自分が未熟だったばかりに、勝太郎を死なせてしまった。

「それに、それがしはまちがった薬を若殿に与えてしまったかもしれませぬ」

「それはあり得ぬ。そなたほどの医者がまちがうものか。そなたは正しいことをしたのだ。繰り返していうが、あれは余の寿命だったのだ。どんな名医をもってしても、救うことなどできなかった」

目の前で息を引き取る勝太郎を見て、仁平はおのれの無力さを覚えた。その上、誤った薬を処方してしまったのではないかという思いに苛まれた。その後、すべてが無意味に感じられ、沼里を出奔したのである。

「よいか、今永」

厳かな声で勝太郎が命じてきた。

「そなたは人々の病を治し、余の分まで幸せを与えるべきだ」

「わ、わかりましてございます」

仁平は平伏した。満足したような笑みを浮かべ、勝太郎がふっと消えた。行ってしまわれた、と仁平は思い、さらに涙が出てきた。

「仁平さま」

誰かが呼んでいる。仁平は、はっとして目を覚ました。

布団に和兵衛が横になっている。目を開け、仁平を見ていた。

「おっ、和兵衛どの、気がついたか」

顔色もよくなりつつあった。これでもう大丈夫だ、と仁平は思った。

一度、目を覚ましてしまえば、恐れるものはなにもない。あとは快復するのみである。

――奇跡が起きたのだ。若殿が起こしてくださったのであろう。

手を合わせて仁平は勝太郎に感謝した。

仁平の声が聞こえたか、お芳や和助、高江たちもやってきた。お芳たちは和兵衛に抱きつくようにして大泣きした。その光景を見て、本当によかった、と仁平は思った。

その後しばらくして、牧兵衛がやってきた。それで、とうに夜が明けていたことを仁平は知った。

和兵衛を見舞ってから牧兵衛が、昨夜の高千院での顚末を伝えてきた。

「そんなことがあったのか。見矢木どの、無事でよかったな。怪我の具合はどうだ」

「町奉行所の医者に手当をしてもらった。大したことはない」

「俺が手当するまでもないか」

「まことに大丈夫だ」

「それならよい」

牧兵衛が、天斎がどういうことを企み、実行に移していたか、そのことを話した。

天斎は、藤別屋の馴染み客で莫大な儲けを出している大店に目をつけて調べ上げ、幼い跡継ぎしかいないところに的を絞って有能な男を奉公人として送り込んでいた。その男が番頭になり、店の者たちが頼りにする頃を見計らい、あるじを毒殺したのだ。その後、若き番頭が店の実権を握り、思いのままに儲けを吸い取っていたのである。

決して犯罪に見えないよう、天斎は慎重を期してあるじを毒殺していたという。多賀野屋と横野屋の番頭も捕まったとのことだ。

「その二人はどうなる」

「死罪はないな。遠島だろう」

「遠島か。天斎が二軒の大店でよしとし、欲をかかなければ、二人とも安泰だったはずなのに……」

「かわいそうだが、これも運命だな」

いつも仁平が思っていることを、牧兵衛が口にした。

「天斎の目論見が外れたのは、やはりおぬしが和泉屋に世話になっていたからだ」

ずばりといって牧兵衛が間を置くことなく言葉を継ぐ。

「和泉屋が車伽等草の毒にやられたとき、あの書物があったからこそ和泉屋を救えたといっていたが、なんといったかな……」

「『和漢薬毒草図』のことか」

「ああ、それだ。その『和漢薬毒草図』の作者の川内謙正という人物だが、天斎の祖父に当たるそうだ」

「なんだと」

仁平は信じられなかった。

──あの素晴らしい書物の作者と天斎に血のつながりがあったとは……。

『和漢薬毒草図』の作者の孫なら、薬草や毒草について詳しいのはよくわかるが、あれだけの書物を著した作者の志を、孫だというのにまったく受け継いでいなかったのだ。

「川内謙正という人物は薬種の学者で、比類ない書物を著したにもかかわらず、ろくに評判にもならなかったそうだ」

「川内謙正という人は学者だったのか」

「元は医者だったらしく、清貧に甘んじていた人物だったようだ。患者からはろくに金を取らず、いつも貧しかった。晩年は重い病にかかったそうで、川内謙正自身、治療の手立てはわかっていたにもかかわらず、金がなかったために薬種が手に入らず、苦しみながら死んでいった。その姿を間近で見ていた天斎は、なにより金を儲けることを第一に考えるようになったという」

天斎の両親は、隅田川で舟遊びをしているときに舟が転覆して溺死した。幼かった天斎だけが生き残り、川内謙正に引き取られたという。

「あとは合之助だな」

「見つからぬか」

「今のところは……。やつは天斎を見捨てて逃げたようだ。今はどこかでほくそ笑んでいることだろう。だが、その付けは必ず払わせてやる」

強い気持ちを全身にみなぎらせた牧兵衛が体から力を抜いた。

「藤別屋にいたお銀がいち早く逃げ出したのも、合之助からなんらかのつなぎがあったためだろう」

「なるほどな……」

「それと、おぬしに頼みがある。前にも同じことをいったが、和泉屋の件で有耶無耶になってしまっていた」

「もしや町奉行所の検死医のことか」

「そうだ。あまり乗り気でないかもしれぬが、この江戸では殺しかどうか、はっきりせぬ骸がいくらでも出る。それをおぬしに調べてもらいたいのだ。おぬしなら、的確な検死をしてくれるのはまちがいないからな」

ふむ、といって仁平は顎をなでた。

「見矢木どの、考えさせてもらってよいか」

「もちろんだ。おぬしは医療所のほうが大忙しだからな」

仁平に礼を述べて牧兵衛が町奉行所に引き上げていった。

仁平は家に戻ることにした。たっぷりと眠りたい。お芳には、和兵衛のそばについているように命じた。

帰路、前途を遮る者がいた。再び幹太郎があらわれたのだ。

「幹太郎」

脇差を抜いた幹太郎は、思い詰めた顔をしていた。

「覚悟っ」

叫ぶや幹太郎が突っ込んできた。仁平は瞑目した。実のせがれに殺されるなら悔いはなかった。これも運命であろう。

どん、と音がした。だが痛みは感じない。死が訪れるときはこんなものなのか、と仁平は思った。

からん、と乾いた音が耳を打ち、仁平は足元を見た。脇差が転がっていた。

温かいものが胸を濡らしている。血ではない。幹太郎が仁平に抱きついて泣いていた。

手を伸ばし、仁平はそっと抱き返した。幹太郎は拒否しなかった。黙って仁平の胸で泣いている。

「済まなかった……」

仁平は謝った。仁平の目からも涙がこぼれ落ちた。

少し気持ちが落ち着いたか、幹太郎が仁平から離れた。

「父上を許したわけではないのです」

ぽつりと幹太郎がいった。

「馬喰町の旅籠で久しぶりに会ったとき、それがしは驚きました。父上の目が昔に戻っていたからです。沼里を出奔する前、父上は覇気がなく、虚ろな目をされていた。それが輝いていた。それがしはうれしくてならなかった……」

涙を拭いて幹太郎が話を続ける。

「あの日、旅籠で眠っていると、弟の元次郎が夢に出てきました。なにかそれがしに訴えようとしていた。そのことがどうしても気になり、それがしは旅籠を黙って出ました。父上には申し訳なかったのですが、江戸で刀を売り、いったん沼里に戻りました」

「なんと、そうであったか。そしてまた江戸に出てきたのか」

仁平は元次郎の様子をきいた。幹太郎が泣き笑いのような顔をする。

「なにもありませんでした。相変わらず無邪気で、元気そのものでした」

「それはよかった」

仁平は安堵の息をついた。

「ただ、江戸で父上が見つかったか、それだけはしつこいほどにきいてきました」

幹太郎、と仁平は呼んだ。

「これからどうする」

「まだ決めておりませぬ。父上のそばにいたいという気持ちがありますが、元次郎のことも気になります」

「ゆっくり決めればよい。今宵は一緒に過ごそう」

はい、と幹太郎が笑顔になってうなずいた。

仁平は幹太郎の肩を抱き、ゆっくりと歩きはじめた。

本書は講談社文庫のために書下ろされました。

|著者| 鈴木英治　1960年静岡県沼津市生まれ。明治大学経営学部卒業。1999年に第1回角川春樹小説賞特別賞を「駿府に吹く風」（刊行に際して『義元謀殺』と改題）で受賞。「口入屋用心棒」「沼里藩留守居役忠勤控」「蔦屋重三郎事件帖」「突きの鬼一」などのシリーズで人気を博す。2016年に歴史・時代小説作家たちによる小説研究グループ「操觚（そうこ）の会」を立ち上げ精力的に活動。本作は江戸の監察医を主人公とするシリーズ第2弾。

望（のぞ）みの薬種（やくしゅ）　大江戸監察医（おおえどかんさつい）

鈴木英治（すずきえいじ）

講談社文庫

定価はカバーに
表示してあります

2023年9月15日第1刷発行

発行者――髙橋明男
発行所――株式会社　講談社
東京都文京区音羽2-12-21　〒112-8001
電話　出版（03）5395-3510
　　　販売（03）5395-5817
　　　業務（03）5395-3615
Printed in Japan

デザイン―菊地信義
本文データ制作―講談社デジタル製作
印刷―――凸版印刷株式会社
製本―――株式会社国宝社

ISBN978-4-06-532811-8

講談社文庫刊行の辞

二十一世紀の到来を目睫に望みながら、われわれはいま、人類史上かつて例を見ない巨大な転換期をむかえようとしている。

世界も、日本も、激動の予兆に対する期待とおののきを内に蔵して、未知の時代に歩み入ろうとしている。このときにあたり、創業の人野間清治の「ナショナル・エデュケイター」への志を現代に甦らせようと意図して、われわれはここに古今の文芸作品はいうまでもなく、ひろく人文・社会・自然の諸科学から東西の名著を網羅する、新しい綜合文庫の発刊を決意した。

激動の転換期はまた断絶の時代である。われわれは戦後二十五年間の出版文化のありかたへの深い反省をこめて、この断絶の時代にあえて人間的な持続を求めようとする。いたずらに浮薄な商業主義のあだ花を追い求めることなく、長期にわたって良書に生命をあたえようとつとめるところにしか、今後の出版文化の真の繁栄はあり得ないと信じるからである。

同時にわれわれはこの綜合文庫の刊行を通じて、人文・社会・自然の諸科学が、結局人間の学にほかならないことを立証しようと願っている。かつて知識とは、「汝自身を知る」ことにつきていた。現代社会の瑣末な情報の氾濫のなかから、力強い知識の源泉を掘り起し、技術文明のただなかに、生きた人間の姿を復活させること。それこそわれわれの切なる希求である。

われわれは権威に盲従せず、俗流に媚びることなく、渾然一体となって日本の「草の根」をかたちづくる若く新しい世代の人々に、心をこめてこの新しい綜合文庫をおくり届けたい。それは知識の泉であるとともに感受性のふるさとであり、もっとも有機的に組織され、社会に開かれた万人のための大学をめざしている。大方の支援と協力を衷心より切望してやまない。

一九七一年七月

野間省一

柄谷行人

柄谷行人の初期思想

解説＝國分功一郎　年譜＝関井光男・編集部

かB21

『力と交換様式』に結実した柄谷行人の思想——その原点とも言うべき初期論文集は広義の文学批評の持続が、大いなる思想的な達成に繋がる可能性を示している。

978-4-06-532944-3

伊藤痴遊

続 隠れたる事実 明治裏面史

解説＝奈良岡聰智

いZ2

維新の三傑の死から自由民権運動の盛衰、日清・日露の栄光の勝利を説く稀代の講釈師は過激事件の顛末や多くの疑獄も見逃さない。戦前の人びとを魅了した名調子！

978-4-06-532684-8

講談社文庫　目録

瀬戸内寂聴　白　道
瀬戸内寂聴　寂聴相談室 人生道しるべ
瀬戸内寂聴　愛する能力
瀬戸内寂聴　藤　壺
瀬戸内寂聴　生きることは愛すること
瀬戸内寂聴　寂聴と読む源氏物語
瀬戸内寂聴　月の輪草子
瀬戸内寂聴　新装版 寂庵説法
瀬戸内寂聴　死に支度
瀬戸内寂聴　新装版 蜜と毒
瀬戸内寂聴　新装版 花　怨
瀬戸内寂聴　新装版 祇園女御(上)(下)
瀬戸内寂聴　新装版 かの子撩乱
瀬戸内寂聴　新装版 京まんだら(上)(下)
瀬戸内寂聴　いのち
瀬戸内寂聴　花のいのち
瀬戸内寂聴　ブルーダイヤモンド〈新装版〉
瀬戸内寂聴　97歳の悩み相談

瀬戸内寂聴　すらすら読める源氏物語(上)(中)(下)
瀬戸内寂聴・訳　源氏物語 巻一
瀬戸内寂聴・訳　源氏物語 巻二
瀬戸内寂聴・訳　源氏物語 巻三
瀬戸内寂聴・訳　源氏物語 巻四
瀬戸内寂聴・訳　源氏物語 巻五
瀬戸内寂聴・訳　源氏物語 巻六
瀬戸内寂聴・訳　源氏物語 巻七
瀬戸内寂聴・訳　源氏物語 巻八
瀬戸内寂聴・訳　源氏物語 巻九
瀬戸内寂聴・訳　源氏物語 巻十
先崎　学　先崎学の実況! 盤外戦
妹尾河童　少年H(上)(下)
瀬尾まいこ　幸福な食卓
関原健夫　がん六回 人生全快
瀬川晶司　泣き虫しょったんの奇跡 完全版〈サラリーマンから将棋のプロへ〉
仙川　環　幸福の劇薬〈医者探偵・宇賀神晃〉
仙川　環　偽装診療〈医者探偵・宇賀神晃〉
瀬木比呂志　黒い巨塔〈最高裁判所〉

瀬那和章　今日も君は、約束の旅に出る
蘇部健一　六枚のとんかつ
蘇部健一　六とん2
蘇部健一　届かぬ想い
曽根圭介　沈底魚
曽根圭介　藁にもすがる獣たち
田辺聖子　ひねくれ一茶
田辺聖子　愛の幻滅(上)(下)
田辺聖子　うたかた
田辺聖子　春情蛸の足
田辺聖子　蝶花嬉遊図
田辺聖子　言い寄る
田辺聖子　私的生活
田辺聖子　苺をつぶしながら
田辺聖子　不機嫌な恋人
田辺聖子　女の日時計
谷川俊太郎 訳 和田 誠 絵　マザー・グース 全四冊
立花　隆　中核VS革マル(上)(下)
立花　隆　日本共産党の研究 全三冊

講談社文庫　目録

立花隆　青春漂流
高杉良　労働貴族
高杉良　広報室沈黙す(上)(下)
高杉良　炎の経営者(上)(下)
高杉良　小説 日本興業銀行 全五冊
高杉良　社長の器
高杉良　その人事に異議あり〈女性広報主任のジレンマ〉
高杉良　人事権！
高杉良　小説消費者金融〈クレジット社会の罠〉
高杉良　小説 新巨大証券(上)(下)
高杉良　局長罷免─小説通産省
高杉良　首魁(しゅかい)の宴(うたげ)〈政官財腐敗の構図〉
高杉良　指名解雇
高杉良　燃ゆるとき
高杉良　銀行大合併〈短編小説全集(上)〉
高杉良　エリートの反乱〈短編小説全集(中)〉
高杉良　金融腐蝕列島(上)(下)
高杉良　勇気凜々
高杉良　混沌(こんとん) 新・金融腐蝕列島(上)(下)

高杉良　乱気流(上)(下)
高杉良　小説 会社再建
高杉良　新装版 懲戒解雇
高杉良　新装版 大逆転！〈小説 三菱・第一銀行合併事件〉
高杉良　新装版 バンダルの塔
高杉良　第四権力〈巨大メディアの罪〉
高杉良　巨大外資銀行
高杉良　最強の経営者〈アサヒビールを再生させた男〉
高杉良　リベンジ〈巨大外資銀行〉
高杉良　新装版 会社蘇生
竹本健治　新装版 匣(はこ)の中の失楽
竹本健治　囲碁殺人事件
竹本健治　将棋殺人事件
竹本健治　トランプ殺人事件
竹本健治　狂い壁狂い窓
竹本健治　涙(るい)香(こう)迷(めい)宮(きゅう)
竹本健治　新装版 ウロボロスの偽書(上)(下)
竹本健治　ウロボロスの基礎論(上)(下)
竹本健治　ウロボロスの純正音律(上)(下)

高橋源一郎　日本文学盛衰史
高橋源一郎　5と3/4時間目の授業
高橋克彦　写楽殺人事件
高橋克彦　総門谷
高橋克彦　炎(ほむら)立つ 壱 北の埋み火
高橋克彦　炎立つ 弐 燃える北天
高橋克彦　炎立つ 参 空への炎
高橋克彦　炎立つ 四 冥き稲妻
高橋克彦　炎立つ 伍 光彩楽土
高橋克彦　火怨〈北の燿星アテルイ〉(上)(下)
高橋克彦　水壁〈アテルイを継ぐ男〉
高橋克彦　天を衝く(1)〜(3)
高橋克彦　風の陣 一 立志篇
高橋克彦　風の陣 二 大望篇
高橋克彦　風の陣 三 天命篇
高橋克彦　風の陣 四 風雲篇
高橋克彦　風の陣 五 裂心篇
高樹のぶ子　オライオン飛行
田中芳樹　創竜伝1〈超能力四兄弟(ドラゴン)〉

講談社文庫　目録

- 高田崇史　QED〈神器封殺〉
- 高田崇史　QED ～ventus～〈御霊将門〉
- 高田崇史　QED ～flumen～〈九段坂の春〉
- 高田崇史　QED〈諏訪の神霊〉
- 高田崇史　QED〈出雲神伝説〉
- 高田崇史　QED〈伊勢の曙光〉
- 高田崇史　QED ～flumen～〈ホームズの真実〉
- 高田崇史　毒草師〈QED Another Story〉
- 高田崇史　QED〈～flumen～月夜見〉
- 高田崇史　QED〈～ortus～白山の頻闇〉
- 高田崇史　QED〈憂曇華の時〉
- 高田崇史　試験に出るパズル〈千葉千波の事件日記〉
- 高田崇史　試験に敗けない密室〈千葉千波の事件日記〉
- 高田崇史　試験に出ないパズル〈千葉千波の事件日記〉
- 高田崇史　パズル自由自在〈千葉千波の事件日記〉
- 高田崇史　麿の酩酊事件簿〈花に舞〉
- 高田崇史　麿の酩酊事件簿〈月に酔〉
- 高田崇史　クリスマス緊急指令〈～きよしこの夜、事件は起こる！～〉
- 高田崇史　カンナ　飛鳥の光臨
- 高田崇史　カンナ　天草の神兵
- 高田崇史　カンナ　吉野の暗闘
- 高田崇史　カンナ　奥州の覇者
- 高田崇史　カンナ　戸隠の殺皆
- 高田崇史　カンナ　鎌倉の血陣
- 高田崇史　カンナ　天満の葬列
- 高田崇史　カンナ　出雲の顕在
- 高田崇史　カンナ　京都の霊前
- 高田崇史　軍神の血脈〈楠木正成秘伝〉
- 高田崇史　神の時空　鎌倉の地龍
- 高田崇史　神の時空　倭の水霊
- 高田崇史　神の時空　貴船の沢鬼
- 高田崇史　神の時空　三輪の山祇
- 高田崇史　神の時空　嚴島の烈風
- 高田崇史　神の時空　伏見稲荷の轟雷
- 高田崇史　神の時空　五色不動の猛火
- 高田崇史　神の時空　京の天命
- 高田崇史　神の時空　前紀〈女神の功罪〉
- 高田崇史　鬼棲む国、出雲〈古事記異聞〉
- 高田崇史　オロチの郷、奥出雲〈古事記異聞〉
- 高田崇史　京の怨霊、元出雲〈古事記異聞〉
- 高田崇史　鬼統べる国、大和出雲〈古事記異聞〉
- 高田崇史　源平の怨霊〈小余綾俊輔の最終講義〉
- 高田崇史　試験に出ないQED異聞〈高田崇史短編集〉
- 高田崇史ほか　読んで旅する鎌倉時代
- 団鬼六　悦楽王〈鬼プロ繁盛記〉
- 高野和明　13階段
- 高野和明　グレイヴディッガー
- 高野和明　6時間後に君は死ぬ
- 大道珠貴　ショッキングピンク
- 高木徹　ドキュメント 戦争広告代理店〈情報操作とボスニア紛争〉
- 田中啓文　件〈もの言う牛〉
- 田中啓文　誰が千姫を殺したか〈蛇身探偵豊臣秀頼〉
- 高嶋哲夫　メルトダウン
- 高嶋哲夫　命の遺伝子
- 高嶋哲夫　首都感染
- 高野秀行　西南シルクロードは密林に消える
- 高野秀行　アジア未知動物紀行　ベトナム・奄美・アフガニスタン

高野秀行 イスラム飲酒紀行
高野秀行 移民の宴（日本に移り住んだ外国人の不思議な食生活）
高野秀行／角幡唯介 地図のない場所で眠りたい
田牧大和 花合せ（濱次お役者双六）
田牧大和 質草破り（濱次お役者双六 二ます目）
田牧大和 翔ぶ梅（濱次お役者双六 三ます目）
田牧大和 半可心中（濱次お役者双六）
田牧大和 長屋狂言（濱次お役者双六）
田牧大和 錠前破り、銀太
田牧大和 錠前破り、銀太 紅蜆
田牧大和 錠前破り、銀太 首魁
田牧大和 大福三つ巴（宝来堂うまいもん番付）
田中慎弥 完全犯罪の恋
高野史緒 カラマーゾフの妹
高野史緒 翼竜館の宝石商人
高野史緒 大天使はミモザの香り
瀧本哲史 僕は君たちに武器を配りたい（エッセンシャル版）
竹吉優輔 襲名犯
高田大介 図書館の魔女 第一巻 第二巻
高田大介 図書館の魔女 第三巻 第四巻
高田大介 図書館の魔女 烏の伝言(上)(下)
大門剛明 完全無罪
大門剛明 死刑評決（「完全無罪」シリーズ）
橘もも 著／沖田×華 原作／安達奈緒子 脚本 小説透明なゆりかご(上)(下)
橘もも 著／ヤマシタトモコ 原作／相沢友子 脚本 さんかく窓の外側は夜（映画版ノベライズ）
橘もも 著／三木聡 脚本 大怪獣のあとしまつ（映画ノベライズ）
滝口悠生 高架線
高山文彦 ふたり（皇后美智子と石牟礼道子）
高橋弘希 日曜日の人々
武田綾乃 青い春を数えて
谷口雅美 殿、恐れながらブラックでござる
谷口雅美 殿、恐れながらリモートでござる
武川佑 虎の牙
武内涼 謀聖 尼子経久伝（青雲の章）
武内涼 謀聖 尼子経久伝（風雲の章）
武内涼 謀聖 尼子経久伝（瑞雲の章）
武内涼 謀聖 尼子経久伝（雷雲の章）
立松和平 すらすら読める奥の細道
高梨ゆき子 大学病院の奈落
珠川こおり 檸檬先生
陳舜臣 中国五千年(上)(下)
陳舜臣 中国の歴史 全七冊
陳舜臣 小説十八史略 全六冊
千早茜 森の家
千野隆司 大店の暖簾（下り酒一番）
千野隆司 分家の始末（下り酒一番(二)）
千野隆司 献上の祝酒（下り酒一番(三)）
千野隆司 大酒の合戦（下り酒一番(四)）
千野隆司 銘酒の真贋（下り酒一番(五)）
千野隆司 追跡
知野みさき 江戸は浅草
知野みさき 江戸は浅草2（盗人探し）
知野みさき 江戸は浅草3（桃と桜）
知野みさき 江戸は浅草4（冬青灯籠）
知野みさき 江戸は浅草5（春の捕物）
崔実 ジニのパズル
崔実 pray human

講談社文庫　目録

- 筒井康隆　創作の極意と掟
- 筒井康隆　読書の極意と掟
- 筒井康隆 ほか12名　名探偵登場！
- 都筑道夫　なめくじに聞いてみろ〈新装版〉
- 辻村深月　冷たい校舎の時は止まる(上)(下)
- 辻村深月　子どもたちは夜と遊ぶ(上)(下)
- 辻村深月　凍りのくじら
- 辻村深月　ぼくのメジャースプーン
- 辻村深月　スロウハイツの神様(上)(下)
- 辻村深月　名前探しの放課後(上)(下)
- 辻村深月　ロードムービー
- 辻村深月　ゼロ、ハチ、ゼロ、ナナ。
- 辻村深月　V. T. R.
- 辻村深月　光待つ場所へ
- 辻村深月　ネオカル日和
- 辻村深月　島はぼくらと
- 辻村深月　家族シアター
- 辻村深月　図書室で暮らしたい
- 辻村深月　噛みあわない会話と、ある過去について
- 新川直司 漫画／辻村深月 原作　コミック 冷たい校舎の時は止まる(上)(下)
- 津村記久子　ポトスライムの舟
- 津村記久子　カソウスキの行方
- 津村記久子　やりたいことは二度寝だけ
- 津村記久子　二度寝とは、遠くにありて想うもの
- 恒川光太郎　竜が最後に帰る場所
- 月村了衛　神子上典膳
- 月村了衛　悪の五輪
- 辻堂　魁　落暉に燃ゆる〈大岡裁き再吟味〉
- 辻堂　魁　山桜花〈大岡裁き再吟味〉
- フランソワ・デュボワ　太極拳が教えてくれた人生の宝物〈中国・武当山90日間修行の記〉
- 手塚マキと歌舞伎町ホスト80人 from Smappa! Group　ホスト万葉集〈文庫スペシャル〉
- 土居良一　海翁伝
- 鳥羽　亮　金貸し権兵衛〈鶴亀横丁の風来坊〉
- 鳥羽　亮　提灯斬り〈鶴亀横丁の風来坊〉
- 鳥羽　亮　お京危うし〈鶴亀横丁の風来坊〉
- 鳥羽　亮　狙われた横丁〈鶴亀横丁の風来坊〉
- 東郷　隆／上田　信 絵　【絵解き】雑兵足軽たちの戦い〈歴史・時代小説ファン必携〉
- 堂場瞬一　八月からの手紙
- 堂場瞬一　壊れる心〈警視庁犯罪被害者支援課〉
- 堂場瞬一　邪心〈警視庁犯罪被害者支援課2〉
- 堂場瞬一　二度泣いた少女〈警視庁犯罪被害者支援課3〉
- 堂場瞬一　身代わりの空(上)(下)〈警視庁犯罪被害者支援課4〉
- 堂場瞬一　影の守護者〈警視庁犯罪被害者支援課5〉
- 堂場瞬一　不信の鎖〈警視庁犯罪被害者支援課6〉
- 堂場瞬一　空白の家族〈警視庁犯罪被害者支援課7〉
- 堂場瞬一　チェンジ〈警視庁犯罪被害者支援課8〉
- 堂場瞬一　誤ちの絆〈警視庁総合支援課〉
- 堂場瞬一　傷
- 堂場瞬一　埋れた牙
- 堂場瞬一　Killers(上)(下)
- 堂場瞬一　虹のふもと
- 堂場瞬一　ネタ元
- 堂場瞬一　ピットフォール
- 堂場瞬一　ラットトラップ
- 堂場瞬一　焦土の刑事
- 堂場瞬一　動乱の刑事
- 堂場瞬一　沃野の刑事

2023年6月15日現在